〔美〕海明威 著
张有军 译

非洲的青山
Green Hills of Africa

海明威全集

四川大学出版社

责任编辑:喻 震
责任校对:王 冰
封面设计:天恒仁文化传播
责任印制:王 炜

图书在版编目(CIP)数据

非洲的青山 / (美)海明威著;张有军译. —成都:四川大学出版社,2018.7
(海明威全集)
ISBN 978-7-5690-2103-5

Ⅰ.①非… Ⅱ.①海… ②张… Ⅲ.①纪实小说-美国-现代 Ⅳ.①I712.45

中国版本图书馆 CIP 数据核字(2018)第 165439 号

书名	非洲的青山
	FEIZHOU DE QINGSHAN
著 者	海明威
译 者	张有军
出 版	四川大学出版社
地 址	成都市一环路南一段24号(610065)
发 行	四川大学出版社
书 号	ISBN 978-7-5690-2103-5
印 刷	成都市兴雅致印务有限责任公司
成品尺寸	145 mm×210 mm
印 张	10
字 数	169 千字
版 次	2018 年 9 月第 1 版
印 次	2018 年 9 月第 1 次印刷
定 价	39.80 元

◆读者邮购本书,请与本社发行科联系。
 电话:(028)85408408/(028)85401670/
 (028)85408023 邮政编码:610065
◆本社图书如有印装质量问题,请
 寄回出版社调换。
◆网址:http://press.scu.edu.cn

版权所有◆侵权必究

目录

第1部　追猎与对话

002　第一章
041　第二章

第2部　记忆中的追猎

054　第三章
077　第四章
099　第五章
136　第六章
147　第七章
156　第八章
182　第九章

第3部　追猎与失败

188　第十章
215　第十一章

第4部　以追猎为幸福

232　第十二章
262　第十三章

第 1 部

追猎与对话

第一章

我们正坐在万德罗博[1]的猎人们在盐碱地边用各种小树枝、小树干等做成的埋伏点里,突然听到远处轰隆隆的声音,好像有卡车驶来。起初,那声音离我们很远,谁也说不清那是什么声音。不久后,它就停了下来,我们真希望根本没有什么声音,或者那只是风声罢了。可是声音又慢慢靠近了,现在错不了了,它越来越大,越来越近,还夹杂着一连串烦人的、不规律的"突突"的爆响,一下子冲上了我们身后紧挨着的马路。我们顿时紧张起来。

"哎呀,完了!"那个爱表演的追猎手站起来说。

我立刻竖起食指放在嘴唇上示意他赶紧坐下来。

"真完了啊!"他又这样说,还把双臂大大地摊开。

---

[1] 东非一个以狩猎为生的民族,主要在肯尼亚西部和坦噶尼喀(坦桑尼亚的大陆部分)北部居住。

我从来就不喜欢他，此时，就更不喜欢他了。

"等等再说吧。"我轻声说道。姆科拉[1]不住地摇头。看到我盯着他乌黑的秃脑袋，他侧过脸去，我又看到了他嘴角处稀疏的中国式胡须。

"没用啊。"他又用斯瓦希里语说。

"再等等。"我对他说。于是他为了不暴露在枯树枝外，又低下头来。就这样，我们一直在这隐蔽的土地上坐到天黑。昏暗的天色让我都看不清来复枪的准星了，可是再也没有等到什么动物出现。那个爱表演的追猎手开始烦躁起来，一会儿坐下，一会儿又站起来跺跺脚。

天边的太阳已经隐没在地平线下了，看着最后一缕阳光慢慢消失，他凑到姆科拉身边悄声地说道，现在天太黑了，根本无法瞄准开枪。

"你闭嘴，"姆科拉对他说，"即使你看不到东西，老板也能够开枪射击。"

另一个受过教育的追猎手，为了再次证明他是受过教育的，用一小根尖树枝在他黝黑的腿上划出自己的名字阿布杜拉。我用不带赞赏的眼光看着他，而姆

---

[1] 海明威在1933年12月带着第二任妻子保琳·菲佛（本书中的P.O.M.）去东非的肯尼亚和坦噶尼喀打猎期间雇用了一些当地人做追猎手和向导。姆科拉就是其中之一，他与下文出现的阿布杜拉都是当地土人。

科拉看着这几个字,脸上没有任何表情。过了没多久,阿布杜拉就把名字抹掉了。

最终,我在最后一丝余晖中试图瞄准,可我发现尽管把瞄准器的孔径调到最大,还是无济于事。

姆科拉在一旁看着我。

"没用啊。"我说。

"是啊。"他用斯瓦希里语附和,"我们回营地吧?"

"好吧。"

车就停在大路前约一英里的地方。我们站起来走出埋伏点,踩着沙土,在树丛和树枝中摸索着回到了大路上,向着卡车走去。司机卡马乌看到我们走过来就打开了车灯。

都是那辆卡车坏的事儿。那天下午,我们把车停在路上,非常小心地步行接近盐碱地。这块盐碱地就是林中的一块空地,因为有动物常来舔盐,舔掉了泥土,就把四周舔出了一个个的坑,进而形成了一个个深深的泥塘。虽然前一天下过雨,但并没有淹没这片盐碱地,我们不仅能看到许多小捻[1]刚刚踩出的脚印,还能看到前天晚上到过这里的四只大捻巨大的心形的

---

[1] 一种长有一对呈微螺旋状的分叉长角的非洲大羚羊,它的角就像被捻成的,故得此名。

新鲜脚印。从脚印形状和被踢成堆的含稻草的粪便来看，这里每晚还有一只犀牛光临。离盐碱地一箭之遥就是我们搭建的埋伏点。埋伏点里一半是灰，一半是土，坑里够我们藏身，只需要把身体后仰，双膝抬高，头低垂，就能透过枯叶和细枝观察外面的情况。我有一次看到灌木丛中走出一只小公捻。它一身灰色，有一个粗壮的脖子，十分俊美，走到了与盐碱地交界的林中空地上，就站在那里，让阳光洒在它螺旋形的双角上。

虽然我瞄准了它的胸脯，但没有开枪，因为我不想惊动大公捻，它们肯定会在黄昏时出现的。可是大公捻已经比我们更灵敏地听到了卡车的声音，逃进了树林；其他所有的动物，不管是在空地上的、灌木丛中的，还是从小山上下来穿过树丛朝盐碱地走过来的，都在听到那爆炸似的当啷咚隆声后，停下了脚步。在夜晚时，它们一定会过来，但那时就太晚了。

现在我们的车在沙石路面上飞快地行驶，车灯照到路旁沙地上，忽闪忽闪的，那是许多栖在路旁的夜莺的眼睛。直到车呼啸而至快掠过它们时，它们才略带惊慌地飞起。我们的车正驶过一堆堆旅行者们留下的篝火灰烬。他们白天沿路西行，把此时我们前方的贫瘠之地抛到身后。我在车里坐着,把枪托抵在腿上,枪管收在我弯起的左臂下,双膝间夹着一瓶威士忌。我在黑暗中把酒倒进一个锡杯,再从肩上往后递给姆科拉,让他从水壶里往里兑点水。这是我今天喝的第一杯酒,也是到这儿来感觉最好的一杯。看着黑暗中密密麻麻的灌木丛呼啸闪过,感受着夜晚的习习凉风,嗅着非洲令人舒畅的味道,我顿时感到整个人都沉醉了。

不久后,我们看到前面出现了一大堆篝火。等到我们开过这堆篝火时,一辆停着的卡车立刻出现在路旁。我叫卡马乌停下车往回倒。等退到火堆旁时,我看到一个戴蒂罗尔帽[1],穿皮短裤和开襟衬衫,身材矮小,有一对罗圈腿的男人,他正站在打开车前盖的卡车发动机前,四周围了一群土人。

"我们能帮忙吗?"我问他。

"不能,"他说,"除非你是机修工。这东西一点儿也不喜欢我,所有的发动机都不喜欢我。"

"你看会不会是定时器的问题?早前你从我们旁边驶过时,好像有定时器的爆裂声。"

"我觉得情况要比那严重得多,听起来有非常严重

---

[1] 一种男人戴的窄边呢帽,主要流行于奥地利西部蒂罗尔地区。

的毛病。"

"我们有一个机修工可以帮到你,如果你肯到我们的营地来的话。"

"你们的营地离这儿有多远?"

"大概二十英里吧。"

"如果是早上,我倒是愿意开过去试试。但现在不行,这车开起来的声音能把人吵死,我可不敢再往前开了。估计它想把自己报废了,可能因为不喜欢我。我也不喜欢它,但如果我死了,我也不会给它找麻烦了。"

"你喝点儿酒吗?"我把酒瓶递给他,"我姓海明威。"

"我姓康迪斯基,我好像听说过海明威这个姓氏。在哪里听过呢?哦,对了,是个诗人。你知道诗人海明威吗?"

"你在哪里听过他啊?"

"在《横断面》[1]里看到过。"

"对,那就是我呀。"我非常兴奋地说。《横断面》是一本德国杂志,我曾经给他们写过诗歌,一些不登大雅之堂的诗,并出版过一部长篇小说。几年前我的

---

[1]《横断面》(*Querschnitt*)是一部文学期刊,出版地是德国法兰克福。

作品在美国还没能流行。

"这很是神奇啊,"戴蒂罗尔帽子的人说,"告诉我,你认为林格尔纳茨[1]怎样?"

"他很出色啊。"

"哦,你喜欢林格尔纳茨。好的,那你认为亨利希·曼[2]怎么样呢?"

"他一点儿也不好。"

这样我们有一搭无一搭地继续聊着作家与文学,我们都认为亨利希·曼一点儿都不行,他的作品是读不下去的。

"我看我们有共同语言啊。你来这里干什么呢?"

"打猎。"

"我希望你不是来弄象牙的。"

"不,我是来打捻的。"

"真不明白为什么人人都要来这里打捻呢?你这样一个有才华的诗人居然也来打捻。"

---

[1] 乔基姆·林格尔纳茨(Joachim Ringelnatz, 1883—1934),德国诗人。原名汉斯·伯蒂歇(Hans Botticher)。其作品取材于日常生活,不遵循诗歌形式,体裁特立独行,主要是讥讽大众市民的生活方式和传统思想。代表作有诗集《体育诗》《诚然》等。

[2] 亨利希·曼(Henrich Mann, 1871—1950),德国小说家,德国著名作家托马斯·曼是他的弟弟。代表作有《帝国》三部曲(《臣仆》《穷人》《首脑》)、《亨利四世》等。

"我连一只都没打到呢。"我说,"但我们已经辛辛苦苦地追踪它们十天了。要是没有你的卡车嗡嗡地经过,我们本可以打到一只的。"

"哎,可怜的卡车。你应该打一年猎,一年后你就什么都猎到过了,但到时你也会后悔的。为什么你们都要荒诞地追猎一种动物呢?"

"因为我喜欢啊。"

"哦,当然,既然你喜欢这么做,我也没话说了。能告诉我你对里尔克的真实看法吗?"

"我只读过他最重要的一部作品。"

"哪一部?"

"《旗手》[1]。"

"你喜欢吗?"

"喜欢啊。"

"《旗手》是一部比较势利的作品,我没有耐心读完。我喜欢瓦莱里,虽然他的作品中也不乏势利成分,但我能理解他作品中的含义。还好,至少你没有猎杀过大象。"

"我想猎到一头足够大的。"

---

[1]《旗手》的全称是《旗手克利斯朵夫·里尔克的爱与死之歌》,是一首散文诗。作者是奥地利20世纪象征主义诗歌代表人物里尔克(Rainer Maria Rilke,1875—1926),这是他最早译成英语的作品。

"多大？"

"七十磅[1]的。或者小一点的。"

"看来我们对一些事的看法不一致啊。但是我很高兴在这里能遇到伟大的老派杂志《横断面》的一位作者。告诉我，乔伊斯是个什么样的人？我买不起他的作品。我买过辛克莱·刘易斯[2]的书，他不值一提。不，不，明天再跟我说这些吧。我在你们附近宿营你不介意吧？你和朋友一起来的？你还雇了个白人猎手[3]？"

"我们很乐意啊。我是跟妻子一起来的。我们还雇了一个白人猎手。"

"他为什么不与你一起出来打猎呢？"

"他认为我应该一个人来打捻。"

"最好别猎杀它们。他是哪里人？英国人？"

"是的。"

"嗜杀的英国人？"

"不，他人很好，你一定会喜欢他的。"

"我不能耽搁你了，你得回去了。我们能见面真

---

[1] 指象牙的重量。

[2] 辛克莱·刘易斯（Sinclair Lewis，1885—1951），美国小说家，第一个获得诺贝尔文学奖的美国人。他的作品常常取材于小城市和乡村生活，主要描写中产阶级的生活，代表作是《大街》。

[3] 白人猎手（white hunter），被来非洲射猎的人雇用为向导。

是奇遇。可能明天我会去找你。"

"是啊,"我说,"明天我让人来检查你的卡车,我们一定会尽力帮你的。"

我们互道晚安,就各自走开了。我们上路了,我看到他走向火堆,并朝土人们大力地挥舞着一只胳膊。我没有问他要到哪里去,也没问他为什么跟二十个当地土人在一起。回忆一下刚才的交谈,我知道自己什么都没有问他。这也是我的习惯,不喜欢提问,因为在我的家乡这样做是不礼貌的。说实话,自从离开巴巴提[1]向南走了两个星期,直到今天我们才遇到一个看上去像漫画家笔下的身穿蒂罗尔服装的本奇利[2]的白人。之前我们没有遇到过一个白人,虽然在这条偶尔只能遇到几个印度商人,还有不断从贫瘠土地往外迁移的土著的路上不容易遇到白人,今天竟然能被我遇到。而且遇到的这个白人——他知道你,读过《横断面》,称你为诗人,还崇拜乔基姆·林格尔纳茨,要跟你谈论里尔克,这真是出乎意料的离奇啊!——此时,前路上的在冒着白乎乎烟气的三堆圆锥形的高高的东西

---

[1] 巴巴提(Babati),属于当时英属坦噶尼喀的北部地区。
[2] 罗伯特·本奇利(Robert Benchley,1889—1945),美国幽默作家、戏剧评论家和演员。他有一张长圆脸,体态较胖,谈吐幽默,自嘲是个"缺少风度的胖家伙"。

出现在车灯光里，打断了我的奇思怪想。我让卡马乌停车，汽车在刹车后又向前滑行了一段，直到它们跟前才停下来。我摸了摸其中一堆两三英尺高的东西，感到它有些热乎乎的。

"是大象的粪便。"姆科拉用斯瓦希里语说道。

原来是大象的粪便，这些在夜晚的冷空气中冒着热气的东西。不久我们就回到了营地。

第二天早上，天还没亮，我们就起来去了另一片盐碱地。我们穿过树林向那个方向走过去时，恰巧遇到了一头公捻。它大吼一声，就像狗叫一样，但吼声更尖更高亢。吼完它就跑了，刚开始还没有声响，直到它跑到很远的灌木丛里才弄出噼里啪啦的声音，我们从此再也没有见过它。这片盐碱地很难悄悄地靠近。唯一的办法就是一个人单独匍匐过去。只有在二十码的范围内你才能在纵横交错的树木掩护下进行近距离射击。当然，因为任何到盐碱地来的动物都得走到远离遮蔽物二十五码的空地上，此时一旦你隐藏在树丛里，进入埋伏点，你就占据了十分有利的地形。可是一直到十一点，我们再也没有等到一只动物来。为了再来时能看到所有的新足迹，我们用脚把盐碱地上的土仔细踩平整，然后走了两英里，回到了大路上。我们吓跑了这头早上留下来的公捻，以后再想猎到它可就更难了。

我们已经追猎大捻十天了,可是我连一头发育成熟的公捻都没有遇到。尽管现在雨区每天都从罗德西亚[1]向北移,这暗示我们必须在雨季来临前一直赶到汉德尼[2]去,除非我们打算在这儿待过雨季,否则我们只剩三天时间了。我们把2月17日定为安全离开的最后期限。现在,每天早上多云低沉的天空都需要延后一小时才能变得晴朗,因为雨区稳定向北移动,你能感受到雨季在渐渐逼近,确凿得就像你在气象图上看着它移动一样。

你知道这种感觉是令人愉悦的,那就是追踪一头你长期以来一直很想得到的动物。即使每天总会被它算计、中它圈套,以失败而告终,但你还是会坚持下去,并且明白迟早你会时来运转,得到你苦苦寻觅的机会。但令人不快的是,你必须在一定时限内抓到捻,否则你也许就永远没机会抓了,甚至再也没有机会看到它了。但打猎不应该是这样的。这很像过去被送到巴黎学习两年的小伙子们,要在期限内成为优秀的作家或

---

[1] 罗德西亚(Rhodisia)是当时非洲中南部地区的一处地名,位于坦噶尼喀西南部,分成南北两部分,现分别为津巴布韦共和国和赞比亚共和国。
[2] 汉德尼(Handeni),位于巴巴提东南部,临近印度洋。

画家。如果到时不够出色，他们就得回家，到父亲办的企业里帮忙。只要你有颜料有画布，你就得画下去；只要你能活着，有铅笔、纸和墨水或任何用来写作的工具，你就得写下去；打猎就该像画画写作一样，否则你就会觉得自己像个傻瓜，而且你真的是傻瓜。照理来说，不管能不能打到猎物，每天去打猎都是很有意思的事儿。由于受到时间、季节、经费快用光的制约，如今却必须颠倒生活作息，变得紧张不安，不得不用更少的时间完成一件事。只剩三天时间了，所以那天天亮前两小时我就起床，中午回来时我也开始变得紧张起来，完全忽略了穿着蒂罗尔短裤的喋喋不休的康迪斯基。

"哈啰，哈啰，"他笑嘻嘻地说，"捻在哪儿呢？没有猎到？毫无收获？"

"它发出一声咳嗽般的声音就跑掉了。"我故作愉快地说，"哈啰，姑娘[1]。"

她笑了笑。她也在为此着急啊。自从天亮之后，他俩就一直在等着枪声。一直在听，就连客人来访时也在听，写信时在听，看书时在听，康迪斯基回来后和他们说话时还在听。

---

[1] 这是海明威对妻子的昵称。

"难道你没有向它射击吗？"

"没有，我都没有看到它。"我看到老爹[1]也有些着急和紧张。显然，他们俩已经聊了很多了。

"上校，喝杯啤酒吧。"他对我说。

我喋喋不休地给他们诉说着："我们吓跑了一头，你知道，我都没有机会开枪。虽然那里有很多动物脚印，但后来四周刮着风，再也没有别的动物出现过。要不，你再问问土人吧。"

"我刚刚还和菲利普上校说呢，"康迪斯基一边悠闲地挪动皮短裤包着的臀部，将一条毛茸茸的、小腿肚结实的光腿搭在另一条腿上，一边说，"他说你们要清楚，雨区正在移来，千万别在这里逗留太久了。这里往前还有十二英里的路程，一旦下起雨，你们是不可能穿过去的。"

菲利普上校就是老爹。"对，康迪斯基一直这么对我说。"老爹说，"顺便告诉你，我们这里用军衔做绰号，我其实是准尉。如果你正好是上校，那可别见怪。"他又提醒我说，如果不去理会那些麻烦的盐碱地，再把那些小山搜一搜，我肯定能打到一只捻的。

---

[1] 即上文提到的白人猎手，名为杰克逊·菲利普，"老爹"是大家对他的尊称。老爹的原型是四十八岁的菲利普·帕西瓦尔（Philip Percival, 1885—1966），他是一名白人职业猎手，当时随海明威一起打猎。

我非常赞同老爹的建议,并下定决心说:"我肯定迟早能打到来舔盐的动物。"

"是的,我会的,老爹。"

"猎杀一只捻到底有什么意思呢?"康迪斯基问道,"这是小菜一碟,你们不出一年就能猎杀二十头,所以不必这么认真嘛。""但这话最好别跟动物保护部门说啊。"老爹说。

"你误会了,"康迪斯基说,"当然没人愿意这么干了,我的意思是一个男人一年里能够猎杀二十头。"

"绝对是这样,"老爹说,"如果生活在产捻的地区那肯定能做到。它们是灌木丛中最普遍的大型羚类动物。只是当你想找它们时,却怎么也看不到。"

"你们知道我从不杀生。"康迪斯基对我们说,"为什么你们不对土人更感兴趣呢?"

"我们感兴趣。"我妻子言之凿凿。

"他们真的很有意思。听着……"康迪斯基开始向她详细地说起来。

"恼人的是,"我对老爹说,"我在山里时,确信那些野兽就在下面的盐碱地里。我不信公捻跟母捻一起待在山里。等我傍晚赶到该死的盐碱地旁,却只剩下脚印。它们肯定来过这里,我认为它们随时都会来。"

"可能是吧。"

"我相信我们在那里遇到的是不同的公捻。它们可能每两天才来一次盐碱地。一些捻肯定在卡尔[1]开枪捕猎时受到了惊吓。如果当时他能干净利落地猎杀一头,现在就不用在这该死的乡野间到处追踪它们了。主啊,保佑他能把任何前来的该死的东西麻利地解决掉,别的动物就还会来。我们只需等着它们出现就好了。当然,它们不会都听到枪声。可惜他已经把这里的动物都吓坏了。"

"他有些过于兴奋了,"老爹说,"但他是个棒小伙。你知道他朝那头豹子开的那枪非常漂亮。你不能想象比那更干脆利落的捕杀了。你就别说他啦。"

"当然。我也没有真的责怪他呀。"

"在埋伏点守候一天的感觉如何啊?"

"那该死的风四面吹,把我们的气味吹向了四面八方。坐在那儿散发着气味,毫无收获。如果没有风,那就好了。今天阿布杜拉带了一个装满灰的罐子。"

"我看见他带着罐子出发的。"

"我们潜伏靠近盐碱地时,没有一点儿风,光线也十分适合射击。他一路上用灰测风向。只有我和阿

---

[1] 卡尔(Karl),真名为查尔斯·汤普森(Charles Thompson),1898年在基韦斯特岛出生。毕业于军校,第一次世界大战之后参过军。他的枪法好,这次与海明威一同打猎,并成为其竞争对手。

布杜拉两人小心翼翼地朝前走,其他人都留在后面。我穿着绉布底的靴子,踩在软泥地里像踩在棉花上一样。离那头畜生还有五十多码时,它就被吓跑了。"

"你见到它的耳朵了吗?"

"你觉得我见到它的耳朵了吗?如果我能看到它的耳朵,那现在剥皮工就能拿它开刀了。"

"它们只是畜生,"老爹说,"我讨厌在这种盐碱地中狩猎。自从有了这些盐碱地,它们就一直在这里被猎杀。其实它们并没有我们想象的那么聪明,问题是我们恰巧在最能体现它们精明的地方对付它们。"

"这才显得有趣嘛,"我说,"像这样打猎打上一个月我都很高兴。我喜欢这样坐着打猎,没有风险,不用出汗。坐在那里,捉捉苍蝇,把它们喂给土里的蚁狮。但是时间有限啊。"

"嗯,时间的确是最大的问题。"

"就是说嘛,"康迪斯基对我妻子说,"大恩格麦鼓[1],货真价实的盛大的土人舞蹈节,那才是你们应该去参观的。"

"听我说,"我对老爹说,"昨晚我去过的那块盐碱地,绝对是狩猎的好地方,除了离该死的大路近些

---

[1] 恩格麦鼓是东非流行的一种常用于舞蹈伴奏的鼓。

以外。"

"但追猎手们说,那里其实是小捻们的活动范围。而且来回还得八十英里呢,太远了吧。"

"是的,我知道。但可以确定的是,那里有四只大公捻的脚印。昨晚都是因为那辆卡车坏的事儿。我们今晚去那里守候如何?这样这块盐碱地可以平静一下,我们也有一个晚上加一个早上的时间。那里还有一头大犀牛呢,反正是有些很大的脚印。"

老爹不喜欢捎带着的猎杀,不喜欢锦上添花的猎杀,不喜欢为猎杀而猎杀,除了我们想要追猎的动物,别的什么他都没兴趣。他认为只有当你不杀就不甘心时,只有当某种猎物能够使你成为同行中的翘楚时,才可以去猎杀。所以,老爹答应我连那头犀牛也一起猎杀了,是为了让我高兴。

"它要是不够棒,我也不会杀它。"我许诺说。

"杀了那头畜生。"老爹说,"把它当作礼物。"

"好嘞,老爹。"我说。

"你能独自猎杀它的话,你肯定会很享受这个过程。"老爹说,"你的许可证上还有一个空额。如果你不想要牛角,你可以把它卖掉嘛。"

"原来如此啊。"康迪斯基说,"你们已经准备好了行动计划啊?那你们准备怎么智取那些可怜的动物呢？"

"是的。"我说，"你的卡车怎么样了？"

"卡车报废了，"这个奥地利人说，"我反而感到高兴呢。这破车真让我受够了，它太有象征性，总让我想起shamba。现在什么都没了，简简单单也挺好。"

"什么是shamba啊？"我妻子P.O.M.[1]问，"这个词我几个月来一直听人提起，但对于人人都用的词我不好意思问。"

"是个非常有钱的印度人开的一家农场。印度人能够靠开剑麻农场赚钱。"他说，"我给他当经理，用这辆卡车往农场拉劳力。没了卡车，那农场的活儿也没了。"

"办什么都能赚钱。"老爹说。

"是啊。在这个我们失败的地方，我们肚子都填不饱，他却能赚到钱。总之，这个印度人真是聪明，他很重用我。我能带给他欧洲人的组织能力。现在我已经离家三个月了，来这里组织招募土人的工作。这需要时间，给人留下好印象。现在工作组织得井井有条。你用一周时间照样能轻易做好这项工作，但那样

---

[1] P.O.M.的全拼为Poor Old Mama，意思是"可怜的老妈妈"，是大家对海明威妻子保琳·菲佛的昵称。

不会给人们留下好印象。"

"那你妻子呢?"我妻子问。

"她带着女儿在家待着,那可是经理的家。"

"她很爱你吗?"我妻子问。

"那是肯定的,不然她早就走了。"

"女儿多大了?"

"今年十三岁。"

"有个女儿一定很幸福。"[1]

"那就像是多了一个妻子,你不知道那有多幸福。现在,我想什么,说什么,相信什么,哪些事能做,哪些事不能做,我的妻子全都知道。我也对我的妻子了如指掌。但是现在总是有个不了解你的人,你也不了解她,对你像陌生人一样,却莫名其妙地爱着你。一个属于你和不属于你的人,这就使交流更加的……怎么形容呢?对,就像是在每天要吃的东西上浇上亨氏番茄酱[2]。"

"太形象了!"我说。

"我们买了不少书。"他说,"现在买不起书了,

---

[1] 保琳1927年和海明威结婚后,在1928年和1931年先后生了两个儿子:帕特里克和格雷戈里,所以保琳很希望自己能有个女儿。

[2] 这是种比喻,意思是女儿给他的感觉又亲近又陌生,使生活变得更加丰富多彩。

但我们始终在交谈。交流想法和谈话是非常有趣的。我们过着非常有趣的精神生活，什么问题都谈，一切事情都谈。在shamba农场时，我们读《横断面》。就像你是这群十分杰出的人中的一员，使你有一种归属感。如果想见到什么人的话，那么这群人就是你想见的。你认识他们吧？你肯定知道他们。"

"我认识一部分，"我说，"他们有的在巴黎，有的在柏林。"

我没有详细讲述这些杰出人士，因为我不想破坏他对他们已经形成的看法。

"他们很了不起。"我假装附和地说。

"这些人你都认识，真令人羡慕。"他说，"告诉我，谁是美国最伟大的作家？"

"我丈夫。"我妻子说。

"不，我不是要你为家庭荣誉而答。我是问谁是真的最伟大的作家？谁是你们的托马斯·曼？谁是你们的瓦莱利？当然，不会是厄普顿·辛克莱[1]，也不会是辛克莱·刘易斯。"

"我们没有最伟大的作家。"我说，"我们的好

---

[1] 厄普顿·辛克莱（Upton Sinclair，1878—1968），美国小说家。揭发各种黑幕是他作品的主题，代表作有《屠场》《石油》等。《屠场》一书迫使美国政府通过了食品卫生检查法。

作家到了一定年龄总会出现这样那样的问题。我能解释,但恐怕你会厌烦的,因为解释起来太费时间了。"

"请给我解释一下吧。"他说,"这正是我非常向往的事,这可不是杀捻,而是精神生活,是生活中最好的一部分。"

"你还没听呢。"我说。

"好吧。"我详细地把自己知道的一一告诉他,"在美国,我们曾有技巧熟练的作家。比如坡[1],他的作品技巧娴熟、构思巧妙,但它是死的。我们曾有善于修辞的作家,他们有幸在别人的讲述和航海经历中发现一些事物真实的样子,比如鲸鱼。就像葡萄干嵌在布丁里一样,这种知识被包裹在修辞中。有时它没有嵌在布丁里,单独放着也很好。这里说的是梅尔维尔[2]。但是人们称赞它是赞它的修辞,虽然那并不重要。他们是把一个本不存在的谜加了进去。"

"说得对,"他说,"我懂。但正因为大脑的不

---

[1] 爱德加·艾伦·坡(Edgar Allan Poe, 1809—1849),美国诗人、小说家,是现代侦探小说的创始人。主要代表作有诗歌《乌鸦》,恐怖小说《莉盖亚》,侦探小说《莫格街内杀案》等。

[2] 赫尔曼·梅尔维尔(Herman Melville, 1819—1891),美国小说家,航海生活是他作品的主题,此处说的是他的代表作《白鲸》的写作手法。《白鲸》讲述的是复仇心重的主人公与一条白鲸生死相搏、同归于尽的故事,其中介绍了许多关于鲸的知识。

断运转，才产生了修辞。修辞就像发电机擦出的蓝色火花。"

"有时是这样。有时它只是蓝色的火花，那么驱动发电机运转的是什么呢？"

他不断地催促我，"继续说下去啊。"

"好吧。还有其他一些人，他们从一个从未成为其中一分子的英格兰来到一个他们正在建造中的新的英格兰，他们像被流放至殖民地的人一样写作。他们是文人，是具有幽默感的贵格派教徒，都具有一位论派[1]的微而不卑、深藏不露的卓越智慧。他们都是优秀的人。"

"这些人都是谁呢？"

"爱默生[2]、霍桑[3]、惠蒂埃[4]，还有与之相类似的一群人。我们早期的经典作家都不知道一个新的经

---

[1] 一位论派，从基督教分离出来的一支，不承认三位一体和基督的神性，认为只有一位上帝，北美、英国等地是其教徒的主要分布地。
[2] 爱默生（Ralph Waldo Emerson，1830—1882），美国思想家、诗人、散文家，美国超验主义运动的主要代表。作品有《论自然》《诗集》等。
[3] 霍桑（Nathaniel Hawthorne，1804—1864），美国象征主义小说的开创者，擅于描写人物的心理，揭露人的内心矛盾冲突，代表作有长篇小说《红字》。
[4] 惠蒂埃（John Greenleaf Whittier，1807—1892），美国诗人、废奴主义者。代表作有长诗《大雪封门》、诗集《自由的声音》等。

典作家与他们毫无相似之处。所有的经典作家都可以从任何没有他好的作品中剽窃，从任何并非经典的作品中剽窃。一些作家生来只是为了帮别的作家写一个句子。可这个句子不能从他之前的经典作家那里剽窃或与之相似。这些人有的希望成为君子，有的就是君子。他们都很令人尊重。他们并不用人们演讲时常用的字眼，也不用在语言中一直存活的词语。你也不会猜到他们是有躯体的。他们有很好的、直截了当的、干净的思想。这些东西十分枯燥，除非你想听，否则我真不想说。"

"说下去。"

"那时有一位姓梭罗[1]的作家被公认为很杰出。因为我还没读过他的作品，现在无法向你介绍他。但因为其他自然主义作家的作品我都不能读，除非它们的描写绝对精确而不带有文学性，所以这说明不了什么问题。作家应该单独工作。自然主义作家也应如此，其他人则应该帮他们把彼此的发现联系起来。他们应该在作品完成之后才见面，而且也不能太过频繁。否则他们就变得跟那些纽约的作家一样了。他们就像一

---

[1] 梭罗（Henry David Throeau，1817—1862），美国作家，美国超验主义运动代表人之一，主张人类回归大自然，《瓦尔登湖》是他的代表作。

只瓶子里的蚯蚓,试图通过相互接触从瓶子里汲取知识和养分。可他们一旦进去,就不想走了。这只瓶子的形状有时是艺术,有时变成经济学,有时又是带经济性的宗教。他们不能忍受孤独。害怕变成少数坚持那些信仰的人,出了瓶子,他们会备感孤独。没有任何女人能让他们因为爱她而消除自身的孤独感,或者将孤独与她融合在一起,或者跟她在一起而让其他一切变得无足轻重。"

"那么梭罗怎么样?"

"有机会你应该看看他的作品。也许以后我也会读。以后我几乎什么都可以做。"

"最好再来点儿啤酒,爸爸[1]。"

"好的。"

"那些好作家是谁呀?"

"好作家有亨利·詹姆斯[2]、斯蒂芬·克兰[3]和马克·吐温。这并不是他们的排名顺序。好作家的特点

---

[1] "爸爸"是海明威的妻子对他的称呼。
[2] 亨利·詹姆斯(Henry James,1843—1916),美国小说家、评论家,晚年加入英国国籍。代表作是《一位女士的画像》。
[3] 斯蒂芬·克兰(Stephen Crane,1871—1900),美国小说家、诗人。美国自然主义的先驱,开创了美国社会问题小说和心理分析小说的新趋势,代表作是《街头神女玛姬》和《红色英勇勋章》。

各有千秋。"

"其他两人我不了解。我知道马克·吐温是一位幽默作家。"

"所有的现代美国文学都源自马克·吐温的那部《哈克贝利·费恩历险记》。这是我们最好的书。在它之前甚至没有过文学,所有的美国文学都起源于此。此后也不曾有过能与它媲美的著作。但如果你读它时,你读到黑孩子吉姆被从孩子们那里劫走时就应该打住了。这是真正的结尾。后面都是骗人的。"

"其他的作家怎么样?"

"克兰写过《无甲板的小船》和《蓝色旅馆》两个精彩短篇。后面这篇更好些。"

"他怎么了?"

"他去世了。原因很简单。他从一出生就体弱多病。"

"那另外两个呢?"

"他们虽然没有随着年龄的增长而变得更聪明,但都活到老了。我不知道他们到底想要什么。你也看到了,我们把自己的作家变成了非常奇怪的产物。"

"我听不懂你的意思。"

"从很多方面来看,是我们毁了他们。首先在经济上,他们要赚钱。尽管好书最终总是能赚钱的,但作家只该碰巧才能赚到钱。当我们的作家赚了点儿钱，提高了生活水平，进而为了保住家业、妻子等，他们就被束缚住了，他们不得不一直写作，于是就写出了水平不高的作品。这种次品虽然仓促，但并不是故意写出来的。因为他们有好胜心，在明明无话可说或者没有素材时还是要硬着头皮写。然而，他们一旦背叛了自己，就得继续为自己辩解，于是你会读到更多的次品。又可能他们读了评论自己作品的文章，如果他们对称赞自己伟大的评论照单全收，那么看到说他们是垃圾的评论也必定全盘接受，于是就丢了信心。我们有两位好作家，写出的作品有时候会很好，有时候不怎么好，有时候则相当差，但是好的总会出版。最近，他们就因为读了评论而遭受不小的打击，写不出东西来。他们读过评论后，就认为必须写出评论家们口中的他们曾写过的那类杰作。其实那不过是一些挺不错的作品罢了，当然不能称为什么杰作。所以是评论家们使他们变得无能，不能写作了。"

"这些作家都是谁呢？"

"他们的名字对你来说无关紧要。现在，他们也许已经写了东西，但还是变得心惊胆战、无能了。"

"但是美国的作家到底都出了什么事儿呢？能说得详细点儿吗？"

"我对你详细谈论他们没有意义,因为我也没有经历那些岁月,不过各种情况现在可是都有啊。到了一定年纪,就都变了,男作家们都变成了哈伯德老大妈[1],女作家们都变成了没打过仗的圣女贞德[2]。他们都成了领袖人物。即使没有追随者,他们也可以创造。至于领导谁,那就无关痛痒了。那些被选作追随者的人想要反抗是徒劳的。他们这样做会被骂为不忠。哎,真见鬼。他们弄出太多事情了。这是其中一点。一些人试图写些东西拯救自己的灵魂。这是一条捷径。另一些人则被第一笔收入,第一次赞誉,第一次批评,第一次发现自己没法创作,或者第一次无法做任何事情,再或是变得手足无措并参加了那些替他们思考的组织而毁掉了。或者他们根本不明白自己到底想要什么。亨利·詹姆斯想要赚钱。当然,他从来没赚到过钱。"

"那你呢?"

"虽然我有美好的生活,对别的事情也很感兴趣,

---

[1] 哈伯德老大妈(Old Mother Hubbard)是一首英国童谣中的女主人公。这首童谣讲的是这位老大妈发现食品柜里用来喂狗的肉骨头用光了,于是到邻居家不厌其烦地去要。作者在此处借用这个童谣来讽刺上了一定年纪的男作家会变得唠唠叨叨。

[2] 圣女贞德(Saint Joan of Arc,1412—1431),英法百年战争时英军围困法国的奥尔良城,她领导法国军民击败了强大的英军,成为法国的民族女英雄,后人视她为精神领袖。

但我必须写作,因为如果不写出一定数量的作品,我就无法享受余生。"

"那你想要什么样的生活呢?"

"一边写作一边学习,写作要尽可能地写好。同时还有我乐于享受的好生活呢。"

"猎捻吗?"

"是的。猎捻,还有其他许多事情。"

"什么事儿呀?"

"其他的事儿很多。"

"那你知道自己想要什么吗?"

"是的。"

"你真的喜欢做猎捻这样的傻事吗?"

"就像我喜欢去普拉多博物馆[1]一样。"

"对这两者都一样喜欢?"

"两者都必不可少。况且还有别的事情呢。"

"肯定啦。一定会有啊。但是这件事对你尤其有吸引力,是吧?"

"确实。"

"那么你知道自己要什么吗?"

---

[1] 普拉多博物馆,坐落于西班牙马德里,是一座内藏世界上最丰富最全面的西班牙及欧洲其他画派绘画杰作的艺术博物馆。

"当然,而且我总能得到。"

"但是事事都需要钱啊。"

"我总是能赚到钱的,再说我一向运气都很好。"

"这么说你感到很幸福?"

"是的,除非当我想着别人的时候。"

"这么说你还想着别人?"

"哦,是啊。"

"但你什么也没能为他们做吧?"

"是的。"

"真的什么都没做?"

"也许做了一点儿。"

"你认为写作是值得做的事吗?"

"哦,是的。"

"你肯定吗?"

"非常肯定。"

"那一定非常愉快。"

"是啊,"我说,"写作总是令人感到非常愉快。"

"你们越说越认真,有些吓人了啊。"我妻子说。

"谈这话题就是需要绝对认真嘛。"

"你看,他对某件事情还是很认真的嘛。"康迪斯基说,"我早知道,除了猎捻,他肯定还有其他事情能够认真对待。"

"正是因为做起来太困难,得有许多因素相结合才有可能做到,所以现在所有人都极力回避这个问题,否认它的重要性,让别人觉得试图那么做徒劳无益。"

"你在说什么问题呢?"

"就是那些可以写完的作品。如果有人有足够的严谨再加上一些运气,不知可以把散文[1]写得好到什么程度。没准都能面面俱到。"

"你相信吗?"

"我知道这比登天还难。"

"如果有一个作家能做到这点呢?"

"那其他一切就无足轻重了。当然,他可能失败,但他也有机会成功。这比他能做的任何事情都更重要。"

"但是你正在谈的是诗歌啊。"

"不。我说的是一种从来没人写过的散文,要比诗歌难写得多。即使不用花言巧语,不用欺骗,也不用任何会造成恶果的东西,也是能写成的。"

"那为什么还没有人写成呢?"

"因为需要同时具备的要素太多了。首先,必须

---

[1] 这里说的散文,是指包括小说在内的广义散文,与韵文相对。

有才能，像吉卜林[1]所拥有的那种非常卓越的才能。其次，一定要有自律性，有福楼拜那样的自律性。然后，对于这种散文会是什么样子一定要做到心中有数，以防造假，还要有像存放在巴黎的标准米尺那样坚定的绝对良心。再者，还要有些天赋，不为他事所动，而最关键的是他必须得长寿。由于时光短暂，所以最困难的是长寿到能把作品写完。必须设法把这些因素集于一身，并且超脱强加于身上的种种影响。但是我真希望能有幸读到这样一位作家写出的东西。你怎么认为呢？我们是不是该聊些别的了？"

"虽然我并不完全同意，但你说得很有趣。"

"当然。"

"来杯兼烈[2]吧？"老爹问，"你不觉得喝点儿兼烈很好吗？"

"首先你得告诉我，哪些真实、具体的事情是对作家有害的呢？"

我感到厌倦了，这场谈话不知何时变成了采访。所以我索性把它当成采访并结束了它。现在还没到午

---

[1] 吉卜林（Joseph Rudyard Kipling，1865—1936），英国小说家、诗人，在1907年获得诺贝尔文学奖，署名代表作有《丛林故事》《吉姆》等。
[2] 兼烈（gimlet），由有汽或无汽的兑糖酸橙汁加杜松子酒和水调制成的一种鸡尾酒。

饭时间，我必须把上千种无形的东西放到一句话中表达，真太要命了。

"政治、女人、美酒、金钱、抱负。还有缺少政治、女人、美酒、金钱、抱负。"我说得很深刻。

"他现在讲得可真轻松。"老爹说。

"喝酒这一点我真不理解。我一直觉得喝酒是一种缺点，是很傻的行为。"

"难道你从未打算改变你的看法吗？这种结束一天的方式好处大着呢。"

"快，就让我们来一杯吧。"老爹说，"姆温迪[1]！"

老爹在帮我脱身，我知道。因为除非他把时间搞错了，否则他从不在午饭前喝酒。

"我们都来一杯兼烈吧！"我说。

"我从不喝酒。"康迪斯基说，"我要到卡车上去拿点儿从坎多阿带的新鲜黄油来供午饭时吃。是无盐的，十分美味。我的厨师学会了一道特别的维也纳甜食，并且做得很好，今晚让我们来品尝一下吧。"

说完他走开了。老爹成功帮我脱身。我妻子说："那些女人是怎么回事？你可变得够深奥的了啊。"

---

[1] 名字应该是姆温吉，是一个为老爹扛长猎枪的土人。

"什么女人?"

"就是你刚才谈到的女人。"

"让她们见鬼去吧。"我说,"那是一些你喝醉时才纠缠你的人。"

"原来你还跟她们纠缠过啊。"

"不。"

"我即使喝醉了,也从不跟人纠缠。"

"好了,好了,"老爹说,"我们都没有喝醉过。天哪,那个人真能聊。"

"姆孔巴老板[1]一开口,他就没机会说话啦。"

"我刚才的确犯了话多的坏毛病。"我说。

"那他的卡车怎么处理?我们能既不损坏自己的车,又把它拖回来吗?"

"我想可以的。"老爹说,"等我们的车从汉德尼回来再说吧。"

我们是在一棵大树树荫下的餐篷里吃的午餐。午餐有格兰特瞪羚肉排、土豆泥、嫩玉米,和当作甜食的什锦水果色拉,而新鲜黄油大受夸赞。我们吃着,绿色小虫在帐篷顶上飞着,外面还刮着风。康迪斯基还在席间告诉我们为什么印度东部的人要接管这里。

---

[1] 姆孔巴老板,是土人对海明威的称呼。

"你们是知道的,因为害怕印度再发动叛乱,所以不让印度军队待在国内。大战期间就把他们派到这里打仗。他们向阿迦汗[1]保证,因为印度人在非洲打过仗,今后可以自由来这里定居,做生意。他们不能食言,所以现在印度人就把这个国家从欧洲人手里接管了过来。印度人节衣缩食并把钱都带回印度。等他们赚到了足够的钱就会回印度,取而代之的就是他们家乡的穷亲戚,来继续剥削这个地区。"

　　老爹什么也没说。他不愿在吃饭时跟客人发生争论。

　　"那都是阿迦汗的事儿。"康迪斯基说,"你这个美国人肯定对这些前因后果一无所知。"

　　"你在冯·莱托[2]将军手下从过军吗?"老爹问他。

　　"从大战一开始直到结束我都跟着他。"康迪斯基说。

　　"他是个伟大的战士,"老爹说,"我十分敬佩他。"

　　"你也打过仗?"康迪斯基问道。

　　"对。"

---

[1] 此处指阿迦汗三世(Aga Khan Ⅲ,1877—1957),印度的穆斯林领袖,他曾代表印度出席在日内瓦召开的世界裁军会议。
[2] 指保罗·冯·莱托-福尔贝克(Paul Von Lettow-Vorbeck,1870—1964),德国将军,任德国驻东非殖民军司令。

康迪斯基说他不喜欢莱托。"不错,他是能打仗。没人比他更英勇善战了。当我们需要奎宁或其他的供给品时,他都会下令去缴获一批。但是战事结束后他就再也不关心他的部下了。战后我到德国去询问我的财产赔偿问题。'你是奥地利人,'他们说,'你必须通过奥地利的渠道解决。'于是我就回了奥地利。'可是你为什么要参战呢?'奥地利接待的人问我,'你不能让我们负责。假如你去中国打仗,那也是你自己的选择。我们对你爱莫能助。'

"'可我是以爱国者的身份参战的啊,'我还在傻傻地争辩,'我是一个清楚自己职责的奥地利人,所以在哪里战斗不都一样嘛。''话虽如此,'他们说,'很令人钦佩。但是你不能因此让我们为你的崇高情感负责啊。'于是他们把我像皮球一样踢来踢去,最终我一无所获。虽然我因来这里失去了一切,但我在这里拥有的比任何欧洲人都多,所以我还是很热爱这里的。我对这里的土人、语言以及其他东西一直都很感兴趣。我记录了很多关于这里的人和事的笔记。再说我在这里真的就像个国王一样,这种感觉令人非常愉快。早晨醒来,我伸出一只脚,就会有一个土人替我把袜子穿上。然后我把另一只脚伸出去,他就把另一只袜子套上。在蚊帐下,我一抬腿就能伸进为我撑开着的衬裤，你不觉得这种生活棒极了吗？"

"像个国王一样，的确非常棒。"

"等你下次再来时，我们一定要搞一个科考队。那时什么动物也不捕杀，或者只捕杀食用动物。我们要专门去研究研究这些土人。看着，我要为你们唱一首歌，跳一支舞。"

他双肘来回舞动，弯腰屈膝绕着桌子载歌载舞。毫无疑问，他的表演是很精彩的。

"这只是当地上千种舞蹈中的一种。"他说，"现在我得离开一会儿了。你们要休息了。"

"不用急。再待一会儿吧。"

"不。你们肯定要睡觉了。我也要睡会儿了。我得把这黄油带去冷藏起来。"

"那我们晚饭时再见吧。"老爹说。

"好的，你们休息吧。再见。"

他走后，老爹说："你知道，关于阿迦汗的事儿我并不全信。"

"听起来可挺真实的。"

"他当然会感到日子难过。"老爹说，"冯·莱托就像个从地狱来的人，谁的日子能好过呢。"

"他非常聪明。"我妻子说，"他关于土人的总结多精彩啊，但是他对美国的女性也太刻薄了。"

"我也这样认为。"老爹说,"他是个好人。你最好休息一会儿吧。我们三点半左右就得出发了。"

"到时让他们来叫醒我。"

莫罗[1]掀起帐篷的底部,用棍子撑起来以便风能吹透这暖烘烘的帆布帐篷。我则在清新凉爽的帐篷里躺下看书,准备入睡。

我醒来时已经到了该动身的时候。天气很热,天空中布满乌云。他们已经把一些罐头水果、一块重五磅的烤肉、面包、茶叶、一个茶壶、几罐牛奶和四瓶啤酒一起放进了一个原来装瓶装威士忌的箱子。里面还装了一只帆布水袋和一块搭帐篷用的铺地防潮布。姆科拉正在把那支大枪扛出来放到车上。

"不必着急回来,"老爹说,"我们需要时会去找你的。"

"好的。"

"我们会派卡车把那个冒险家送到汉德尼去的。他正打发他的手下人先往那里去呢。"

"你肯定这卡车能完成任务吗?别因为他是我的朋友就这么做。"

"放心,卡车今晚就能回来。怎么也得把他送走

---

[1]莫罗(Molo),海明威在当地雇用的土人之一。

呀。"

"夫人还在睡觉呢。"我说,"也许她可以出去散散步,打几只珍珠鸡。"

"我在这儿。"她说,"别为我们担心。啊,希望你满载而归。"

"后天之前不要派人顺着大路来找我们,"我说,"如果机会好的话,我们会在那里多待一些时间。"

"祝你好运!"

"祝你好运,亲爱的。再见,杰·菲[1]先生。"

---

[1] 这是杰克逊·菲利普姓名的首字母缩写,指的是"老爹"。

第二章

我们开着车走出阴凉的营地，顺着一条沙土大路向着西边的太阳驶去。路边长满了密密麻麻的灌木，茂盛得像个树林，远处则耸立着一些小山。一路行驶，我们经过了一队队正在向西走的人群，看到有些人几乎赤身露体，只披着一块肩头打个结的油腻的布，背着弓和带盖的箭囊。有的还扛着长矛。披着带褶的白布，撑着伞的应该是富人们，他们的女眷拿着锅碗瓢盆跟在后面。走在前面的其他土人把一捆捆或一担担的兽皮分别顶在自己的头上。他们都在抛弃这片饥饿的土地。在炎热的天气下，我为避开发动机冒出的热气，把双脚从汽车一边伸了出去，并把帽子拉低到眼睛上，挡住阳光，观察着大路、人群和可能有猎物藏身的灌木丛中的所有空隙。我们就这样驾车向西驶去。

三只较小的母捻曾出现在高低不平的灌木丛里的一片空地上。我们看到它们有灰色毛皮，大肚子，长颈，小脑袋，长着大耳朵，但瞬间它们就跑进树丛里消失了。我们下车去追寻它们，但是没有发现公捻的脚印。

继续行驶没多远，一群珍珠鸡以快步动物特有的敏捷迅速横穿大路，埋着头一直朝前奔去。当我跳下车，飞快地追向它们时，它们惊恐地上蹿下跳，双腿紧紧贴在笨重的身体下，拼命拍打着小翅膀，嘎嘎地乱叫着要穿过前面的树丛。我射中了两只，它们重重地摔在地上，就那么躺着，翅膀还在不断地拍打着。阿布杜拉随即把它们的头割下来，这样再吃就不犯法了。他把猎物放进卡车时，姆科拉正坐在车里哈哈大笑。他乐坏了，他这种老年人健康的笑，他这种拿我寻开心的笑，他这种关于我射鸟时的笑，都是从有一回我当众连连射失猎物开始的。现在每当我得手时，就会成为他们的笑话，就像我们射中一头鬣狗[1]时那样；那是其中最有趣的笑话了。每次看见鸟儿被射落，他就会大笑；每次我失手时，他还是哈哈大笑，并连连摇头。

"你问问他，到底有什么好笑的？"有一次我问老爹。

---

[1] 鬣狗，主要在亚洲和非洲生存，是一种较大的食肉动物，牙齿锋利，能咬碎又大又硬的骨头，腐肉是其主要食物。

"我在笑老板嘛,"姆科拉摇着头说,"也在笑那些小鸟。"

"他认为你是个有趣的人。"老爹说。

"去他的。我是有趣的人。但是让他一边儿凉快去。"

"他认为你非常有趣。"老爹说,"那以后我跟夫人再也不笑你了。"

"你自己来射射看。"

"不,你是射鸟专家,是公认的射鸟专家。"她说。

射鸟在他们眼中就变成了绝妙的笑话。如果我射不中,我就是这闹剧中的小丑,姆科拉就笑得浑身发抖地看着我。如果我射中了,鸟儿就成了笑柄,他会一边大笑一边摇头,一圈圈地转动着双手,做出鸟儿在空中翻滚落地的样子。也许只有打鬣狗的笑话能比这更加有趣。

在白天的大平原上,鬣狗肚皮完全贴着地面挪动,那种可恶地耷拉着身子的样子十分滑稽。如果从后面射中它,它就会朝前拼命奔跑,之后一头栽倒。鬣狗跑出射程后,会在一个盐湖前停下,回头张望。如果它胸部中弹,就会仰面倒下,四脚朝天,十分搞笑。最让人开心的事,就是看到那楔子脑袋的鬣狗在十码处中弹,它猛地从陡岸干沟旁高高的草丛里蹿出来,散发着臭气，一边很急促地追咬自己的尾巴，一边兜上三个越来越小的圈子，然后就躺倒死掉了。

姆科拉是最喜欢看见一头鬣狗在近距离中弹的。子弹啪的一响，鬣狗发现死神已经射进体内而表现出的焦虑绝望的神情，充满了喜剧感。更有趣的是在平原上闪烁的热浪中，看见一头鬣狗在远处被击中后仰面倒下，并开始用风驰电掣般的速度疯狂地转圈，显然是在追逐体内那颗致命的小小的镀镍铅弹。但是关于鬣狗的最好笑的绝顶笑话，都能让姆科拉在面前挥舞着双手，然后转过身去，边摇头边大笑。有一次遇到了一只典型的鬣狗，它在奔跑时被击中了下身，发疯似的转圈儿，疯狂地撕咬自己，直到把自己的肠子咬出来，然后就站在那里，拼命将肠子往外扯，还津津有味地吃下去。

"鬣狗，自己咬自己的傻鬣狗。""哎，鬣狗。"姆科拉会用斯瓦希里语说，既开心又伤感地摇摇头，感叹世间竟然有这么恶心的畜生。鬣狗是一种雌雄同体的动物，它不仅喜欢吃自己的肉和死尸，还追猎怀孕的母牛，爱咬断猎物的后腿腱。它叫声凄惨，散发着臭气，喜欢跟踪人到营地，还可能趁你夜间熟睡时咬烂你的脸，能用上下颚咬碎狮子留下的骨头。它们肚子贴着地在褐色平原上游荡爬行，脸上那种杂种狗的狡黠神情在回头张望时一览无余。被曼利希尔[1]短筒步枪击中后,就开始疯狂地转圈儿。"鬣狗。"姆科拉一边摇晃着他那颗乌黑的秃脑袋,一边哈哈大笑,为它感到羞耻。

关于鬣狗的笑话都是脏笑话,但是射鸟的笑话是干净的。关于我的威士忌的笑话也是干净的。那个笑话有很多不同的版本,我们以后有机会再谈吧。伊斯兰教徒和所有的宗教分子都是笑话。我这就有一个关于所有信教的人的笑话。却罗,另一个身材矮小,非常严肃的扛枪者,对信仰十分虔诚。整个斋月里,每天日落前他连口水都不咽。等到太阳快落山时,就看见他紧张地注视着。他不时地用手指摸着随身携带的一只装着某种茶水的瓶子,并注视着太阳。我发现姆科拉一直盯着他,却假装没盯着。这事对他吸引力并不大,还不足以让他当众大笑,但是姆科拉有些优越感,并对却罗信教的荒谬行为感到惊愕。

信仰伊斯兰教在当地十分普遍,所有享有较高社会地位的土人都是伊斯兰教徒。我能理解这是值得信仰的、流行的,还能给人种姓地位的事儿。神指示每

---

[1] 曼利希尔(Ferdinand Manlicher,1848—1904),德国发明家,设计制造了多款手枪和步枪。

年要人为地吃点儿苦，这会让你感到比别人优越，使你养成更复杂的进食习惯。但姆科拉既不理解也不关心这些事儿。而他盯着的却罗正在注视着西落的太阳，脸上一副茫然，对一切与他无关的事儿他总是挂着这副表情。太阳下山的速度非常慢，却罗渴得要命，但仍旧十分虔诚地等待着。我看着红彤彤的太阳挂在树梢上，用肘子轻轻地推了推他，他咧嘴一笑。姆科拉认真地把水瓶递给我。我摇摇头，却罗看到，又咧嘴一笑。现在换成姆科拉一脸茫然了。接着太阳终于落山了，却罗立刻将瓶子拿起来灌水喝，喉结迅速地上下滑动。姆科拉看了他一会儿，就把目光移开了。

在我和却罗成为好朋友之前，他一点儿也不信任我。每次出了什么事儿，他就摆出这么一副漠不关心的神情。一开始我就很喜欢却罗。在宗教问题上，我们彼此理解。却罗佩服我的枪法，每当我们射杀了一些很棒的猎物，他就会跟我们微笑着握手。这会使人高兴，讨人喜欢。而姆科拉却把之前的种种成功射猎都看作是一连串的侥幸事件。他认为我们只是在射猎而已，并且我们一直也没有猎到什么有价值的东西。他其实是杰克逊·菲利普先生的扛枪者，只是暂时借给我帮忙的，帮我扛枪。我对他算不上什么。他既不喜欢我，也不讨厌我。他对卡尔是那种轻蔑的客气态度。他喜欢的人其实是妈妈[1]。

　　那晚我们杀死第一头狮子后就赶回去了。天黑时，我们才到达营地。猎杀狮子的场景一片狼藉。我们事先说好了，让P.O.M.开第一枪，但由于天色实在太晚了，我们又都是第一次猎杀狮子，没有时间围猎它，所以一旦它被击中了，我们就必须与它混战，任何人都可以猎杀它。由于当时太阳快要下山，光线越来越暗，如果它带伤逃进藏身地，不搞得乱七八糟就拿它没办法，所以这个计划是可行的。我记得是在热带稀树旷野中的一棵矮小的树前发现它的，是一头在小树前显得头大体壮的黄毛狮子，我本想叫P.O.M.坐下来瞄准后再开枪，可她只是跪下来稍做准备，接着这支曼利希尔短筒步枪就发出砰的一声，那头狮子立刻用一种奇特的、前肢沉重、摇摇晃晃像猫一样的奔跑姿势向左方跑去。我用斯普林菲尔德步枪[2]击中了它，它一头栽倒，随后又转了一下身，我随即又补了一枪，激起一片尘土。此刻太阳正好挂在树梢上，野草翠绿。当时也不知道它是昏过去了还是已经死了，只见这头狮子四肢摊开，肚皮贴地。我们端起枪，像一个民防

---

[1] 大家对保琳·菲佛的爱称。
[2] 斯普林菲尔德步枪（Springfield），1903年起美国陆军开始将其作为制式步枪使用，由马萨诸塞州斯普林菲尔德兵工厂生产。

团或一群皇家爱尔兰警吏团似的慢慢朝它靠近。我们快靠近时，姆科拉朝它扔了一块石头，砸中了它的侧腹部。从它被砸后没有反应的样子看来，它应该已经死了。我肯定P.O.M.那枪击中了它，可是在它身体背部，就在脊椎下面只有一个弹孔，子弹向前穿到胸部皮肤表层之下，在那里可以摸到它。姆科拉就在那个部位割了个口子，把子弹掏了出来。那正是一颗斯普林菲尔德步枪射出的220格令[1]的实心铅弹，它击中了狮子，穿过它的肺部和心脏。

我们本来准备做一番英雄壮举，像演戏那样大干一场，谁知令人惊讶的是，它中弹后就翻身倒地死了。这让我十分沮丧，高兴不起来。这是我们猎杀的第一头狮子，虽然我们非常无知，但这可不是我们出钱想看到的啊。却罗和姆科拉都去跟P.O.M.握了手，然后却罗走过来跟我握了握手。

"好枪法，老板。"他用斯瓦希里语说。

"卡尔，你开枪了吗？"我问。

"没有。我刚要开枪，你先开了。"

"你没朝它开枪吗，老爹？"

"没有。不然你该听到枪声的。"他打开枪膛，

---

[1] 格令（grain），等于0.0648克，是英美制最小的重量单位。

取出枪里两颗.450口径的二号大子弹给我看。

"我肯定我没打中。"P.O.M.说。

"我到现在还认为是你打中了它呢。"我说。

"是妈妈打中的。"姆科拉说。

"打中哪里了?"却罗问。

"打中了,"姆科拉说,"打中了。"

"是你把它射倒的。"老爹对我说,"天哪,它就像只兔子一样栽倒了。"

"真难以置信。"

"是妈妈打中的。"姆科拉说,"妈妈打中狮子啦。"

那天入夜我们回营,看见前面黑暗中的营火时,姆科拉突然用瓦坎巴[1]语大声说出一串话来,最后那个词儿是"狮子",声音尖锐、急促,像唱歌一样。营地里有人回喊了一声。

"妈妈!"姆科拉喊道。接着又是一串长长的土语,而后又是"妈妈!妈妈!"

所有的脚夫、厨子、剥皮工、土人小伙们以及头领都在黑暗中跑了过来。

"妈妈!"姆科拉喊道,"妈妈打中了一头狮子。"

---

[1] 瓦坎巴(Wakamba),简称坎巴(Kamba),是东非肯尼亚南部的一个以农业和畜牧业为主的民族。

小伙们蜂拥而至，欢蹦乱跳，打着节拍跳起了舞，同时从胸膛深处发出吟唱之声，一开始像是咳嗽声，而后听着像是"嗨妈妈！嗨妈妈！嗨妈妈！"

那眼睛骨碌碌乱转的剥皮工把P.O.M.举起来，大块头的厨师和土人小伙们也上来抱着她，其他人也簇拥上来要举着她，举不到的人也要摸摸她、抱抱她。在黑暗中，他们围着篝火载歌载舞，一直朝我们的帐篷跳过去。

"嗨妈妈！呼！呼！呼！嗨妈妈！呼！呼！呼！"他们唱着狮子舞曲，歌声中还带着低沉的、狮子患哮喘似的咳嗽声。到了帐篷前，他们把她放下，每个人都非常羞怯地跟她握手，握手时土人小伙们、姆科拉和脚夫们都说"好样的，妈妈"。"妈妈"两字上着重的发音表明他们对她倾注了丰沛的感情。

稍后，老爹坐在篝火前的椅子上，一边喝酒一边说："就是你打中的。谁敢说不是你打中的，姆科拉会杀了他的。"

"你知道，我真的觉得好像就是我打中的。"P.O.M.说，"如果真是我打中的话，我倒认为我会受不了的。我肯定会过于骄傲的。胜利真是妙不可言啊，你说呢？"

"好样的，老妈妈。"卡尔说。

"我确信就是你打中它的。"我说。

"哦,我们就别谈这个了。"P.O.M.说,"即便只是别人认为是我猎杀了它,我已经感觉棒极了。你知道,在国内时可从没人把我抬在肩上过啊。"

"美国人太不文明了,他们不知道怎样正确地做事。"老爹说。"可怜的老妈妈,我们要一直把你抬到基韦斯特[1]去。"卡尔说。

"我们别谈这事儿了。"P.O.M.说,"我已经非常非常享受了。也许我该款待一下大家吧?"

"他们可不是为回报才这么做的,"老爹说,"不过发些东西庆祝一下也挺好。"

"哦,我想给他们每人一大笔钱。"P.O.M.说,"胜利的感觉真是妙不可言,不是吗?"

"好主意,老妈妈。"我说,"是你杀死了它。"

"不,我没有。别骗我啦,只要能让我享受胜利就行了。"

不管怎么说,很久以来,姆科拉并不信任我。在P.O.M.的许可证到期之前,她一直是姆科拉最喜爱的人,而我们只是一帮多余的阻碍妈妈射中猎物的人。

---

[1] 基韦斯特(Key West),坐落于美国佛罗里达州南端佛罗里达群岛最西侧的岛屿,海明威在那里有房子。

一旦她的许可证到期，她就跟姆科拉一样变成非战斗人员，不能再打猎了。因此在我们开始捕捻时，老爹就留在营地里，只是派我们和追猎手一起出去，卡尔和却罗一队，姆科拉和我一队。姆科拉对老爹的评价就明显降低了。当然，这仅仅是暂时的。他是老爹雇的人，我相信他那套评价标准需要不间断地发生系列事情才能显示出一些意义，也就是日常用用。现在，我和他之间已经变得不太友好了。

第 2 部

记忆中的追猎

第三章

事情要追溯到我们在森林里跟垂眼皮一起徒步猎捕犀牛的时候了，那时我在内罗毕生了一场病之后刚刚回来。垂眼皮是一个英俊，并且气度不凡，眼皮长得几乎盖住了眼睛的真正的土人，也是一个出色的猎手和很棒的追猎手。我估摸他三十五岁左右，全身上下只围着一块在一只肩膀上打了个结的布，头戴一顶别的猎人送给他的菲斯帽[1]。他总是携带一根长矛。姆科拉身穿一件扣子一粒不少的旧美军卡其紧身短上衣，本来这件衣服是老爹带来给垂眼皮的，老爹两次把它拿出来准备送给他，可他刚好到别处去了，所以没有送成。最后姆科拉说："把它给我吧。"

---

[1] 菲斯（fez），又叫土耳其帽，一般是男人戴的红色的圆筒形无边毡帽，并配有长黑缨，流行于地中海东岸各国。

老爹就把衣服给了姆科拉，他一直把它穿在身上，在得到我的射鸟外套后才替换。这是我看见的这位老人唯一的服装，只有这件紧身短上衣、一条短裤、一顶玩冰上溜石游戏的人戴的有细绒毛的羊毛便帽和换洗时穿的军用针织衫。他穿的鞋则是用旧车胎做的凉鞋。至今我还记得第一次看见他脱去紧身短上衣，发现他特别苍老的上身时有多么惊讶，因为平时看到他有一双细长、健美的腿，加上像大个子鲁思[1]一样匀称的脚。而只有从杰弗里斯[2]和夏基[3]在三十年后拍的照片上才能见到的一样的那些难看的老年人的二头肌和松弛的胸肌出现在他的身上。

我曾经问过老爹姆科拉的岁数。

"肯定有五十多了，"老爹说，"他在土著保留区里还有些成年的孩子呢。可是他的孩子们都过得不怎么样，甚至一无是处，很没出息。而他也管不了他们。我们曾试着让其中一个来做脚夫，但是他真的干

---

[1] 大个子鲁思（Babe Ruth），真名叫乔治·赫尔曼·鲁思（George Herman Ruth，1895—1948），美国著名职业棒球运动员，是首批入选美国棒球荣誉厅的五名运动员之一。
[2] 杰弗里斯（James Jackson Jeffries，1875—1953），美国职业拳击运动员，曾荣获世界最重量级冠军，直到1905年退役时未尝败绩。
[3] 夏基（Jack Sharkey，1902—1994），美国职业拳击运动员，曾荣获世界最重量级冠军。

不了。"

姆科拉深知垂眼皮是个比他棒的人，所以他并不嫉妒垂眼皮。垂眼皮不仅善于打猎，还是个速度更快、动作更敏捷的追猎手，他做的每件事情都表明他是个了不起的风格独特的人。跟垂眼皮一起出猎时，他明白自己穿的是本该给垂眼皮的紧身上衣，并且他在成为扛枪者之前曾做过脚夫，所以他像我们一样佩服垂眼皮，此时就突然不再倚老卖老，而是随我们一起安心打猎了，而垂眼皮负责全盘指挥。

那次狩猎非常精彩。我们从营地出发，当天下午进入狩猎区，顺着一条被犀牛踩出的小道走了大约四英里。这条有坡度的小道穿过一座座长满野草的山丘，平坦光滑得就像是工程师设计的一样，那些山丘上还残留着一些像是被遗弃的果园树丛。小道被踩得很平，凹进地面有一英尺深。我们顺着小道穿过山坳间一道干涸的灌溉渠似的沟，走到它向下倾斜的地方离开小道，汗流浃背地爬上右边一座陡峭的小山，然后背对着山顶坐下，用望远镜观察那片地区：一座大山上覆盖着茂密的森林，森林下便是些小丘，林里流淌出来的几条河将整个地区划分开，那真是一片苍翠宜人的土地；森林朝下延伸到有些斜坡的小丘顶上，像手指一样。我们就在这森林的边缘翘首期待着犀牛的出现。

如果你把目光从森林和大山坡向下移,你就能顺着那些河流和小陡坡看到平地,地上有很多被太阳晒枯的棕黄色的草。目光再往旁边移去,越过一条狭长地带,就是那灰褐色的东非大裂谷[1]和波光粼粼的马尼亚拉湖[2]。

我们躺在小山坡上,密切地注视着那片区域,静静等待着犀牛出现。垂眼皮在山顶另一边,跪坐在那里观察着,姆科拉在我们的下面。山坡上的草木随着东边吹来的丝丝凉风摇曳。天空中飘浮着大朵的白云,大山坡上森林里高大的树木枝叶相连,密密麻麻,似乎人都能在树梢上行走。大山后有一道沟壑,再往后又是一座大山,那座大山上的森林因为遥远而呈现出了深蓝色。

一直等到五点钟,我们都没看见什么猎物。不久,我发现远处一座山谷的谷肩上有个东西在向一片带状的树林移动。用望远镜一看,原来是一头正以水蜡般

---

[1] 裂谷(Rift Valley),是由于地壳中断层错动,相互平移,相对独立的断层崖间的地面发生下沉而形成的一种自然地貌。东非大裂谷从约旦向南,穿过非洲,直至莫桑比克,总长4000英里,平均宽度30~40英里,是地球表面最大裂谷的一部分。

[2] 马尼亚拉湖(Lake Manyara),坦桑尼亚北部的一个湖泊,湖附近有野牛、象、狮子、豹、犀牛和河马等野生动物。

的速度在小山上行进的犀牛。它在阳光下呈红色，即使在远处也能看得清清楚楚。之后，又从森林里跑出来三头，从望远镜里看起来它们很小，在树荫中呈深褐色，其中两头在一丛灌木前打架，头与头相抵。我们注视着它们时，光线暗了下来。天色太暗了，此时我们不可能先下山，再穿过山谷，而后爬上狭窄的大山坡，及时跑到它们面前开枪，于是我们只能回营地。在黑暗中我们穿着鞋子侧身往山下挪动，挪到小道上就感觉到脚下平坦多了，之后便顺着这条在幽暗山丘间蜿蜒的凹进地面的小道返回，直到看见树丛里的火光。

那晚，我们都很兴奋，因为等到了三头犀牛。第二天一早，我们正在吃早饭，准备动身，垂眼皮急匆匆地走进来告诉我们，"有一群水牛在离营地不到两英里的森林边吃草"。我们立即兴奋地赶往那里，在路上嘴里还在品味着咖啡和腌鱼。被垂眼皮留在那儿监视它们的土人说它们已经越过一条深沟，进入了一块林中空地。他说，这群水牛有十几头，其中有两头大公牛。我们把藤蔓拨到一边，顺着它们踩出的小路悄悄尾随而去。尽管我们进入了林木茂盛而无法射击的森林里，并兜了很大一圈，但还是没有发现它们的踪迹，也没有听到它们的声音，只见到一些脚印和许多新鲜粪便。我们曾看见一群食虱鸟鸣叫着飞过，也看到了一些绿色的斑尾林鸽和猴子，仅此而已。树林里虽然有不少犀牛的足迹和含有未消化的草的粪堆，但我们一无所获。等到走出森林，太阳已经很高，我们腰部以下都被露水打湿了。天气很热，这时并没有刮起大风。我们知道无论之前有什么犀牛和野牛经过，这会儿都已回到森林深处避暑去了。

其他人跟着老爹和姆科拉先回营地去。营地里的肉已经吃完了，所以我想跟垂眼皮再去转一圈，看看能不能打一只动物来吃。我已从痢疾中康复，身体恢复了强壮。在这坡度不大的地区散散步，顺便也打打猎是件愉快的事儿，不知道将会遇到什么猎物，能随意地打到什么来供我们食用就好。再说，我也喜欢跟着垂眼皮狩猎，喜欢看他轻捷地迈着大步地走路。我喜欢这样观察着他，喜欢感觉我软底鞋下的草和步枪令人舒适的重量。我握着枪柄，把枪管搭在肩上。阳光热得足以令你大汗淋漓，蒸发掉草上的露水。伴随着初起的微风，走在这片土地上就像走在新英格兰被遗弃的果园里。我知道我的枪法又娴熟了，总想一试身手让垂眼皮刮目相看。

从一块高地顶上我们看到了约一英里外的一个小山坡上两头黄色的羚羊在吃草，我示意垂眼皮，一起拔腿下山去追它们。听到我们跑近,在一个深谷里一头公水羚和两头母水羚一跃而起。本来我们可以射猎水羚,但我已猎过一头,那只的头比现在这只要漂亮,我也知道做食物它毫不可取。我虽然把瞄准器对准了正在飞逃的公水羚,但想到我已经有了一只水羚头,而且它的肉一点儿也不好吃,所以就没有开枪。

"你不开枪吗?"垂眼皮用斯瓦希里语问,"那是一头不错的公水羚。"

我向他解释,我有一头比这更好的水羚,而且它的肉不好吃。

他咧嘴笑了笑。

"Piga kongoni m'uzuri."[1]

"Piga"是个形象的单词。听起来就像在下令开枪或宣布射中,又像是射击时的声音一样。"M'uzuri"是"好""不错""较好"的意思,一直以来我都觉得它的发音听起来太像一个州名了[2]。我一度在走路时把阿肯色州的州名和M'uzuri加到斯瓦希里语中造句,就如同所有那些变成合适、正常的词那样,现在它们也都变成正常自然的词了,不必再用斜体字印刷。

---

[1] 斯瓦希里语,"打羚羊好"。
[2] 美国有一个州名叫密苏里(Missouri),发音和M'uzuri相近。

把耳朵拉长，刻有部落的标记，男人手持长矛也都没有什么奇怪或不合时宜的了。代表部落的标记和文身看起来是他们自然的、潇洒的装饰，他们以此为荣，我很遗憾自己没有这些标记。我身上有些不规则的疤痕，有些是简单浮起的条状疤痕，当然不是正式刻上去的。我前额上的一道疤现在还被人们议论纷纷，他们总问我是不是撞破过头。垂眼皮的颧骨两边有些漂亮的疤痕，胸口和腹部也有些对称且富有装饰性的疤痕。正当我想着我右脚掌上有一块只会磨破我的袜子，但像圣诞卡上凸印的圣诞树的还不赖的疤痕时，我们惊动了两头小苇羚。它们迅速向树丛里逃窜，然后在六十码开外处站住了。我趁着其中一头优美的瘦公苇羚回头张望时开了一枪，打中了它肩膀后面一点的部位。它跳了一下后，很快就倒地不起了。

"打中啦。"垂眼皮笑了。我俩都听见了子弹击中的声音。

"死了。"我用斯瓦希里语对他说。

当我们走到这头侧躺着的公苇羚旁边时，发现它并没有死，心脏仍在顽强地跳动着。垂眼皮没有剥皮刀，而我只能用一把袖珍的折刀处理它。我用手指顺着它前腿往后摸到了隔着肚皮还在跳动的富有弹性的心脏，把刀子刺了进去。但是刀子太短，反倒把心脏顶到了一边。我正摸着它，手指上热乎乎的，感觉到刀子刺进去时把它挤开了，但是我把刀在里面转了一圈，就割断了它的大动脉，热乎乎的血喷到了我的手上。把血放光后，我还想在垂眼皮面前卖弄一番，就用小刀开始开膛，干净利落地清出它的内脏，割掉苦胆，将掏出的肝脏、肾脏都扔在一个长着野草的小土包上。

垂眼皮要过我的刀子，要给我露一手了。只见他熟练地剖开苇羚的胃，把它由里向外翻了过来，把胃里的草倒在地上，抖了几下之后将肝和肾等放在里面，又用刀子从躺着的公苇羚身后的树上切下一根树枝，用剥下来的软树皮把胃缝合成一个袋子，里面装上剖出的其他美味。然后他砍下一根树干，将它一端穿进羊肚口袋，另一端挑在肩上，就跟我们小时候看到过的冠蓝鸦牌鸡眼膏广告上那些流浪汉用棍子把一块大方巾包着的全部家当扛在肩上一样。我盘算着哪天回到怀俄明州时怎么向约翰·施泰布炫耀这个好办法。我知道他一定会一边展示着他那微笑（你必须用卵石砸向公鹿，才能阻止它一直不停地大声叫），一边用带德国口音的英语说："天哪，欧内斯特，你真是太聪明啦！"

垂眼皮把棍子递给我后就脱下他身上唯一一件衣

服，拧成一根绳，把公苇羚背在肩后。我想帮他抬，于是用手势示意他去砍一根粗树干，把公苇羚挂在上面，我们好一起抬，但他坚持要一个人背。于是我一肩扛着用棍挑着的羊肚包，一肩背着步枪，垂眼皮背着公苇羚，摇摇晃晃地在前面走，弄得满头大汗。我们就这样向营地走去。我让垂眼皮先把它挂在一棵树上，在树杈上吊着，等我们回去再派两名脚夫来把它抬回去。可当垂眼皮看出我不是为了让它排干血，而是打算把它留在那里后，他又把它拿下来背在了肩上。于是我们又继续朝营地走去。等我们走进营地，围在篝火旁的土人小伙子们看到我扛着的羊肚包都哈哈大笑起来。

我很喜欢这种狩猎方式。在高低错落的地区，不是在平原上，也不用坐车，而我真的非常喜欢这种方式。我曾经大病一场，现在日益恢复健壮的感觉也令我高兴。我不发胖，不会感觉肚鼓胃胀，想吃多少肉就吃多少，所以吃肉的胃口很大。每晚坐在篝火旁，我不管喝什么都会出一身的汗。到了白天就会很热，树林里不时会吹出清风，我就躺在阴凉处看书，十分享受，因为此刻没有写作的义务和压力，甚至连一封信也不用写，而且每天一到四点钟就能外出打猎。除了家里的孩子们，我最关心的人就在我身边，我可不愿跟任何不在身边的人分享这种生活。我只想这样虽然有些累，但十分愉快地生活着。我对自己的好枪法充满信心和成就感，而自己真正拥有这种感觉比从别人那里听到要令人高兴得多。

　　三点一过，我们立刻动身了，为的是四点能赶到山上。快到五点时，几乎就在头天晚上发现犀牛的地方，我们看到一头短腿犀牛匆匆穿过山脊，也就是在昨天那两头犀牛打架的地方附近钻进了森林边缘，看着它顺着一条会把我们引下山去的路，穿过山底那条满是植被的沟谷后，爬上一道陡坡，走到一棵开着黄花的荆棘树旁，昨天我们追踪的犀牛就是往那里去的。

　　我径直爬上了一座可以看到那棵荆棘树的山坡。风吹过山坡，我把一块手帕塞进帽子的防汗带里吸汗，以防汗水滴到眼镜上，并尽量放慢脚步。我尽可能地放慢速度，让怦怦乱跳的心平复下来，并随时准备开枪。除非因为奔跑或爬山而心慌手抖，因为汗水模糊了眼镜又没有布或纸擦干净，或者因为你的镜片碎了，否则在射击大型动物时，只要你会开枪，知道往哪里射击，并且没有东西阻碍你和猎物，那你就没有理由射失。最有可能影响狩猎成绩的就是眼镜，我习惯带着四块手帕，每弄湿一块就从左口袋拿出一块换掉，把湿的放到右口袋。

虽然我们小心翼翼地爬到开黄花的树下,就像由狗引领着走向一窝鹌鹑那样,但是那头犀牛还是跟丢了。我们沿着森林边缘找了一遍,到处都是脚印和新的犀牛足迹,就是找不到那头犀牛。眼看太阳西下,天色渐暗,就快没法开枪了,但我们还是抱着能在林中空地里发现它的希望,在山坡四周的森林里转来转去。等到天色暗得无法开枪时,只见垂眼皮停下脚步并蹲下来看着什么。他向我们点头示意跟上来。我们猫着腰走到跟前,果然发现对面一个小山谷上齐胸高的灌木丛里有一头大犀牛和一头小犀牛正面对我们站着。

"是母犀牛和牛崽,先别朝它开枪。让我看看它的角。"他一边悄声说,一边从姆科拉手里拿过了望远镜。

"它能发现我们吗?" P.O.M. 问。

"不能。"

"它们离我们有多远?"

"应该有五百码左右吧。"

"天哪,它看起来真大。"我小声说。

"它是头大母犀牛。"老爹说,"不知那头公犀牛怎么样了?"看见猎物他既高兴又激动,"天太黑了,我们必须接近它才能开枪。"

两头犀牛转过身去开始吃草。它们不是跑着就是站着不动，好像就是不会慢慢走动。

"它们身上怎么这么红呀？" P. O. M. 问。

"在泥土里滚来滚去变红的。"老爹回答说，"我们赶紧趁着还有光线靠近它们吧。"

太阳落山后，我们才走出森林，朝山坡下看去，可以望到对面的一座小山，我们曾在那里用望远镜进行观察。我们本应下山后穿过小沟，再往上爬到我们来时的那条小道，往回追踪，可是我们却像傻了似的决定一直穿过森林边缘下面的山坡。顺着这条突发奇想的路线，我们在夜幕中往下进入了深谷。那里远远看着只是一块块林木繁茂的地方，直到我们进去了，就开始不断顺着藤蔓往下滑行，绊倒，攀爬，再滑行，往下，再往下，然后遇到陡峭的小路，便不可思议地往上爬。一路上耳边不断听到沙沙声，那是夜间出没的动物从附近掠过的声音，还有咳嗽声，那是一只追猎狒狒的豹子的声音。黑暗中摸到每根树根和树枝都像摸到蛇一样胆战心惊，因为我很怕蛇。

在攀登时为了对付又高又陡的路，你必须抬起一只脚靠向另一只脚，一只脚紧跟着另一只脚，每跨出一大步身体都必须往前倾。虽然这样累得要死，枪都快扛不动了，但只有这样才能在两条山沟里爬上爬下，并且需要手脚并用才可以通过，登上月光映照下的那道又长又极为陡峭的山肩。

在月光下，我们排成一队穿过斜坡，一直往上爬到了洒满月光的山顶，那里显然好走多了。我们继续穿过一些小山丘，不时往上，往下，又往前走。虽然愈发疲累，但最终看见了火光，走到了营地。

坐在火堆前，我一边喝着加苏打水的威士忌享受着，裹着很多衣服来抵御夜晚的寒意，一边等人来通报说帆布浴缸已经放满四分之一的热水了。

"可以洗澡了，老板。"

"真见鬼，我再也不能猎羊了。"我说。

"我本来也不能，"P.O.M. 说，"都是被你们逼的。"

"我们所有人都没有你会爬山。"

"你看我们还能再猎到羊吗，老爹？"

"我也说不准，"老爹说，"这只能视情况而定。"

"都是因为坐那该死的车毁了我们。"

"假如我们每天晚上都走上这么一回，三天之后就能应对自如了。"

"是啊。我怕蛇的毛病却是改不了的，哪怕一年里天天晚上都这么做。"

"你一定会克服的。"

"不，"我说，"它们能把我吓得僵住。你还记得有一次我们的手在树背后碰到一起的事儿吗?"

"非常深刻,"老爹说,"你一下跳开两码远。你是说说而已,还是真的很怕蛇?"

"我一直怕它们,"我说,"它们能把我吓得起一身鸡皮疙瘩。"

"你们这些男人怎么啦?" P.O.M. 说,"今晚我怎么没听你们讲战争的事儿啊?"

"我们太累了。你参加过战争吗,老爹?"

"我没有,"老爹说,"那个保管威士忌的土人小子跑哪儿去了?"然后他用那种柔弱的、玩笑似的假嗓音叫道,"凯狄……凯狄啊!"

"洗澡。"莫罗又不懈地悄声说。

"太累了。"

"夫人,洗澡吧。"莫罗满怀希望地说。

"我会洗的," P.O.M. 说,"但我真是饿了。你们两个赶快先把酒喝了吧。"

"洗澡。"凯狄淳朴地对老爹说。

"你自己洗吧,"老爹说,"别欺负我了。"

凯狄把身子转了过去,他撇着嘴的微笑映在了火光上。

"好吧。好吧。"老爹说,"还想来一杯吗?"

"我们就来最后一杯吧,"我说,"然后我们都去洗澡。"

"洗澡,姆孔巴老板。"莫罗说。P.O.M. 穿着蓝色晨衣和防蚊靴朝篝火这边走来。

"去洗吧。"她说,"洗澡水不太烫,还不错,就是有点儿浑。洗好澡出来,还能再喝一杯嘛。"

"他们欺负我们。"老爹说。

"有一回我们猎羊时,你的帽子被吹掉了,差点儿掉在公羊头上,你还记得吗?"我问她,威士忌嗖的一下把我的思绪带回到了怀俄明州。

"洗你的澡去吧。"P.O.M. 说,"我可要来杯兼烈了。"

第二天天没亮,我们就穿好衣服,吃了早餐,在太阳升起前接着去垂眼皮曾见过水牛的森林边缘和深谷去搜寻。我们寻找了很久还是没有收获,之后回到营地。我们决定开卡车去雇一些脚夫,然后跟一个徒步狩猎队到一条可能会有水的小溪去。小溪所在的大山正是我们头一晚上在另一边发现犀牛的那座。在那里设营地会离大山近得多,我们还能沿着森林边缘到一个新的地区展开搜索。

卡尔坐着卡车从他猎捻的营地来了,在那里他好像变得厌烦或灰心了,或者两者都有。来到这里第二天,他就可以下到大裂谷捕杀动物,还能尝试打一头大羚羊。怀俄明州的经验告诉我，犀牛一般很容易受惊，它们一旦听到一两声枪响后，很快就会从一个人就可以搜得过来的一片地、一座山谷或一道山脉等小地区跑掉。为避免吓跑犀牛，除了猎杀它们，我们不会在要去的地方乱开枪。但我们正需要肉食。如果我们发现好的犀牛，我们会派人去叫他。我们把一切都计划好了，老爹又与垂眼皮商量了一阵，然后派丹[1]跟车去招募脚夫。

傍晚时，卡尔一伙带着招募的四十个姆布罗人[2]一起回来了。那是些长相不错的野蛮人，他们中间只有一个人穿着短裤，那是个自命不凡的头人。卡尔皮肤灰黄，瘦了一些，眼神疲惫，看上去还有点儿绝望。他身边没有一个讲英语的人，他们在山间的猎捻营地里待了八天，苦苦搜索，只发现了两头母捻，还在射程之外惊动了一头公捻。向导们坚持说他们还看见过另外一头公捻，但卡尔以为那不过是头大羚羊，反正他没有开枪。他为此耿耿于怀，之后这个团队的合作就变得不那么愉快了。

"我不信那是头公捻，我连它的角都没看到。"

---

[1] 丹（Dan），随海明威打猎的人员。
[2] 姆布罗（M'Bulu），是肯尼亚马尼亚拉湖南面的一座小城。

他说。现在对他来说猎捻是个敏感的话题,于是我们就不提它了。

"他在山下捕到一头大羚羊后就会感觉好受些的,"老爹说,"他因这事有点儿焦躁了。"

卡尔同意由他去捕捉食用动物,我们继续执行向前进入新地区的计划。

"你说什么都听你的,"他说,"绝对听你的。"

"这样他就有机会射击了,"老爹说,"然后他就会感到好受些。"

"我们会打到一头,你也会打到一头。无论谁打到了第一头,都可以下山去追踪大羚羊。无论怎样,你明天打食用动物的时候,没准就能打到一头大羚羊呢。"

"我听你的。"卡尔说。他脑海里久久徘徊的是那八天中一无所得的痛苦情景,追猎的搭档他都信不过;天亮前出发,在炎炎烈日下爬山,天黑后回来,追猎一头斯瓦希里名字都忘了的动物,没有一个可与之交谈的人,每次回来都独自一人吃饭;他不知道远在九千英里之外分别已有三月的妻子怎样了,也不知道他家的狗怎么样了,它活儿干得如何;哎,他们当时的处境多么艰难啊!如果等他有机会开枪时,失手了怎么办?虽然在真正的紧要关头他知道自己是不会射失的，这点他有把握，这也是他的信条之一。但是万一他因为紧张而射失呢？而且为什么他一封信也没收到过呢？那次那个向导说羚羊什么来着？其实他知道他们都说过什么，但是他见到我们时什么都没提，只是略带绝望地说，"听你的"。

"行啦，打起精神来吧，你这浑蛋。"我说。

"我精神饱满。你这是怎么啦？"

"那喝一杯吧。"

"我不想喝。我就想要猎头捻。"

老爹说："我想只要没人催他烦他，他是能独力干好的。他是个棒小伙，一定会恢复过来的。"

"需要有人告诉他该怎么干，但不能一直管着他，烦着他。"我说，"他不像我那样出奇地喜欢出风头，最怕当着大伙儿的面开枪了。"

"他朝那豹子开的一枪真是漂亮极了。"老爹说。

"他开了两枪，"我说，"第二枪和第一枪一样精彩。在射击场上比起射击来，他能击败我们其中的任何一个。天啊，他真有射击才能。但是他狩猎时很容易着急，而我还在一边催促他，干扰他。"

"有时你是逼他逼得紧了点儿。"老爹说。

"天哪，他不会介意的。他了解我，也了解我对他的看法。"

"这只是信心多少的问题。他真的是个好枪手。我仍觉得他自己迟早会发现这点的。"老爹说。

"他已经不用担心什么了。他猎过最好的水牛，最好的水羚，现在连最棒的狮子也猎到了。"我说。

"老弟，你可别搞错啦，那头狮子可是夫人打到的。"

"她打到了，我也很高兴。但他的确打过一头绝好的狮子和一头大豹子。他猎到的都是好东西。真不知道他到底为什么这么郁闷。我们有的是时间，他没必要担心的啊。"

"为了让我们的小夫人在天热之前结束狩猎，我们一大早就得出发。"

"她的状态是我们中最好的。"

"她就像头小猎犬一样活跃，真了不起。"

那天下午，我们在小山上用望远镜观察那片地区，但一无所获。当天，我们吃完晚饭后就待在帐篷里。P.O.M. 很不喜欢被比作小猎犬。她并不喜欢别人这样比喻自己，但如果必须比喻为某种狗的话，她宁愿是一条精瘦、活泼、可观赏的长腿猎犬。她的勇气深深地发自内心，那种非常单纯的状态，使她从来不会考虑会遇到什么危险；再说，即使要面对危险，也有老爹挺身而出护着她。她对老爹怀着一份完全、清醒、绝对信任的崇拜。在她心目中，男人就该勇敢、绅士、幽默、从不暴躁、从不吹牛、宽容、善解人意、聪明，像老爹那样，除了开玩笑，从不抱怨，像个好男人那样有一点儿贪杯，而且还非常英俊。

"你觉得老爹英俊吗？"

"不，"我说，"垂眼皮才叫英俊。"

"垂眼皮是好看，但难道你真的不觉得老爹很英俊吗？"

"天哪，我可不觉得。我是喜欢他，就像喜欢我认识的其他人一样，但我可不认为他非常英俊。"

"我觉得他很好看。不过你肯定能理解我对他的那种感觉的，是吧？"

"当然。我自己也很喜欢这个浑蛋的。"

"难道你真的不认为他很英俊吗？"

"不。"

过了一会儿，我问她："好吧，那你认为谁是英俊的人呢？"

"贝尔蒙特[1]、老爹。还有你。"

"别像一个爱国者啦，"我说，"那谁是漂亮的女人呢？"

---

[1] 贝尔蒙特（Juan Belmonte，1892—1962），西班牙著名的斗牛士，斗牛生涯中共杀牛1650头。某年一个赛季内斗牛109次，创西班牙斗牛最高纪录。

"嘉宝[1]。"

"其他的没了吗?约西是吧?玛戈[2]也是吧?"

"对,她们都是。我知道我可不算。"

"你很可爱。"

"我们来聊聊杰克逊·菲利普先生吧。我不喜欢你们叫他老爹,这么叫对他不够尊重。"

"他跟我之间不涉及什么尊严不尊严的。"

"是吗,但我要尊重他。你不认为他很了不起吗?"

"是啊,他也不必读某个女人[3]写的他想方设法帮忙出版的说他多胆小没种的书。"

"你根本就不该帮她。她那是在嫉妒、怨恨。有些人永远不会原谅她的。"

"不过竟能把所有才能用在怨恨、胡扯和吹嘘上,真是遗憾啊,真是太遗憾了!遗憾的是,在她完蛋之前你绝对想不到啊。有件好笑的事儿你该知道:她从来不会写对话。真是可怕!她以前从没写过对话,从

---

[1] 嘉宝(Greta Garbo,1905—1990),美国女明星,美貌出众、演技高超,其实当时(1934年)她只拍了《大饭店》《玛塔·哈里》《瑞典女皇》等名片,后来在《安娜·卡列尼娜》(1935年)和《茶花女》(1936年)中才更加光艳动人,因此闻名于世。

[2] 即瓦卢瓦的玛格丽特(Margaret of Valois,1553—1615),纳瓦拉国王(后来的法国国王亨利四世)的王后,史称玛戈王后。

[3] 指葛特鲁德·斯泰因和她的长篇著作《美国人的形成》(1925年)。

我写的东西里学会了之后,她就用到了她那本书里。她害怕别人会意识到这是她学来的,是向某人学的,所以她一直无法原谅自己曾经学过这些,还用攻击我来转移人们的注意力。的确,这真是个可笑的骗局。但是我发誓她在变得野心勃勃之前是个很好的女人。你绝对会喜欢那个从前的她。"

"也许吧,但我不这么认为。"P.O.M.说,"不过没有那些人掺和,我们过得很愉快,是吧?"

"从我记事起,我就一年过得比一年好了。谁要说我们不开心,那才是见鬼呢。"

"不过难道杰克逊·菲利普先生不是很棒吗?我说真的。"

"是。他是很棒。"

"哦,你能这么说真好啊。可怜的卡尔。"

"为什么说他可怜?"

"因为他的妻子不在身边嘛。"

"是啊,"我说,"可怜的卡尔啊。"

第四章

　　天还未亮，我们赶在脚夫们之前就早早地出发了，一路向下走，翻过几个小山，穿过一条布满茂林的山谷，然后又往上经过一段很长的长满高高的使人行走艰难的杂草的地区后，继续往上往前穿行。行进中我们会在树荫下休息会儿，然后继续往上、往下穿行着前进。阳光毒辣辣的，你还必须刀劈茂密的杂草，砍出一条小路前行。我们五人为一纵队，太阳下我们全都大汗淋漓。垂眼皮和姆科拉各自背着一支长枪，肩上还挂着行囊、水壶和相机，老爹和我只背着枪。夫人把斯泰森帽斜戴在一边，她为能旅行而高兴，为自己能穿着一双很舒服的靴子而欣慰，她学垂眼皮那样行走。最终，我们走到一个茂密的荆棘林，林下的山沟从一道山脊旁一直往下延伸到河边。他们几个把枪靠在树上，走进浓密的树荫，躺在了地上。P.O.M.从一个行囊中拿出几本书和老爹一起看起来。我则顺着山沟往下走到从山坡上流下来的小溪旁，发现在一人多高的草丛里有一道新的狮子脚印和许多犀牛踩出的凹道。这一发现让我很高兴，即使从沙石地的山沟里往上爬回来时热得够呛。我将背靠在树干上，读起了托尔斯泰的《塞瓦斯托波尔》。这本书中有段战争描写是十分精彩的，描写当时法国军队占领了一个防御碉堡。这让我想到了托尔斯泰，想到拥有战争经历对一个作家来说是一种多么有利的优势啊。战争是重要的写作主题之一，当然最困难的就是把它真实地描写出来。而那些没有亲眼见过战争、嫉妒心重的作家总是试图轻视它，或者把它说成是无足轻重的、不正常的、病态的主题。然而，实际上，这些经历恰恰是可遇而不可求的，他们没有经历过。接着《塞瓦斯托波尔》又让我想起了巴黎的塞瓦斯托波尔林荫大道，还有雨天时从斯特拉斯堡骑着自行车顺着大道回家，想起那滑溜溜的有轨电车轨道，雨天在滑溜溜的沥青路和卵石路上骑行的感觉。当时我们差一点儿就住进了林荫大道神殿，它的陈设、墙纸和它的样子至今还在我的脑海中，结果我们却住进了村中一个圣母院的阁楼里。圣母院里还有家锯木厂（锯片总是突然嘎嘎叫，到处弥漫着锯末和高出屋顶的栗子树的味道，楼下还住着一个疯女人）。那年我还常常为钱发愁（所有的短篇小说都从锯木厂门上一道狭缝里塞进来，被邮局退回来时附的退稿信上总说这些是奇闻逸事、草稿或故事等，从不将它们称为短篇小说。他们并不需要这些，于是我们只能靠吃韭葱，喝卡奥尔葡萄酒[1]和水度日）。我还记得天文台广场那美妙的喷泉（里面的铜雕在喷泉的潺潺流水中呈现出绿色，青铜铸成的马鬃、胸脯和肩膀上波光闪烁）和当时穿过卢森堡花园抄近路去苏夫洛路时碰见人们安装福楼拜胸像的情景（他是一位我们信仰着的并且毫无保留地喜爱的作家，现在被当作偶像一样塑成巨大的石像也是理所当然的）。他没经历过战争，但是他见识过一次革命和公社[2]运动。就像内战对于作家是最完美的战争一样，一场革命同样是最好的经历，但你不能因所有人都说一样的话而盲从。司汤达见识过战争，就是拿破仑教会他如何写作。当时他正在教所有的人，但是其他人都没学会。被流放到西伯利亚成就了陀思妥耶夫斯基。作家们受到不公正的待遇才能得到磨炼，就像铁在火中被锻炼

---

[1] 卡奥尔（Cahors），法国西南部的一个酿酒区，因生产各种深色干红葡萄酒而闻名。
[2] 指巴黎公社。

才能成剑一样。我不知道如果把汤姆·沃尔夫[1]送到西伯利亚或德赖托图格斯群岛[2]去,给他以必要的磨难来让他删去多余的废话,并让他学会掌握平衡,会不会使他成为一个作家。这样做可能行得通,也可能不行。他看上去真的就像卡内拉[3]那样十分阴郁。托尔斯泰是个小个子。乔伊斯是中等身材,他用眼过度。在跟乔伊斯一起的最后一晚,我们酩酊大醉,他不断背诵着埃德加·基内[4]的诗:"精神饱满,容光焕发,就如在打仗的日子里。"我知道我记不准确了。等再见到他时,他肯定会从三年前中断的话题再次开始聊起来。我能在我生活的时代见到伟大的作家真是件幸福的事儿。

  对于我现在从事的工作,我并不特别在乎它的结果怎样。我会认真对待每一个人的生活,但我自己的

---

[1] 即托马斯·沃尔夫(Thomas Wolfe,1900—1938),美国小说家,凭处女作《天使望故乡》一举成名。代表作还有小说《时间与河流》《一部小说的故事》等。
[2] 德赖托图格斯群岛(Dry Tortugas),位于墨西哥湾内,由美国佛罗里达州南侧的越韦斯特岛向西延伸的一系列珊瑚岛和沙洲中最西面的八个岛组成。
[3] 卡内拉(Primo Camera,1906—1967),意大利出生的美国拳击运动员,曾演过几部电影。
[4] 埃德加·基内(Edgar Quinet,1803—1875),法国诗人、历史学家和政治哲学家,对法国自由主义传统做出重大贡献。

生活我不再认真对待了。我现在对很多人都梦寐以求的东西一点儿也不感兴趣。如果要我工作，那我即使不想要也会得到。工作是现在唯一的内容，它总是能令你感觉良好，同时这也就是我自己该死的生活了，我可以随时随地、随心所欲地去做。现在这儿的天空比意大利的更好，我对我正在工作的地方十分满意，也非常享受。这里的天空并不是最好的，只有在意大利、西班牙，在秋天的北密歇根州或古巴北部的墨西哥湾才有最好的天空。

我现在经常会在夜里醒来，躺着回味、怀念那段我们当时还在非洲的时光。我现在唯一想做的就是回非洲去。

那时，透过山谷上树林间的缝隙遥望天空，可以看到风吹着白云在空中飘动。我充满着喜悦地热爱这里，那就像你与心爱的女人做爱后的感觉。在那时，它就在那里，你正感觉到被掏空时欲念又会高涨起来，你可以得到现有的欲念，却永远无法完全获得。而你想要拥有它，活在其中，越多越好；你想现在再一次拥有它，一辈子那种长久的、突然结束的一辈子；时间都完全静止，以致事后你等着时光流逝，但它缓慢得几乎没有走动。如果你曾经真正幸福而不是痛苦地爱过她，你就不会孤单。因为不管她现在爱着谁，不管她走到哪里，她会永远爱着你，她甚至会因此更加爱你。所以，如果你爱过某个女人或某个地方，你就是非常幸运的，就算你将来死了那也值得。此刻，我渴望在非洲得到更多，比如四季交替，不必赶路的雨天，花钱买来的逆境，给树木、小动物和所有鸟儿命名，学会这里的语言，有时间慢慢地深入了解。我一次只能关心极少数的人，而某地总比人好得多，所以我一生都更喜欢爱上某个地方。

P.O.M. 正在睡觉，像动物那样紧紧地蜷缩着，她睡得很踏实，一点儿也不像卡尔睡着时的那副死样子。老爹也睡得很安稳，你似乎能看到他的身体和他的灵魂紧紧依附在一起。虽然他的身材已经改变，不似当年了，有些地方变胖，失去了线条，略显臃肿。他的身躯再也不能恰如其分地容纳下他的灵魂。他的眼袋已显，所以我看到他睡觉时的样子和P.O.M.总是看到的一样，但是他还是由内向外透示出了如同他在瓦米河下游的平原上追猎狮子时那样的年轻、精瘦和强壮。姆科拉不神秘，也没有不凡的过去，他睡觉时就像个老人。垂眼皮没有睡觉，他盘腿坐在脚踝上等候狩猎队。

远远地，我们就看到了他们。我们看到高高的茅草顶上出现了一些箱子，然后是一列人头，看到他们走进了一片凹地，在阳光下只露出了一支长矛的矛尖。之后他们走了上来，我才看见朝我们走来的是一个纵队。他们向左走得有点太远了，垂眼皮向他们挥手示意朝我们这个方向走。他们设下营帐，老爹告诫他们要保持安静，之后我们就舒服地坐在用餐帐篷里的椅子上聊天。那晚我们去狩猎，可一无所获。第二天早晨直到晚上，我们依然一无所获。即使毫无结果，却非常有趣。一个个山脊都紧贴着森林边缘顺势而下，地形复杂，东风强劲，在你抵达上面的森林之前，风肯定会先把你的气味送过去，被动物们机警地捕捉到。傍晚，山那边太阳正在落下，正是犀牛从森林里出来的时候，但你不能朝太阳看，也不能从树荫浓密的山坡上向西望，因此，此时必须舍弃掉西边的整片地区，而在可以狩猎的地区，我们一无所获。我们派回一些脚夫从卡尔的营地里运来了食物。他们带回来很多夸特面包、格兰特瞪羚和野兽肉，沾满灰的肉已被太阳晒干。他们高兴地蹲在篝火旁，在火上烤着用枝条叉着的肉。老爹对犀牛全都不见踪影的原因，百思不解。每一天，我们见到的犀牛踪迹越来越少，可能是因为满月下月光很亮，它们都晚上出来吃草，在天亮前就回森林里了，这是老爹凭着他的兴趣推断的；也可能是它们嗅到了我们的气味，要不就是听见了人类的声音，因为害怕而整天躲在森林里，不然还能有什么原因呢？老爹用他的才智肯定了我提出的许多推断，有时可能是出于礼貌，有时则是因为兴趣。

晚上，天有点冷，这是因为从山里吹来了一些雨，但不是真的下雨。我们早早上床睡觉了。天没亮我们就起床，爬上了可以俯瞰营地的野草覆盖的陡峭山顶，走到河床冲刷出的山沟，穿过小溪，到达了对面陡峭的岸边，从那里我们能观察所有的山坡和森林边缘地区。天色还没发白，已经有几只野鹅从头顶飞过。天色仍旧太灰暗，以至于用望远镜也看不清森林边缘地区。我们在三个不同的山顶一边观察，一边等着其他人发出的信号。

随后老爹高声地说："快看那浑蛋！"并喊姆科拉把步枪带上来。姆科拉跳着冲下山。我们正前方小溪的对面，有一头犀牛正在岸边坡顶上小步地快跑着。在我们注视下，它加快了速度，小步向下快跑着斜穿过溪岸。它身体暗红，头上的角清晰可见，满身泥泞，动作迅速，动作中看不出任何笨拙。看到了它，我非常兴奋。

"它要穿过小溪了。"老爹说，"现在射击正合适。"

姆科拉将斯普林菲尔德步枪放到我手中，我打开它并确认里面装了子弹。此时犀牛已经跑出了视野，但是摇曳的高高的草丛出卖了它。

"你估计距离有多远？"

"三百码以上。"

"看我崩了这浑蛋。"

我使劲儿有意识地屏住气息，就像关上阀门一样，让激动的心情平静下来，进入射击前的高度专注状态。

它又出现了，一路小跑进入了铺满鹅卵石的小溪。这时我唯一想着的就是完全有可能击中它，但是我必须留出足够的距离，一定瞄着它前面的一段距离。我瞄着它，然后向前移动瞄准镜，扣动了扳机。犀牛本来小跑着，听到嘣的一声枪响后，它突然快速向前冲去。它在重伤之前，鼻子不断急促地哼着喷气，疯狂地向前冲，踩得水花飞溅。我又开了一枪，打在它身后，溅起了一个小水柱。在它往草丛里跑去时，我又打了一枪，但好像又是打在了它的身后。

"打中了，"姆科拉喊道，"打中了！"

垂眼皮也附和。

"你打中它了吗？"老爹问。

"绝对打中了，"我说，"我认为我打中它了。"

垂眼皮在前面跑，我一边重装子弹一边跟着他跑去。半个营地的人都涌出来，挥手，叫喊着上山。犀牛刚刚就跑到他们下方，转而跑向山谷，朝山坡顶端的森林边缘跑去。

老爹和P.O.M.也跑了上来。老爹拿着他的长枪，姆科拉拿着我的枪。

"垂眼皮会搜寻到它的足迹的。"老爹说，"姆科拉发誓说你打中它了。"

"打中了！"姆科拉说。

"它像台蒸汽机一样喷着鼻息往那儿跑的样子真厉害，不是吗？"P.O.M.说。

"它是在外面玩疯了回去晚了。"老爹说，"你肯定击中它了吗？这次射击非常远啊。"

"我确信我打中它了。我非常肯定我打死它了。"

"就算你射中了，也别对任何人说，"老爹说，"他们绝对不会相信你的。瞧！垂眼皮发现血迹了。"

在下方高高的草丛中，垂眼皮正举着一片草叶。接着他弯下腰去观察一下后，就循着血迹快速追去。

"打中了，"姆科拉说，"打得好！"

"我们要守住这个高处。如果它突围的话，那我们可以立刻发现它。"老爹说，"你看垂眼皮。"

垂眼皮已经摘下了菲斯帽，握在手里。

"这是他要发出预警时唯一要做的动作。"老爹说，"我们带来了两支重型枪。垂眼皮追踪它时身上要少一样穿戴。"

在我们下面,垂眼皮和跟他一起追踪的搭档停了下来。垂眼皮转身向我们抬起一只手。

"他们发现它了。"老爹说,"走吧。"

我们朝他俩走去,垂眼皮也朝我们走来。

"它就在那里。"老爹轻声说,"他们听到了食虱鸟的声音。有个土人小伙说他也听见了犀牛的声音。你跟垂眼皮走前面,让夫人跟着我。带上长枪。我们要逆风而行。就这样,走吧。"

那头犀牛就躺在灌木丛后的高高的草丛里的某个地方。我们走上前去,听见它发出一阵深沉的呜咽似的呻吟声。垂眼皮扭头朝我咧嘴一笑,打量了我一下。又传来一阵呻吟声,这次像是被血呛住才结束似的,发出了一声叹息。垂眼皮一直笑着。"犀牛。"他悄声说,并做出睡觉的样子,把两只手掌张开放在脑袋一侧。接着我们就看见一小群尖嘴巴食虱鸟急速地跃起飞走了。我们知道它在那里,于是拨开草丛,朝前慢慢地走去,最终发现了它。它侧身躺着,看上去已经死了。

"为保险起见,你最好再补一枪。"老爹说。姆科拉递给我他带着的斯普林菲尔德步枪。我发现枪已经打开保险了,就怒气冲冲地瞪了姆科拉一眼,然后单膝跪下,瞄着犀牛的屠刀插入处[1]开了一枪。犀牛不动了。垂眼皮跟我握握手,姆科拉也跟我握了握手。

"他把该死的斯普林菲尔德步枪的保险打开了。"我对老爹说。

我愤怒至极,他竟然一直把打开保险的枪对着我的后背。

姆科拉却毫不在意。他摸着犀牛的角,张开双手测着尺寸,寻找弹孔,十分高兴。

"在它身下。"我说。

"你真该看看他保护妈妈时的样子,"老爹说,"所以他才把保险开着。"

"他能开枪吗?"

"不能,"老爹说,"但是需要时他会开的。"

"吓得我魂都飞了,"我说,"这只会空想的浑蛋。"等到大家都上来,我们一起把犀牛翻过来摆成跪着的姿势,把它四周的草割掉以便拍照。弹孔在犀牛背部很高处,肺部后面一点儿。

"这一枪打得太糟了。"老爹笑嘻嘻地说,"别对任何人说是你打的。太糟糕了。"

"看来,你得发给我一张证书啦。"

---

[1] 指在动物颈上插入屠刀进行宰杀的部位。

"那会让我们俩都变成吹牛的人了。犀牛是强大的野兽,难道不是吗?"

在我们眼前的这头犀牛身长体壮,侧腹结实,长得像个史前动物,皮看上去隐约有些透明,像硫化橡胶,被鸟啄伤的角上结了很难看的疤痕。它的尾巴又粗又圆,身上爬着很多尖头、扁身、多脚的虱子。它的双耳边缘长了一圈毛,有一双像猪眼一样小的眼睛,根部长着毛的角从鼻子前面往上长。姆科拉一边打量着它,一边连连摇头。这真是一头很怪异的动物。我也有同感。

"它的角怎么样?"

"还算不赖,"老爹说,"没什么特别之处。不过老弟,你向它开的这一枪实在糟透了。"

"姆科拉为这次斩获可高兴着呢。"我说。

"你自己不也为此非常得意嘛。"P.O.M.说。

"是的,对这件事,我都要变疯狂了。"我说,"我在任何一个醒来的夜晚都会思考这件事,但是别让我谈这事,也别为我对此事的感觉担心。"

"你是个很好的追猎手,还是个非常棒的猎鸟专家。"老爹说,"告诉我们这件事其余的部分吧。"

"放过我吧。我只说过一次,还是因为我喝多了。"

"一次?他不是每晚都跟我们说吗?"P.O.M.说。

"天哪，我就是个猎鸟专家啊。"

"太令人惊奇了！"老爹说，"我真是想不到。你还做过些什么？"

"去你的，哪儿有啊。"

"千万不能让他意识到那一枪有多糟，否则他会承受不住的。"老爹对P.O.M.说。

"我和姆科拉都知道了啊。"我说。

姆科拉走上前来。"打得好，老板，"他说，"太漂亮了。"

"他还以为你是有意这么打的呢。"老爹说。

"千万别对他解释。"

"打得好，"姆科拉说，"好啊。"

"我相信在这事上他的感觉跟你一样。"老爹说。

"他是我的搭档嘛。"

"这我确信，你知道的。"老爹说。

在我们穿过那个地区回主营地的路上，我随手就是一枪，用一个充满想象力的动作向大约二百码外的一头小苇羚射击，子弹从颅骨根部射穿了它的脖子。姆科拉眉飞色舞，垂眼皮也很高兴。

"我们得制止他一下。"老爹对P.O.M.说，"你其实本来是瞄准它哪里打的？"

"瞄的脖子啊。"我撒了个谎。其实我当时瞄的是它肩膀正中央。

"精彩的一枪。"P.O.M. 说。那颗子弹击中时发出砰的一声，就像棒球棍击中快速飞行的球一样，小苇羚应声倒地，一动不动。

"我认为他是个该死的谎话精。"老爹说。

"从没有人赞赏过我们中的神枪手，还是等我们死后再说吧。"

"他要的赞赏就是要我们把他扛在肩上。"老爹说，"不过打犀牛那枪毁了他。"

"见鬼，我的枪法向来都很棒的，好不好？好吧，从现在起你就等着瞧吧。"

"我好像记得有头格兰特瞪羚之类的。"这是老爹在取笑我。我当然也记得这事。有一次我整整一上午都在顶着烈日悄悄追踪一头不错的猎物。大热天里，我接连开了好几枪都没打中，还让它逃出了那里。后来我爬上一座蚁冢休息了一会儿后，准备射一头不那么吸引人的猎物。当时看见一头五十码外的公羚面对我站着，鼻子上翘，一动不动，我就朝它胸部开了一枪，结果没打中要害。它向后跌倒了，可等我走近时，它又跳了起来，踉跄地跑了。

好吧，我就坐下来等着它自己停下来。等它真的像抛锚一样停了下来时，我就坐着用弹弓慢慢地、小心翼翼地射向了它的脖子，结果竟然连续射失了八次。我又恼怒又顽固，于是每次我都用同样的方式打它同样的部位，就是不作任何的修正。那些扛枪的人都在哈哈大笑，和我们一起来的卡车上还有更多被我逗乐的黑人。P.O.M.和老爹什么也没说，而我就是不愿走到它跟前，害怕它又从正午时热气腾腾的炙烤的平原上逃走。我固执、愤怒又疯狂，冷冷地坐在那里，下定决心非要打断它的脖子不可。谁都没说话。我伸手又向姆科拉要了些石弹，再次认真地打了一发，又没打中。最终等到第十发才打断了它那该死的脖子。我立刻转身走了，都没朝它多看一眼。

"可怜的爸爸。"P.O.M.说。

"这是受到光线和风的影响，石弹都打在了同一个地方。我都能看到它们激起的尘土。"老爹平静地说。当时我和老爹还不太熟悉。

"我真是个该死的顽固的笨蛋。"我说。

不管怎么说，现在我能射击了。加上侥幸的因素，我开始走运了。

我们回去时看见营地就呼喊起来。开始没人出来。后来卡尔走出他的帐篷，看见我们，他又马上进去，而后又出来。

"嗨，卡尔。"我叫道。他挥挥手又进了帐篷，然后才向我们走来。他兴奋得发抖,我看见他刚才洗掉了手上的血迹。

我好奇地问:"那是什么?"

"犀牛。"他说。

"捕猎它时你们遇到麻烦了吗?"

"没有。我们杀了它。"

"好啊。它在哪里?"

"在那边的树后面。"

我们走过去一看。呵,这才能算是一头真正的犀牛。那个新被割下的犀牛头,一双小眼紧闭着,有一滴像眼泪一样的鲜血挂在其中一只眼角上。它的角往上翘并往后弯,形成优美的曲线。它的皮有一英寸厚,在头后面像披肩一样垂下来。被切割的地方很白,就像刚切开的椰子一样。这个犀牛头显得很大,它比我杀死的那头足足大一倍。

"它有多大?大约三十英寸[1]?"

"见鬼,不到,"老爹说,"还没有三十英寸。"

"不过它看起来很不错,杰克逊先生。"丹说。

"是的。它是不错。"老爹说。

"你在哪里打到的?"

---

[1] 一般用角的长度来形容犀牛的大小。

"就在营地外面。"

"我们听见了它发出的哼哼声。它当时站在灌木丛里。"

"我们还以为那是头水牛呢。"卡尔说。

"它是头很棒的犀牛。"丹又重复一遍。

"你能捕获它,我真高兴坏了。"我说。

我们三个站在这头硕大的、眼角流泪的奇迹一样的犀牛前,这头死去的、头被割下的梦幻般的犀牛前,都想要打起精神来做心服口服的人。它那只较小的角比我们那头的大角还要长。可是我们开口时却全都像在船上将要晕船的人或遭受了巨大经济损失的人一样。虽然感到羞愧,我们却无可奈何。我想说一些愉快的、发自内心的话,结果却问,"你打了它几枪?"

"我不知道。我们没数过。我估计有五六枪吧。"

"我想是五枪。"丹说。

面对这三位哭丧着脸的恭贺者,可怜的卡尔开始感觉到他因打到这犀牛而生出的高兴被抽走了。

"我们也打到了一头。"P.O.M. 说。

"那很好啊。"卡尔说,"有这头大吗?"

"见鬼,没有。它又差劲又矮小。"

"不好意思。"卡尔说。他是真心在为我们遗憾,简洁而真诚。"有什么好抱歉的啊?你打到这么棒的犀牛。它真漂亮。我去拿相机来给它拍几张照。"

P.O.M. 抓着我的胳膊，紧紧跟在我身旁走着。

"爸爸，请尽力表现得像个正常人那样。"她说，"你让可怜的卡尔感到十分难堪啊。"

"我知道。"我说，"我正在努力不要让他那样啊。"

老爹跟了过来。他摇着头。"我从来没感到自己这么庸俗过，"他说，"我当然是真心地为他感到高兴啊。可感觉怎么就像肚子被人踹了一脚似的。"

"我也是，"我说，"他早就打败我了。这是真的，你知道的。为什么他不能打一头差不多好的，再大那么两三英寸的呢？他为什么要打到这么大一头呢？它让我打的那头显得多么可笑，多么不值一提啊。"

"你可以永远记住你那一枪。"

"那是彻头彻尾的侥幸。让那一枪滚吧。天啊，多棒的犀牛啊。"

"好啦，还是像一个有教养的人那样尽力对待他吧，让我们振作起来。"

"我们真是糟透了！"P.O.M. 说。

"我知道。"我说，"你知道我是真的为他打到这头犀牛而高兴。我一直都在尝试显得乐在其中。"

"你确实是很愉快。你们俩都是。"P.O.M. 说。

"但是你看到姆科拉了吗？"老爹问。姆科拉曾看着那头犀牛,摇了摇头沮丧地走开了。

"这真是头很棒的犀牛。"P.O.M.说,"我们必须表现得当,让卡尔感觉好受些。"

但是已经太晚了。很长的时间里,我们自己都无法好受起来,更别提让卡尔感到好受些了。脚夫们搬着东西进了营地,去了犀牛头所在的阴凉处。他们都默不作声。看见营地里有这么大一个犀牛头而高兴的只有那个剥皮工。

"太不可思议了,"他一边用一只手大大张开量着长度,一边对我说,"太大了!"

"是啊。太棒了。"我表示同意。

"是卡尔老板打的吗?"

"是。"

"太棒了。"

"是啊,"我又附和着说,"是太棒了。"

剥皮工是我们中间唯一的绅士。每次狩猎时,我们都尽量避免竞争。每当出现猎物,我和卡尔都尽量把较好的机会让给对方。他毫无私心,勇于自我牺牲,我真的很喜欢他。虽然我总能跑得比他快,射得比他更准,但我的猎物往往相形见绌。我们的枪法相差无几。在射猎时,有几次他的枪法之糟我前所未见,而在一次打那头格兰特瞪羚和另一次在平原上打一只鸭时,我打得也很糟糕。可在那些我们已经完成的所有具体成果上，他都打败了我。一段时间里，我们曾拿这些事当笑话，我知道一切都会扯平的。可结果并没扯平。现在，就这次捕猎犀牛来说，我第一个在这个地区开了枪。我们去一片新地方时曾派卡尔去捕猎一些食用动物。我们待他不太差也不太好，可他还是打败了我。他的犀牛让我的看上去这么渺小，他把它彻底毁了，我没法在我们同时居住的地方保存它。他不仅是打败，而且是完完全全地击败了我。没有什么能把我开的那十分奇特的一枪从我记忆中删除，我会记住那一枪的。尽管我的这份自信有时不太合适，我也知道对于这到底是不是一次侥幸成功我早晚会陷入冥思苦想。

老卡尔仅仅用那头犀牛就令大家佩服之至。此刻他正在帐篷里写信。而我和老爹在用餐帐篷顶下讨论着下一步我们最好该做什么。

"毕竟，他捕到了犀牛。"老爹说，"虽然你对此无法接受，但这样节省了我们的时间。"

"是的。"

"这里出现了一些问题，已经不能打猎了。垂眼皮声称他知道有个好地方，去那里大约需要三个小时车程，还要跟脚夫们往里走一个小时左右。今天下午我们就能朝那里轻装简行，然后让卡车回来，接卡尔和丹下山到穆图翁布去,到那儿他可以去打他的大羚羊。"

"好啊。"

"丹说那里有过豹子的动静。今晚或明早,卡尔也许还可以用那头犀牛尸体诱捕到一头豹子呢。我们要努力在垂眼皮建议去的那个地区里打到一头犀牛,然后你可以加入他们一起打捻。我们要给他们留下足够多的时间。"

"好的。"

"即使你这次没捕到大羚羊,你也总会在某个地方捕获到的。"

"就算我一头也没捕到,那也没关系,将来我们还有机会。但我倒真是想要打到一头捻。"

"放心。你肯定会捕到的。"

"我一点儿都不在乎这些犀牛,只有追猎它们时才会感到一些乐趣。我宁愿什么都不要,也想要一头漂亮的捻。不过我倒是真想要一头比他那超棒的犀牛更出色的。"

"那当然了。"

于是我们把这个想法告诉了卡尔,他说:"没问题,都听你们的。希望你们能打到一头比这大一倍的。"他说的是真心话。他现在和我们一样都感觉好受些了。

第五章

顶着炎炎烈日,我们坐车穿过灌木丛生的满是红土的山丘,在当天傍晚赶到了垂眼皮所说的那个地区。那是一个带状地区的边缘,为消灭舌蝇[1],所有树的皮都被剥去一圈。我们搭建的营地在一个肮脏土人村庄的对面,处于山坡上大风中几棵死树的稀疏阴影下。这里红色的土壤似乎因为遭到了侵蚀而流失,山坡上能俯瞰前面一条小溪和溪水后面那个到处是泥浆的村子。这儿看上去挺可怕的。天黑前,我们跟着垂眼皮和两名当地向导路过那个村子。我们爬了很久才爬上一个布满岩石的山脊,下面是一个被称为大峡谷的深谷。对面是一直延伸到峡谷的地势崎岖的山谷。

这里风景极好,但是把这里当作狩猎区真是个糟

---

[1] 非洲的一种吸血昆虫,体粗壮,有鬃毛。在森林或灌木等湿热环境中生长,能传播疾病。

糕透顶的选择。你看：山谷里有茂盛的森林，两谷间山脊的斜坡上覆盖着野草，上面是山中茂密的竹林。远处的峡谷似乎变窄了，在那里穿过大裂谷的石壁，往下延伸进去。更远处是一片森林密布的山丘，山脊和斜坡上满是野草。

"如果你看见对面有一只动物，你就必须径直向下走到峡谷底部，然后再跨过那些要命的山沟，爬上其中一个布满林木的山坡。那里实在太陡峭了。你爬上去时不能一直盯着猎物。那些山沟看上去好像非常安全，就像那天晚上我们回营时进入的山沟，但很可能会出意外。"

"那看上去真危险啊。"老爹也同意。

"我曾经在怀俄明州林溪的南坡猎过鹿，那个地区跟这里一模一样。那里地势特别险峻，山坡十分陡峭，地形非常复杂。明天我们去了肯定会吃到苦头的。"

P.O.M. 什么也没说。老爹把我们带了进来，他也会把我们带出去的。现在她的脚就有点儿疼，这是唯一令她忧心的。她要做的只是注意别让鞋把脚硌疼了。

我继续细数这个地区显露的各种困难，带着对垂眼皮的满肚抱怨摸黑回营地去，路上大家都阴沉着脸。我们围坐在烧得很旺的篝火旁看着月亮升起，听鬣狗的嚎叫。喝了一点儿酒后，我们对这个地区的失望感也就不那么强烈了。

"垂眼皮发誓说这是个好地方，"老爹说，"但这里不是他说的原先要来的地方。他说的那地方要再往前走。不过，他保证那绝对是个好地方。"

"我喜欢垂眼皮，我对他绝对有信心。"P. O. M. 说。

这时，垂眼皮带着两个手持长矛的土人走到火堆前。

"他听见了什么？"我问。

两个土人对话几句，然后老爹说："其中一位打猎的土人声称今天他被一头巨大的犀牛追赶过。当然啦，在遭到追赶时，在他看来任何犀牛都是巨大的。"

"问问他犀牛角有多长。"

土人比画着表示犀牛角有他的胳膊那么长。垂眼皮咧嘴一笑。

"叫他走吧。"老爹说。

"这事发生在哪里？"

"哦，就在那边某个地方，"老爹说，"就在那边。那边再过去一点儿。你知道，那里经常发生这种事情。"

"那可太棒了。那正是我们要去的地方。"

"好的方面是垂眼皮一点儿也不沮丧失望，"老爹说，"他看起来信心十足。毕竟，这是他一展身手的机会。"

"是。可是我们得爬来爬去啊。"

"让他振作精神,好吗?"老爹对P.O.M.说,"他影响得我都沮丧了。"

"我们要不要谈谈他的好枪法?"

"现在为时尚早,这才傍晚。我只是曾经见过这样的地区罢了。我可没悲观。这会使你的肚子小一点儿的,长官。没错,这对我们会有好处的。"

第二天,我才发现我对这里的看法完全错了。

天不亮我们就吃完了早餐,并在日出前启程,排成一队向村子后面那座小山攀爬。当地一位拿着长矛的向导走在队伍最前面,拿着我的重型枪和水瓶的垂眼皮紧随其后,接着是背着斯普林菲尔德步枪的我和背着曼利希尔短筒步枪的老爹。P.O.M.依然很高兴,她什么都不用拿。后面是拿着老爹的重型枪和另一只水瓶的姆科拉。最后是两个当地土人,他们拿着长矛、水袋和一只装着午饭的食物运输箱[1]。我们计划在那里待到天黑时再回来。跟头天傍晚伴着落日在同一条小路上艰苦攀爬截然不同,伴着早晨清新凉爽的空气爬山真是舒服,而傍晚时白天的暑气扑面而来,那是被所有的岩石和泥土反射出来的。这是一条牛群行走

---

[1] 食物运输箱(Chop box),一种在非洲徒步赶路时用的储存食品的箱子。

的小路，到处都是泥土，现在被露水稍微打湿了些。路上布满了许多鬣狗的脚印，沿小路向上延伸到一道灰色岩石形成的山脊上，山脊两边都是陡峭的山涧。当我们沿着峡谷边缘前行时，在岩石堆下面一块满是尘土的空地上发现了一道新的犀牛脚印。

"看来，它刚刚走到前面去。"老爹说，"今晚它们一定会在那里逗留。"

我们昨晚观察过的陡坡和山沟就在对面。往峡谷底部看则可以看见高大的林木树梢，还能看到一块空地上波光闪烁。垂眼皮和那名被犀牛追赶过的土人向导悄声说了几句话后，他俩就开始径直朝一条顺着峡谷的谷坡往下延伸的角度很大的陡峭小路走去。

P.O.M.在缓慢吃力地走着，突然间我们夫妻因为鞋子争吵起来，各执一词地小声地发泄出对彼此的抱怨，因此我们停下了脚步。过去我们就曾为鞋子和靴子不合脚争吵过，而在这迫切时刻还是在为此争执。靴匠建议把穿在普通袜子外面的厚羊毛短袜的脚趾部分剪掉就能减轻疼痛，有人说干脆脱了袜子就能穿上靴子了。这样径直走下山，会使这些西班牙猎靴的前部显得太短。关于这种靴子的长度以及靴匠用抬高后跟的办法是否能解决问题，一直以来存在争议。我起先是无意的，只是作为一名口译一直支持靴匠，最后以爱国精神[1]积极地全部接受了靴匠的理论，而且我相信这是有根据的。眼下更有力的证据是靴子把脚夹疼了，尽管说男人的新靴子在变舒适之前，总是要把脚夹痛几个星期的，可这对当前的状况毫无帮助。现在，脱掉厚袜子，试着走几步，试试脚趾上皮革带来的压力后，争论也就过去了。她只想紧紧跟上，让老爹高兴，不想再受罪了。而我呢，竟然会为了靴子的事如此庸俗，对疼痛自以为是，还是极端盲目的自以为是，我为自己的所作所为而感到羞耻。我们俩停下步来小声总结，双方都为刚才那番悄悄的争论而咧嘴一笑。现在好了，脱掉厚袜子后，脚也舒服多了。现在我痛恨所有自以为是的浑蛋了，尤其是一位现在不在身边的美国朋友，其实我自己也刚刚脱离这类人，我当然再不会自以为是了。我们看着前面的垂眼皮，顺着长长的有些坡度的小路往峡谷的底部走去。那里林木高大繁茂，从上往下看去，谷底好像一条狭长的裂缝，有一条溪流穿过森林边缘。

谷底有高大的光滑的树干，它的底部是一圈圆形隆起状的树根，像动脉一样爬上树干。这些树干很像

---

[1] 海明威在20世纪中期去西班牙看斗牛，从此迷上了斗牛，并把西班牙视为自己的第二祖国，所以在这里捍卫西班牙的靴子制造商，口译说明书时他自诩是出于爱国精神。

冬天雨后的一片黄绿色的法国森林，不同的是这些树的树枝展开得很大，枝叶繁茂。树下的溪床中那些像纸莎草一样的芦苇，长得像麦子一样茂盛，在阳光滋润下足有十二英尺高。一条猎物行走的小路沿着溪流，穿过草丛。现在我们就站在树荫下，垂眼皮正弯着腰搜索。姆科拉也走过去看，之后两人顺着小路往前走了一小段，腰弯得几乎贴着地面，然后就走回我们跟前。

"是水牛。"姆科拉小声说。"是水牛。"垂眼皮小声对老爹说。然后老爹用他那喝了威士忌似的嗓音轻声说："垂眼皮说这是一些到河里去的水牛，其中还有一些大公牛。它们还没回来。"

"我们跟上去吧，"我说，"我宁愿再打一头水牛，也不要犀牛了。"

"此刻是打犀牛的绝佳时机啊。"老爹说。

"我的天啊，这里真是风景如画啊，难道不是吗？"我说。

"确实很美，"老爹说，"谁能想象得出是这样一幅美景呢？"

"这里的树像安德烈[1]的画作。"P.O.M.说,"这里真是太美了。瞧那片绿色,正是马松笔下的画啊。为什么一个好画家看不到这里的风景呢?"

"你的袜子怎么样?"

"还好。"

我们追踪水牛时的脚步又慢又轻。这时还没有风,我们知道如果起风也是东风。它会经过峡谷,朝我们迎面吹来,我们就可以清晰地闻到某种猎物的气味。我们往下顺着猎物踩出的小路朝河床走,越走草越高。芦苇丛太茂密了,我们的视线只有两英尺,之外被挡住了,就看不到了。有两次我们不得不弯着身子爬行。在一个泥潭中,垂眼皮又发现了一道新的犀牛脚印。我开始设想,如果一头犀牛顺着这条小路冲过来,会发生什么,谁又能做什么。我不喜欢这种局面,但这个想法很刺激。我必须得考虑P.O.M.的安全,因为这太像是一个陷阱了。之后顺着拐了一个弯的溪流,我们从高高的草丛走出来。来到溪岸时,我闻到了猎物的气味。我不吸烟,对气味很敏感,有好几次在国内打猎时,在发现发情期的驼鹿之前先闻到它们的气味,

---

[1] 安德烈·马松(Andre Masson,1896—1984),法国超现实主义画家。参加过第一次世界大战,曾身负重伤。1934—1936年在西班牙居住。作品多用波状的、富含意味的线条勾画出几近完全抽象的生物形态图案。

在森林里躺着的老公驼鹿的气味，我也能清晰地闻到。公驼鹿有一种浓烈的很好闻的麝香味，我对此很熟悉，但现在我对这种气味很陌生。

"我能闻到它们的气味。"我小声对老爹说。他也相信我的话。

"是什么气味呀？"

"我形容不出来，但是味道很强烈。你闻不到吗？"

"闻不到。"

"问问垂眼皮吧。"

垂眼皮点点头，并咧嘴笑了笑。

"土人常用鼻子闻，"老爹说，"但我不知道动物的气味他们也闻得出来。"

我们走进了另一片比我们的头还要高的芦苇丛，悄无声息地前进着，抬起一只脚先轻轻地踩下，再抬起另一只脚，就像梦里或电影里的慢镜头那样。无论那是什么味道，现在我都能一直清晰地闻到了，有时还更加的浓烈。我一点儿都不喜欢这种气味。此刻我们靠近了岸边，前面猎物踩出的小路一直延伸进了一片布满芦苇的长长的泥沼里，那儿的芦苇比我们刚刚经过的都要高。

"它们就在附近，我能闻到。"我轻轻地对老爹说，"真的，不是开玩笑。"

"我相信你。"老爹说,"我们该不该从这里爬上岸去,绕行一段?那样我们就能赶到猎物的上方。"

"好的。"然后,等我们爬上岸,我说,"我不想在芦苇丛里打猎。那些东西那么高,真叫我害怕。"

"如果在那里面猎象你感觉如何?"老爹小声说。

"我还是不想待在里面。"

"你真的在那么高的草丛里射过象吗?" P.O.M. 问。

"是啊,那次是坐在别人肩膀上开的枪。"老爹说。

我可不想这么干,我心想,这么做的人一定比我厉害。

我们顺着长满草的由突出的岩石铺成的右岸继续往前走,绕过一个长有很高的干燥芦苇的泥沼,走到了一片空地上。茂密的森林就在对岸,林后是陡峭的峡谷石壁,几乎看不见小溪。我们的右上方是一些小山,零星的果树灌木点缀其间。前面芦苇泥沼的尽头处,溪流几乎被大树的树枝盖住了,两岸间的距离也变窄了。突然,垂眼皮一把抓住了我,我顺势跟着他蹲了下来。他自己抓起斯普林菲尔德步枪,还把长枪递给了我。顺着他手指的方向,我发现在溪岸的一个拐弯处露出了一个犀牛头,有很棒的长角。我盯着那摇晃着的犀牛头,它的耳朵和猪一样的小眼睛在前面晃动着。我示意垂眼皮蹲下,打开了枪的保险栓。接着姆科拉一把抓住我的手臂，飞快地对我说："牛崽！是牛崽！"垂眼皮也轻声快速地说："母牛！母牛！母牛！"他和姆科拉都惊狂地跟我说，生怕我开枪。那是一头母犀牛和一只牛崽，我放下了枪。母犀牛用鼻子喷了一下气，在芦苇丛里乱跑一气，最后逃走了。我们只看到两头犀牛逃走的背影和那片它们逃走时乱晃的芦苇丛，不久这一切就都恢复了平静。什么牛崽啊，我压根儿就没看见。

"太可惜了！"老爹小声说，"它的角多漂亮啊。"

"我没看出它是头母犀牛啊。我正全神贯注要准备射杀它呢。"我说。

"姆科拉看见了那头牛崽。"

姆科拉一边和老爹说悄悄话，一边用力地点头。

"他说他听到它的鼻息声了，那里肯定有一头犀牛。"老爹说。"我们往上爬一点儿，再朝那里扔点儿东西，那样的话，它们要脱逃时我们就能发现了。"我说。

"好主意，"老爹赞同着说，"也许那头公的就在那里。"

我们又往更高的岸上爬了一点儿，在那里看到了一大片高高的芦苇丛。姆科拉朝他听见犀牛喷鼻息的一片芦苇丛扔去一根棍子，老爹举着长枪准备随时射击,我也打开了保险栓。可那里就是没有动静,芦苇也不动,只能听到呼呼的喷鼻息声。随后从稍远的地方传来咔嚓一声,只见有什么东西穿过那里,晃动着芦苇丛,并朝对岸跑去,但是看不清是什么在跑动。紧接着,我看见了一头水牛那黑色的背和两支尖角上翘、分得很开的角。它敏捷地朝对面岸上猛跑。它肩膀隆起呈圆形,像是一头斗牛,脖子拼命地往上往外伸,牛角沉重得好像让它的头不堪重负。它迈着有力的四肢迅速往上爬。正当我瞄准它的脖子与肩的结合部时,老爹拦住了我。

"它的个头不够大啊,"他小声说,"除非你要尝尝它的肉,否则我不想猎杀它。"

我倒觉得它挺大。这时它站住了,侧着身子,抬起头并转过来看向我们。

"我们马上就要离开这里了,而我的许可证上还有三个空额呢。"我说。

"它的肉可是美味啊,"老爹向我小声说,"那就动手把它击倒吧。但是你开完枪咱们就得马上做好准备对付犀牛。"

手里的长枪沉甸甸的,不太顺手,于是我坐下来瞄准了那水牛的肩部。扣动扳机后,人往后面退了一下,却没有射出子弹。扣动这支枪的扳机,感觉好像金属碰撞金属一样,就像是在噩梦里射击似的,而扣动斯普林菲尔德步枪的扳机又舒服又干脆,子弹也会顺利飞快地飞向目标。第一次我没能扣动扳机,就又重新换了个姿势,屏住呼吸,扣动了扳机。长枪伴着嘣的一声巨响猛地跳了一下,我回过神来看见那头水牛不仅没倒,还朝左上方跑去。眼看就要跑丢了,我便射出第二根枪管里的子弹,这次激起了一股岩石末和泥渣,散落在它的屁股上。没等把.470的双管枪重新装上子弹,它就跑出了我的射程。此时我们都听到了另一头动物的喷鼻息声和哗啦哗啦的横冲直撞声,它在我们这一边的茂林里向前奔跑,从芦苇丛的南端跑了出去,庞大的身躯在芦苇里若隐若现。

"那是头公牛,"老爹说,"它跑进下面的小溪里去了。"

"对。是公的!公牛!"垂眼皮也肯定那是头公牛。

"真见鬼,这枪太重了。扳机妨碍了我。但我肯定打中了那头该死的水牛,谁知道打中的是哪里。"我说。

"你该用斯普林菲尔德步枪收拾它。"老爹说。

"我原以为用.470要么打不中,要么一下打死它。如果我用我的枪打,就会知道打中什么部位了。"我说,"没想到只是打伤了它。"

"它死不了,"老爹说,"我们给它留了很多时间呢。"

"估计我打中了它的肚子。"

"这可没准儿。它肚子中弹还跑那么快的话,不出一百码就会死的。"

"都怪那该死的.470,"我说,"扣那扳机就像开沙丁鱼罐头时的最后一转。我还掌握不了它。"

"好了。"老爹说,"天知道这里散布了多少头犀牛,我们肯定会有收获的。"

"那头水牛呢?"

"我们要先让它变得肌肉僵硬无力。以后有的是时间收拾它。"

"如果当初它们从芦苇丛里出来时,我们就在那里多好啊。"

"是啊。"老爹说。

所有对话都是悄悄说的。我看了看P.O.M.,她像是在旁边欣赏一出精彩的音乐剧。

"你看见它哪里中枪了吗?"

"我没看清。"她小声说,"你觉得那里边还会有更多头吗?"

"有几千头呢。"我说,"我们该怎么做,老爹?"

"往前走吧。没准儿那头公牛就在溪流的弯道后面。"老爹说。

我们绷紧了神经,背着枪沿着溪岸往前走,等我们接近芦苇荡狭窄的尽头,又看到高高的芦苇剧烈地晃动起来,肯定又有一头巨大的东西在里面横冲直撞。不管是什么东西跑出来,我都早已举起了枪随时准备射击。但是芦苇只是一直晃动。姆科拉用手向我示意不要开枪。

"又是牛崽,这儿一定有两头牛崽。"老爹说,"那头混账公犀牛到底在哪里啊?"

"你到底是怎么区分它们的?"

"看它们的大小。"

当我们站在那里,俯视溪床,搜索着许多大树枝下的阴影,并向溪流的远处眺望时,姆科拉向我们右上方的小山上指去。

"犀牛。"他一边低声说,一边递给我望远镜。

只见一头犀牛立在山腰,头朝前,宽肩,一身黑色,直看向我们,耳朵抽动着,一边用鼻子嗅着风,一边晃动着耸立的头。老爹用他的双筒镜观察着它。它的个头从望远镜里看上去显得很大。

"它还没有你打到的那头好。"他轻声说。

"我可以射向它的屠刀插入处撂倒它。"我悄声说。

"你只剩一个空额了。"老爹悄声说,"你应该打一头很棒的。"

我把望远镜递给P.O.M.。

"不用它,我也能看到,"她说,"它那么庞大。"

"它可能会冲过来的,"老爹说,"这样你就必须得对付它了。"

我们正观察时,又有一头小得多的犀牛从一棵枝叶四散、顶如羽毛的树后走了出来。

"天哪,是头牛崽,"老爹说,"幸好你没开枪。原来那头是母牛。那该死的母牛中枪后也会猛冲下来的。"

"是原来看到的那头母牛吗?"我悄声问。

"不是同一头。原来的那头有只很棒的角。"

由于一下子涌出这么多猎物,多得叫人傻眼,我们就像一直大笑的醉鬼一般,神经一下子变得非常亢奋。那种感觉,在你发现原本任何一种难得一见的猎物或鱼类,突然多得让你难以相信时,就会油然而生。

"看它。它虽然看不到也闻不到我们,但它察觉到情况不太对头了。"

"它肯定听见了刚才的枪声。"

"它知道我们在这儿,但是它还弄不清怎么回事。"

我用瞄准器瞄准那头犀牛的胸脯,它看上去非常硕大,非常滑稽,也棒极了。

"这是射击的绝佳机会。"

"完美的时机。"老爹说。

"接下来我们该怎么办?"P.O.M.说。她是很实际的。

"我们先慢慢绕着它走。"老爹慢慢分析说。

"如果我们绕过它,始终待在低处,我们的气味就不会传到那上面去了。"

"那可没准儿,"老爹说,"我们可不想让它冲过来。"

最终,它没有冲过来,而是低着头带着几乎已成年的牛崽往山上爬去。

"现在,我们可以先坐一会儿。"老爹说,"让垂眼皮先搜索一下,看看能不能找到那头公犀牛的脚印。"

我们坐在树荫里,垂眼皮和一个当地向导分别从溪流的两边同时往上爬。他们回来说,公犀牛已经下山了。

"你们谁看见它的角长什么样的吗?"我问。

"垂眼皮说它很棒。"

刚刚姆科拉也往上爬了一小段,此时他蹲下来向我们招手示意。

"是水牛。"他把一只手贴到嘴边说。

"在哪儿呢?"老爹问他。他蹲下身来用手一指,等我们爬到他面前时,他把望远镜递给了我。它们在峡谷远端的一个山脊上,山脊则是陡峭的山腰突出来的部分,就在远处溪流下游,离我们非常远。我们先看到六头水牛,然后又发现了八头黑色的。它们脖子粗壮,牛角锃亮,站在山脊顶端。有的在吃草,有的扬起头站着观察四周。

"那一头是公牛。"老爹用望远镜看着说。

"哪头?"

"右边第二头。"

"我看它们都像是公牛。"

"那是一头很棒的公牛。它们离这儿太远了。现在我们必须穿过溪流悄悄地朝它们下面走去,最好能走到它们上方。"

"它们会一直待在那里吗?"

"不会。可能气温升高时,它们就会走下来进入这个溪床。"

"那我们行动吧。"

溪流里有一根又一根圆木,我们踩着圆木穿过了溪流,到达对岸。在上坡的半山腰上,有一条小道被猎物踩得陷得很深,在树叶繁茂的树枝下沿着溪岸向前延向远方。我们踩着脚下厚厚的树叶,小心翼翼又尽可能迅速地顺着溪床旁的小路前行。清晨，微风吹得我们头顶上的树叶不断摇晃。我们为不让公牛发现，穿过一条从山上伸到溪岸的山沟，进入了浓密的灌木丛，穿过一小块空地后面的树丛时都弯着腰。之后我们利用山沟突起部分作掩护继续往上爬，希望能爬到比水牛高的山腰上，再往下朝它们走去。我们以山脊作掩护停下来休息。我满头大汗，把一块手帕垫到斯泰森帽的防汗檐里，并打发垂眼皮到前面去观察情况。他回来报告说牛都离开了。从上面我们看不见它们了，于是我们为了能在朝下到河床的去路上截住它们，改道横穿过山沟和山腰。旁边是一个被焚烧过的山坡，山脚下有块地方的灌木已经被烧光了。灰烬里留下了水牛下山进入河床边茂密丛林时的一道道脚印。树林里植被丛生，藤蔓遍地，很难追踪猎物。我们也没能发现它们下去溪边的脚印，所以推断它们此时正在我们刚才从小路往下看的那段河床上。老爹说那里林木太密集，无法分清公牛和母牛，如果惊动了它们，一点儿好处都没有，况且我们也没法开枪，奈何不了它们，因为你只能看见一片急速奔逃的黑色。一头老公牛应该是灰色的，但是一大群公牛就可能像母牛那样黑了。

　　这会儿已经十点了，炎热开始逼近我们。我们行进时,微风扬起了焚烧后的地面上的灰烬,太阳像被钉在天上似的,炙烤着旷野。所有水牛现在都可能躲进了密林深处。我们决定先找一个凉快的地方躺着,看看书,吃午饭,把白天这段炎热的时间消磨过去。

经过寻找,我们满头大汗地停在了几棵巨树的树荫下。我们打开箱子,取出皮上衣和雨衣铺在树根前的草地上,这样我们就能靠着树干休息了。P.O.M.拿出了几本书,姆科拉生了一小堆火烧水沏茶。

看着外面的地面,我能感觉到露水在蒸发,草叶上冒着热气,白天的热浪正向我们袭来,还有呆板地笼罩在溪流上的阳光。不一会儿起风了,我们听见了高枝间风吹过的声音。树荫里凉快得很,但是如果你走到阳光下,或者看书时阳光移动阴影消失,那样你处在阴影外的部位就会感到火辣辣的光照。垂眼皮去溪流下游打探情况,我们则躺在那里看书。

P.O.M.在读乔治·A.伯明翰的《西班牙黄金》,她说这本书不行。我还带了托尔斯泰的《塞瓦斯托波尔》,我正在读这一册里一个写得非常棒的短篇文章《哥萨克人》。里面写到炎热的夏天、蚊子、四季里森林给人的各种感觉,以及鞑靼人在入侵时跨过的那条河,我现在仿佛又置身于俄罗斯了——

通过屠格涅夫的作品,我能体会到我曾那么清晰地在其中生活过，好像曾经生活在布登勃罗克[1]的家里，曾经从《红与黑》里女主人公家的窗户爬进爬出，或者那天早晨我们进入巴黎的城门，看见在沙滩广场被五马分尸的萨尔赛德。我全都亲历了一遍似的。而且正因为他们杀科科纳斯和我时，我对刽子手很客气，那回他们没有把我放上肢刑架分尸。我还记得在圣巴托罗缪节前夜[2]，那晚我们怎样追捕胡格诺派教徒；还有那一回他们把我困在她的家里，没有哪种感觉比低头看见他从桅杆上摔进水里后的尸体，或发现卢浮宫的大门紧闭时更真切了。还有在意大利，在秋日迷雾中从米兰大教堂后面到城市另一头的总医院[3]去时，躺在栗子林里，靴底的钉子放在鹅卵石上，春天山里一阵阵雨总不期而至，会闻到浓郁的雨后山林之气，就像嘴里含着一枚铜板，这种感觉我总是记得比任何一本书里的都清楚。就在炎热中，火车载着捷克军团的部队停靠在加尔达湖旁的德赞扎诺。不久下起了雨，

---

[1] 布登勃罗克，德国作家托马斯·曼的长篇小说《布登勃罗克一家》中的主人公。
[2] 1572年，法国官廷内的权力斗争愈演愈烈，终于在圣巴托罗缪节前夜（8月23日）爆发了迫害新教胡格诺派教徒的事件，第二天，就有3000人被杀，这就是法国历史上有名的圣巴托罗缪惨案。
[3] 从这里，海明威开始回忆1918年在意大利北部前线受伤后到米兰养伤和这前后的事情。

天稍后也黑了,后来你坐着卡车经过这里,后来你从别的地方到来,后来在黑夜中你又会从瑟米奥纳朝它走去。因为我们在书中或现实里都到过那儿——无论我们去哪里,如果我们还有点儿优势的话,那么你们该像我们那样启程。最终,一个国家的土地被腐蚀,尘土被吹光,除了那些搞艺术的人,其他人也全部都没有留下什么历史影响力就死了,而这些搞艺术的人现在也不想从事这非常寂寞,难度大,而且并不时髦的工作。一千年能使经济学变得落后愚蠢,却能成就一件永恒的艺术品,但艺术品是很难完成的,现在已经不再受欢迎了。艺术已经不流行了,寄生于文学界的人们不会赞颂它们,人们再也不愿从事艺术了。搞艺术也真是非常困难。那现在能怎么样呢?我的思绪回来了,所以我还是继续读我的书,读关于那条鞑靼人突袭时穿过的河,关于那喝醉的老猎手和那姑娘,以及当时在不同季节里会是什么情况。

　　老爹在读《理查德·卡威尔》[1]。我们几乎把内罗毕能买到的书都买下了,此刻正快要全部看完了。

　　"我以前读过这本书,"老爹说,"不过故事非

---

[1] 这是美国历史小说家温斯顿·丘吉尔(Wiston Churchill, 1871—1947)在1899年写的作品,描写了美国大革命时期一个海军军官在马里兰州的故事。

常精彩。"

"我对它印象不深，但当时的确觉得它是个好故事。"

"真希望是第一次看，这是个非常精彩的故事。"

"我这本书太差劲了，"P.O.M.说，"根本没法读下去。"

"你要试试这本吗？"

"不，我要坚持把它读完，不能只把它当作装饰品。"她说。

"得了。给你这本看吧。"

"我马上就还你。"

"嗨，姆科拉，啤酒呢？"我说。

"这就拿。"他加重语气说，并从一个土人头顶着的铺满稻草的食物运输箱里拿出一瓶德国啤酒。丹一共从德国贸易站买到六十四瓶啤酒。啤酒瓶颈包着锡箔纸，黑黄两色的商标上印着一个身穿盔甲的骑士。因为夜里很冷，现在啤酒依然很凉，用开瓶器打开后，泡沫立刻涌出来，把它倒进三个杯子，泡沫丰富，酒香浓郁。

"我不喝了，"老爹说，"对肝伤害很大。"

"喝吧。"

"好吧，好吧。"

我们都喝了起来，等姆科拉开了第二瓶，老爹坚决不喝了。

"酒对你好处更多。继续喝啊。我要去打个盹儿了。"

"可怜的老妈妈呢？"

"她就喝了一点儿。"

"都给我吧。"我说。姆科拉笑了，对此摇了摇头。我朝后靠在树上，看着风吹拂着白云，拿着瓶子继续慢慢喝。这样会感觉更凉快，这啤酒也确实很棒。不一会儿，老爹和P.O.M.都睡着了，我就又拿起《塞瓦斯托波尔》继续读《哥萨克人》那部分。这真是个精彩的故事。

他们醒来后，我们就吃午饭，有凉的里脊肉片、面包、芥末酱和一罐李子罐头，我们又喝了第三瓶啤酒。然后我们接着看书，看着看着就都睡着了。睡梦中我被渴得醒了，正在拧水瓶盖时听到一头犀牛的喷鼻息声和它在河床的灌木丛里横冲直撞的声音。老爹也听见动静醒了，我们对视一眼，二话没说拿起枪就朝发出声音的地方走去。姆科拉发现了犀牛的脚印。显然，犀牛在距离我们仅仅三十码左右时闻到了我们的气息跑了，它跑到溪流上游去了。因为风向，我们不能顺着它的脚印跟踪。于是为了爬到犀牛的上方，我们从溪流边绕回到被焚烧过的地区的边缘，然后顶着风顺着溪流穿越茂密的灌木丛格外小心地追踪它，但是我们还是没能发现它。从脚印看，这头犀牛不是很大。最后，垂眼皮发现了它爬上对岸并进入山丘里的痕迹。

根据我们来的情况，我们距离营地很远了，至少得有四小时的路程，而回去时除了爬出峡谷的那很长一段路外，还有大部分的路是上坡路，我们还要对付一头受伤的水牛。我们一致认为等我们回到被焚烧过的那片土地的边缘，应该叫醒P.O.M.一起行动。我们找到P.O.M.时，她假装生气，说我们不该扔下她一个人就走了，我知道她只是拿我们开开心罢了。虽然太阳正在下山，但天气仍然很热，我们还要在一大片树荫笼罩下的高高的溪岸上猎物踩出的小路上走很长的路。

垂眼皮和帮他拿长矛的土人开路，我们动身顺着小路上的树荫向前走，阳光透过无数树叶投射下来，树影斑驳。清晨已过，森林里凉爽的气息已经消逝了，现在只能闻到一股令人作呕的像是猫屎味的臭味。

"什么东西这么臭啊？"我悄声问老爹。

"是狒狒。"他肯定地说。

可能在我们之前有一大群狒狒经过，把屎拉得到处都是。我们走到那片犀牛和水牛跑出来的芦苇丛，我也找到了我认为那是头水牛并开枪的地方。姆科拉和垂眼皮像猎犬一样在溪岸上方搜索着，我估计他们那儿至少比我们高出了五十码，此时垂眼皮举起了一片树叶。

"他发现血迹了。"老爹兴奋地说。我们赶紧往上走到他们跟前，发现那里草地上有一大摊已经发黑的血，带血的踪迹是很容易追踪的。垂眼皮和姆科拉把这带血的踪迹夹在中间，各自从两边往前走，还煞有其事地用一根长草茎把每摊血迹都指出来。他们就喜欢用这个办法：低着头，用手中的草茎指出每一摊干血迹，当他们偶尔跟丢又找到之后，就会俯下身拔起一片沾着黑色血迹的草叶或树叶。可我始终认为最好是一个人慢慢追踪，另一个人到前面探路。我背着斯普林菲尔德步枪跟着他们，后面是背着枪的老爹，再后面是P.O.M.。垂眼皮背着我的长枪。姆科拉将P.O.M.的曼利希尔短筒步枪斜挎在肩上。我们每个人似乎都把这事看得很严重，谁都不说话。继续一段时间之后，我们又在一个高草丛里发现了血迹，是在小路两边的距地面相当高的草叶上，显然水牛就是从这里经过的。这说明它的身子被射穿了。这时已经分辨不出血原来的颜色了，但某一瞬间我很希望被打穿的是它的肺部。但是再往前一点，我们在岩石堆中发现了一些带血的粪便，前面一段路上它到哪里就把带着斑斑血迹的屎拉到哪里。我感到越来越羞愧了。现在看上去好像我是打中了它的肠子或射穿了它的肚子。

"如果它冲过来，不用担心垂眼皮或其他人，"老爹悄悄地说，"他们会躲开它的。你把它击倒就行。"

"我要瞄着它的鼻子开枪。"我说。

"你就别耍什么花样了。"老爹说。那道足迹一直向上延伸，然后原地打了两个转，并且好像一时漫无目的地在岩石堆里徘徊。足迹先朝溪流往下去，穿过一条支流，然后又折返回来，爬上原先的溪岸，穿过树林继续往上走。

"我觉得只能等我们找到它的尸体了。"我悄声对老爹说。我认为那次漫无目的的折返，是因为这头步子迟缓、受了重伤的水牛快要不行了。

"但愿如此吧。"老爹说。

但是追到一片草很少的地方时，前面还有足迹，追踪变得更慢更难了。这时我只能根据一块岩石上一摊黑得发亮的干血迹来判断它大概的行进路线，因为已经找不到踪迹了。有几次我们完全跟丢了，我们三人只好分头搜索，有谁发现了就指出来，悄声说，"血"，我们就继续往那个方向追。最终，当最后一抹余晖洒在岩石上时,我们发现这道足迹从山腰往下延伸到河床,那儿还有几条猎物踩出的小路向里延伸。那里有一个又长又宽的满是死芦苇的池塘,我们从没见过那么高的芦苇,甚至比早上水牛冲出来的那个泥潭中的芦苇更高更密。

"带小夫人进去可不太好啊。"老爹说。

"那就让姆科拉陪着她待在这儿吧。"我说。

"不知道我们为什么要带小夫人来,这对她不太好。"老爹又重复一遍。

"她可以在这里等着。垂眼皮想要继续前进。"

"你是对的。我们得去探个究竟。"

"你跟姆科拉在这里等着我们吧。"我回头悄声说。

我们跟着垂眼皮走进了又密又高的草丛,这草丛比我们高出足足五英尺。我们身子前倾,喘气时尽量不弄出声音,小心翼翼地走在小路上。一边走着,我一边回忆我们发现并打到三头水牛那次它们的样子。那头老公牛冲出灌木丛时尽管摇摇晃晃,我依然能看清它的两只角,疣突耷拉得很低,口鼻向前伸着,一双小眼睛,毛发稀疏、灰色的、鳞状兽皮的脖子上有一圈肥肉和肌肉。我对它体内蕴含的强大力量和狂暴既赞叹又尊敬,但是行动上它很迟缓,我总是感觉开枪前有充足的时间瞄准,肯定能捕获它。可这次不同,如果它摇摇晃晃走进空地时，没有人快速射击或连续射击，如果它现在出来，脑袋会先伸出来，我必须屏住呼吸，瞄准它的鼻子开枪。我这样想着，它会像所有公犀牛那样低着脑袋来用尖角攻击，这样曾弄湿那些土人小伙指节的那个老地方就暴露出来了。我要用一颗子弹射中那里，然后迅速钻进旁边的草丛，除非我跳起来时能端稳步枪，否则在此之后它就成为老爹的猎物了。只要我能稳稳等到它低下脑袋，我就有把握将子弹射向那里然后跳起来。我知道我能做到，也知道这一枪能结果了它，但是得等待多久呢？这才是问题的关键。是的，现在，能确定它就在这里了，我一边向前走，一边为将要实施行动感到兴奋，无与伦比的兴奋。终于在这次行动中你有事去做，你可以射杀了它，然后脱身，做你因无知而无畏的事，除了得完成你确定能完成的事，你不必担心别人，没有什么责任。于是正当我看着垂眼皮的背影并轻轻朝前走着，留意着别让汗水弄花眼镜时，听到我们身后有响动，就扭头去看。原来是P.O.M.和姆科拉顺着我们的路线跟上来了。

原来她并不知道她得留在后面。她没听清楚我悄悄地跟她说了什么，还以为是让她和姆科拉跟过来。无奈我只好把她送出高草丛，送回了溪岸，并要她清楚她必须得待在那里。

"吓坏我了。"我对老爹说。

"她就像条小猎犬,"他说,"可这样还不够好。"

我们向芦苇丛那里眺望。

"垂眼皮还想往前走,"我说,"毕竟是我打穿了那浑蛋的肠子。他要走多远我都奉陪到底。等他说撤我们就回来。"

"但你千万别干傻事。"

"如果我能再朝那浑蛋开一枪的话,我肯定能干掉它。如果它出现的话,我就有机会开枪了。"

我因P.O.M.让我们为她受到惊吓而发了几句牢骚。

"走吧。"老爹说。我们跟着垂眼皮返回了芦苇丛,老爹在前面怎么样我不知道,但我觉得路越来越难走,走到半路我就把长枪换了过来,打开了保险栓,手放在扳机上。此时我十分紧张,垂眼皮也停下来摇了摇头,悄声说:"没有了。"芦苇密得只能看到一英尺之内的东西,而且小径迂回曲折。垂眼皮主动想撤回去,这令我和老爹很高兴,我也松了口气。但糟透的是,这时太阳才刚刚爬上山腰。我们跟他进入这里,我才发觉要来个高难度射击的设想显得多么的傻,我都能想到进去后的唯一结果,那就是等我可能用那糟糕的.470射失后,老爹用.450二号将它撂倒。除了.470的响声外,我对它的一切再也没有信心了。

回去的路上,我们听见脚夫们在山腰上叫喊,于是就在芦苇丛里狂奔,想跑到足够高的地方看清猎物再开枪。他们挥舞着手臂,大声喊着说那头水牛已经跑出了芦苇塘,从他们身边跑走了,然后姆科拉和垂眼皮用手指着地点。老爹使劲拽我的袖子,试图把我拖到能看见它们的位置。我看到在阳光下有两头水牛站在岩石堆对面高高的山腰上。阳光照得它们又黑又亮,其中一头比另一头大得多,我还记得当时想的是这就是我们要的公牛,它找到了一头母牛,它还不停地跟着母牛走。垂眼皮已经把斯普林菲尔德步枪递给了我。我把一只胳膊伸进枪带,举枪瞄准。我屏息凝神,从瞄准器里清楚地瞄着这头公牛,把准星对着它的肩头,正要扣下扳机时,它拔脚跑了起来,我便手臂一移,瞄着它的前面开了一枪。只见它头一低,像弯着背跃起的马那样一蹿,跑出了陡峭的坡道。我立刻咔的一声退出弹壳,往前一推枪栓,又开一枪。因为它跑出了视线,这一枪打空了,子弹落在了它后面,但我知道第一枪打中它了。我和垂眼皮拔脚正往那里奔跑时,一声低吼传来。我停下脚步并朝老爹喊道:"你听见了吗?跟你说,我打中它了!"

"是的。你打中了。"老爹说。

"该死,你没听见它的吼声吗?我干掉它了。"我大声呼喊着。

"仔细听听!"那清晰、悠长、悲鸣一样的吼叫声再次传来,我们站在那里听,毫无疑问。

"天哪。"老爹说。这吼声太悲惨了!

姆科拉抓着我的手,垂眼皮拍了拍我的背,我们都放肆地大笑着,不顾汗流浃背,争先恐后地穿过树林,翻过岩石,朝山脊上狂奔。我不得不停下来喘喘气,擦掉脸上的汗水,擦干净眼镜,让跑得怦怦乱跳的心平静下来。

"死了!"姆科拉喊,把这个"死"字喊得几乎像爆炸一样有力。"真的!死了!"

"死了!"垂眼皮咧着嘴笑着说。

"死了!"姆科拉又重复一遍,继续往上爬之前我们又握了握手。接着,我们看见它仰面躺倒在正前方,喉咙完全外凸,两只角钳嵌在一棵树上,两只角支撑着它全身的重量。姆科拉将手指插进水牛肩部中央的弹孔里,得意地晃着头。

老爹和P.O.M.到了,后面跟着脚夫。

"天哪,这头公牛比我们想象的棒多了。"我说。

"这是头货真价实的公牛。不是受伤的那个,那头牛应该是跟它在一起的。"

"我还以为是头母牛跟它在一起呢。我没看清楚，距离太远了。"

"天哪，那得有四百码，距离这么远的目标你都能射中。""当我看到它把脑袋扎进前腿间，把背弯起来时，我就知道射中了。那时它身上的光线太亮了。"

"我知道它不是原来的那头，我也知道你射中了。我没听见第一头牛的低吼，我还以为我们要对付两头受伤的水牛呢。"

"我们听见它的吼声时感觉太棒了！"P.O.M.说，"那声音就像在森林里听见号角声，多悲惨啊。"

"我听着那声音还挺令人愉悦的。"老爹说，"天哪，这一枪打得真漂亮。你为什么不早点儿告诉我们你会射击呢？我们应该为此喝一杯庆祝一下。"

"见你的鬼去吧。"

"你知道他除了是个很棒的追猎手以外，还是个怎样的射鸟专家吗？"他问P.O.M.。

"这头公牛不是挺好看的吗？"P.O.M.问，"它有个漂亮的头，并不算老，是一头好牛。"

我们本打算用手边仅有的一个小方镜箱照相机拍点儿照片，但是它的快门卡住了。于是随着光线渐暗，我为了这破快门神经紧绷，急躁易怒，浮夸自大，自命不凡，我们因快门的事儿吵得很不高兴，但我准备好被骂了，因为照片还是拍不成。你不能靠在芦苇塘里猎杀动物那种得意扬扬的心情为生，你应该感觉到内心有一些平静，即使那只是一头水牛。你不该和别人分享杀戮的感觉。于是我喝了一口水后向P.O.M.道歉，我不该为了相机的事儿表现得像个浑蛋一样。她说没事了，我们便又和好如初了。我跟妻子紧紧贴在一起站着，看着姆科拉正割下那头水牛的头皮，彼此怀着好感，所以对相机之类的所有事情就都能相互谅解了。我喝了口威士忌，但感觉没什么味儿，我没感到酒劲儿。

"我再喝一口。"我说。第二口酒才有劲头了。

要返回营地了，那个声称曾被一头犀牛追过的持长矛的土人做向导，垂眼皮将留下来继续剥牛头，他们要把牛全部处理好，为防止鬣狗吃到，还要把牛肉藏在树上。他们害怕赶夜路，我告诉垂眼皮可以把我的长枪留给他，他说他知道怎样开枪。于是我就退出枪内子弹，关上保险，把枪递给他，让他试着开开枪。他把枪放到肩上，闭上了右眼瞄准，用力一次又一次地扣扳机。当垂眼皮没打开保险栓就想使劲射击时，他似乎变得渺小多了，而姆科拉显得非常傲慢。我教他怎么打开保险栓，让他把保险栓重复关上、打开，弄了好几次。我留下枪和两颗子弹后就走了。他们还在暮色中忙着杀牛,我们则跟着持长矛的向导顺着没有血迹的几道较小的水牛脚印向上一直爬到小山顶,往营地走。我们穿过山沟,沿着一些沟壑爬上爬下,绕着一些山谷顶部往上爬,最后爬上了主山脊。月亮还没升起来,晚上又黑又冷,我们艰难缓慢地走着,都很累了。在黑暗中,姆科拉背着老爹的重型枪,还背着水瓶、双筒望远镜和一个装书的小挎包。他大声喊出一连串土语,听着像是在骂前面那个大步流星的向导。

老爹告诉我,他是在让那向导别显摆他的速度了,队伍里还有两个老人呢。一轮烟红色的月亮升起,挂在褐色的小山上。这儿的夜里非常寒冷,风也很大。我们一路在村子里漏出的一道道灯光的照映中穿行下山。那些土屋都关得紧紧的,我们呼吸着村落不断散发出的山羊和绵羊的气味,穿过小溪,爬上空旷的斜坡,终于走到了我们帐篷前燃烧的篝火旁。

早晨,我们去搜寻猎物时,在一处泉水旁发现了一道犀牛脚印,于是就追踪它走遍了一片高林,随后它朝下跑进一个延伸进峡谷的陡峭山谷里。前一天P.O.M.还嫌紧的那双靴子磨得她脚痛。今天天气酷热,虽然我看得出靴子又夹疼了她,但她并没有抱怨。我们都感到完全的、平静的疲惫。

"让它们见鬼去吧，"我对老爹说，"我现在只想打头大犀牛，或许要用一个星期的时间来捕杀一头像样的，其他的我再也没心思捕杀了。我们撤出这儿跟卡尔去会合吧，已经捕到那么棒的一头了，还是知足吧。我们可以在山下打些大羚羊，弄些斑马毛皮，然后去追猎捻。"

我们正坐在山顶的一棵树下，在那里能看到整个地区，还有那条往下延伸到大裂谷和马尼亚拉湖的峡谷。

"我想到一个很有趣的点子，你可以带着脚夫轻装前进，朝那山谷往下走，一直到马尼亚拉湖边，赶到它们前面去捕猎它们。"老爹说。

"这主意很棒。我们可以派卡车绕过去到那里跟我们会合，那地方叫什么来着？"

"马及－莫托。"

"我们为什么不马上启程？" P.O.M. 问。

"我们得先问问垂眼皮关于那个山谷的情况。"

垂眼皮不清楚那里，但持长矛的向导说那里高低不平，最难走的是溪水经由裂谷壁流下的地方。他不认为我们带着行李还能穿过去。我们只能放弃了。

"尽管如此，这种旅行还是值得一试，"老爹说，"雇脚夫要比用汽油实惠得多。"

"我们返回时能不能那样行动呢？"P.O.M.问。

"可以啊。"老爹说，"不过如果你想捕到一头真正的大犀牛，就得爬上肯尼亚山。你得去卡拉尔才能在肯尼亚捕到一头犀牛。在这里，捻才是有价值的猎物。再说，如果我们捕到捻，我们就有时间下山到汉德尼那里去捕貂羚了。"

"那我们动身吧。"我说着却没动。

一直以来，我们都为卡尔打到的那头犀牛感到高兴。没准儿他现在已经打到大羚羊了呢。希望是这样。卡尔能打到这些特棒的动物是件好事，他是好样的。

"可怜的老妈妈，你感觉还行吗？"

"我还好。我喜欢这样狩猎。如果我们真要去的话，我倒是乐意先歇一歇双脚。"

"那我们先回去吃饭，把帐篷拆了，今晚再赶到那下面去。"

于是我们准备休息一晚，那晚我们回到穆图翁布的老营地，那是在距大路不远的几棵大树下设立的。这是我们进入非洲后的第一处营地，此时它完好如初，旁边的几棵树还像我们刚到时那么高大，那么舒展，那么翠绿，溪水仍旧那么清澈、湍急。现在唯一不同的是晚上更热了，大路上覆盖的尘土厚得车轮都陷到了轮毂，而这里众多的风土人情我们也已很熟悉了。

第六章

　　此时我们站在裂谷壁的顶端，俯瞰平原、岩壁下繁茂的森林，还有长条状的边缘已干涸的马尼亚拉湖。碧波荡漾的湖水一头聚集着几十万个小点，把湖水染成一片瑰红，那些都是火烈鸟。我们是经由一条红色沙土路，穿过一片高原，朝下一直走去，然后上下穿行于林木覆盖的山丘间，并绕过一片长着森林的斜坡才到达大裂谷的。大裂谷四周森林密布，大路从顺着裂谷壁的正面陡然向下延伸进森林，穿过一块块种着绿玉米、香蕉以及我说不上名字的树木的土地，一直通到山谷平坦的谷底，经过一个印度人开的贸易站和许多茅草屋，走过架在清澈湍急溪水之上的两座桥，穿过更多的森林，之后到了树木越加稀少的空地，再拐入一条尘土飞扬的通往一个车辙很深、尘土满布小道的岔路，最后穿过通向树荫遮蔽的穆图翁布营地的灌木丛。

上千头火烈鸟在夜空中汇聚在一起飞舞的声音，比天亮前野鸭飞过上空时翅膀弄出的声音节奏慢一些，但很稳定。那天晚饭我和老爹有点儿喝多了，听得不是很真切，P. O. M. 则非常疲惫。卡尔却因为面临的捕猎大羚羊时可能受挫的危险而开始闷闷不乐了。曾经他捕到犀牛得意扬扬时我们给他泼了冷水，但那事儿早已过去了。如今他发现的不是一头豹子，而是一头雄壮的狮子，一头庞大的、有黑鬃毛的狮子。第二天早晨他们来看时，它还不肯离开那头犀牛的尸体，但因为那里是森林保护区，他们不能开枪射它。

"太糟了。"我虽然也想极力表达惋惜之情，但我却依然顾不上去体谅别人的郁闷，心里却是格外高兴的。于是累到快虚脱的老爹和我坐在那里，一边喝兑了苏打水的威士忌一边聊着天。

第二天，我们在干燥的大裂谷的尘土里捕猎大羚羊时终于发现了一群羚羊。它们就在对面山坡上一个马萨伊人的村庄上方，一片有茂盛林木的山丘远端的边缘站着。它们像一群马萨伊驴子，但有一对漂亮的笔直地翘向两边的黑角。它们的脑袋都很好看。仔细观察，你会发现其中明显比其他的更棒的只有那么两三头。于是我坐在地上，挑选了其中我认为最好的一头，等它们成列跑出来时，我立刻瞄准了它。只听子弹砰的一声打中了，那头大羚羊转着圈脱离了羊群，圈子越转越快，我就知道打中了。所以我就不再开枪了。

我不知道卡尔也挑中了这一头，为了保证至少这次打到一头最好的，我自顾自地开了枪。但是他也打到了一头不错的大羚羊。其他羚羊顶着被风吹起的灰色沙尘逃走了。除了对羚羊角感到惊奇外，打羚羊跟打驴子的感觉也差不多。姆科拉和却罗剥下了这两只羊的皮，将羊肉切碎，等卡车开来后，我们便上卡车将羊肉带了回去。一路上尘土飞扬，我们的脸都覆盖了一层灰蒙蒙的土，身后的山谷变成了一行长长的热浪荡漾的海市蜃楼。

两天了，我们一直在这营地待着。和山区相比，现在平原上的草都干枯了，变得单调无趣，炎热而多沙尘。我们曾答应过给家乡的朋友们带一些斑马皮，而剥皮工需要花些时间才能弄好。此时捕捉斑马的任务就不好玩了。记忆中的画面则是，背对一座蚁冢坐着，远处灰蒙蒙的热浪中有群斑马在奔跑，它们扬起一片尘土。在那黄色的大平原中，有群鸟儿在一块白色空地上空打着转儿飞，再往前还有一群，另一边又有一群。正想象着美妙的情景，一辆卡车拖着一道尘雾远远驶来，我回头一看，卡车上面装着剥皮工和给村民们分肉的人。那些志愿帮忙的剥皮工请我射杀一头格兰特瞪羚给他们吃，我却在大热天三番四次失手，出尽了洋相，后来在它跑动中将它射伤，然后顶着烈日横穿平原追逐它，直到快近正午时才把它追到射程之内打死。

　　那天下午我们打算去打些野鸭。沿着大路出去，穿过居民区，经过那印度人开的杂货店的拐角，他站在那里，向我们示以谄媚的、不善经营的、弟兄般和善的微笑，摆出一种有所期待的迎客光临的姿态，希望我们能够停留，但我们往左一拐车头，驶进了一条去往森林深处的小道。这条小道两边布满灌木，穿过密林，驶过小溪上一座用整根原木和树干搭成的不太坚固的桥，一直向前，直到林木越加稀疏。我们开出了森林，驶上稀树草原，草原向前延伸到一个长满芦苇、河床干涸的湖边，远处波光粼粼，有一群粉瑰红色的火烈鸟。仅有的几棵树的树荫下搭着几间渔民草屋，在前面，风拂过草原上的草丛。我们的卡车驶过时，惊吓走了许多正在干涸灰白的湖床上觅食的小动物。在远处一些小苇羚走动着，看上去又怪又傻，但是等你看到它们站在你的面前时，却感到它们漂亮又敏捷。我们驶出又矮又密的草丛，把车开上了干涸的湖床。前后左右，四面八方，都有很多溪水汇入湖中，形成了一片芦苇丛生的被一条条水流截断的沼泽，朝着已缩小的湖面逼近。我们既能看到有野鸭在飞翔，又能看见沼泽地中一个个突起的草岗子上布满成群的野鹅。干涸的湖床很坚实，我们在上面开着车子，直到前面的路看上去又潮湿又松软才停下来，将车子停在那里。我们决定由卡尔领着却罗，我和姆科拉带着子弹和囤子，在沼泽上分开行动狩猎，并不停地挥动囤子。而老爹则和P.O.M.一起到湖左岸高高的芦苇丛边缘去，那里还有一个小溪冲积成的深水沼泽，我们认为野鸭会朝那边飞去。

老爹和P.O.M.，一个是穿着褪色灯芯绒上装的胖乎乎的大个子，另一个则是穿着长裤、灰色卡其夹克、靴子，头戴一顶大帽子的小个子。我们看着他们跨过了开阔地，接着，他们在我们动身前就在一小片干芦苇前蹲了下去，没了影儿。但是等我们走出湖床朝溪边走去时，很快发觉我们的计划实行不了。因为我们总会陷进冰冷的泥沼里，小心翼翼地寻找十分坚实的落脚点也不行，有时会陷到膝盖处，而且再往前会有更多的圆丘被水冲散，地面也不像前面那么潮湿，有几次我竟然一直陷到了腰部。野鸭和野鹅飞起来，飞出了我们的射程。在第一群振翅朝其他飞禽藏匿的芦苇丛飞去时，我们听见了两声尖细的枪声，那是P.O.M.的.28口径双筒猎枪的枪声，并看到野鸭朝湖中央盘旋着飞去。这时其他分散的鸭子和野鹅都跑出芦苇丛游向了宽阔的水面。从卡尔所在的小溪边的沼泽里飞过来一群深色的朱鹮，它们高高盘旋在我们头顶上，然后又飞回了芦苇丛，那向下斜着的喙，就像巨大的麻鹬。沼泽里满满都是半蹼鹬和黑白相间的塍鹬。由于不能进入射击鸭子的有效射程，我最终只好选择射半蹼鹬，这使姆科拉非常不高兴。我们尝试做最后一次努力，就顺着沼泽走出去，把枪和口袋里装着子弹的猎装举在头上，穿过一条齐肩深的小溪，艰难地走向P.O.M.和老爹待着的地方。路上我们发现一条流动的深溪上空有水鸭在飞，于是便打死了三只。天渐渐黑了，我发现老爹和P.O.M.在这条深溪对面靠近干涸湖床的边缘的岸上。小溪看上去太深，溪底又软，没法涉水而过，但最终我还是找到了一条河马踩出的深深的小道，直通溪中。我踩上去试试，感觉脚底下十分坚实，于是我就走进漫到腋下的溪水中。等我走出来站在草地上，身上滴着水时，有群水鸭快速飞过，我立刻在黄昏中蹲下瞄准，并与老爹同时开枪，我们一共射中了三只，它们呈一条很长的斜线下坠，重重地摔在前面高高的草丛里。经过仔细搜寻，三只全找到了。它们飞得太快，落地的地点远得出乎我们预料。这时天色几乎全黑了，我全身都湿透了，靴子里发出咯吱咯吱的水声。我们跨过灰色的泥土皲裂的湖床朝车子走去,这是我们在塞伦盖蒂平原[1]打鸭子以来第一次打到野鸭。P.O.M.见了鸭子很高兴,我们都忘不了它们十分鲜美的味道。这时前面远处的那辆卡车显得非常小,往后是一片被晒干的平坦泥地,再往后就是草原和那片森林了。

  第二天我们去猎杀斑马后回来,路上由于逆风,穿过平原时,汽车扬起的尘土被风刮向我们,汗水和尘土都凝成块状,弄得大家灰头土脸。P.O.M.和老爹没有出去,他们出去也只能吃尘土,没什么事可干。而卡尔和我则饱受着烈日暴晒和灰沙侵袭到平原去,并且我们还吵了一架。这种口角一般是这样开始的,"怎么了?"

  "它们太远了。"

  "开始并不远啊。"

  "我跟你说了,它们太远了。"

  "如果你不开枪它们就更难对付了。"

  "那你开枪吧。"

  "我们一共只要十二张皮。我已经打够了。你来吧。"

  接着满脸怒气的卡尔很快地乱打一通,显出是有

---

[1] 塞伦盖蒂平原,位于今天的坦桑尼亚北部,巨大的维多利亚湖东南侧。平原北部1941年设立了塞伦盖蒂国家公园,是一个广袤的野生动物保护区,海明威打猎时还未成立。

人命令他这么做似的。只见他很厌烦地从蚁冢后面站起来转过身，朝我走来，我则自鸣得意地问："那些斑马怎么啦？"

"我告诉过你，它们实在太远了。"他不顾一切地说。

我，自鸣得意，沾沾自喜，"瞧瞧它们。"

看见载着剥皮工的卡车驶近时，那匹斑马就飞奔起来，转了个圈儿，此刻正侧对着我们站在那里，完全在我们射程内。

卡尔一言不发，火气特大，以致盯着它也没法开枪。然后他说："动手啊，开枪吧。"

现在自鸣得意的我马上拒绝了，显得更加自以为是了。"开枪啊。"他说。

"我不开。"我说。他知道自己太生气了，没法瞄准，但他感到自己被耍了。他总是被一些事捉弄，比如说必须用非常规的方法做事，或者按照没有具体细节的不精确的命令做事，再不就是着匆忙地或当着别人的面行事。

"我们已经打了十一只了。"我此时感到有些惭愧地说。我知道应该让他放手去打，试着催促他快点儿只会使他心烦意乱，而催促他会使我自己变成自鸣得意、自以为是的浑蛋。

"走吧，哥们儿，我们得返回了。我们随时都能再弄一张的。"

"不，我们要捕获它。你来开枪。"

"不，我们往回走吧。"

卡车此时出现了，那些怨恨在你坐着车子行驶在漫天尘土中时就没了，剩下的又只是时间苦短的感觉。

"你在想什么呢？"我问，"还在想我多么浑蛋？"

"想今天下午的事。"他咧嘴一笑，脸上结成块的尘土出现了一道道裂纹。

"我也是。"我说。

终于等到了下午，启程了。

为能轻松地把陷到泥沼里的脚拔出来，我这次穿上了低帮帆布鞋。我经过一个又一个圆丘，择路穿过沼泽，挣扎着蹚过一条条水沟。野鸭仍像先前那样飞到湖中来，可我为了进入湖中却向右绕了一大圈，而且发现湖底又硬又坚固，还是得在齐膝深的湖水里接近这一大群野鸭外侧。一声枪响后，我和姆科拉低头蹲了下去，这时野鸭飞得满天都是。我先射下来两只，紧接着又射下来两只，后来又把高高飞在头顶上的一只射了下来，然后射失了在低空一直快速向右边飞的一只。它们呱呱乱叫着飞了回来，速度变快了。后来我都来不及装弹开枪，朝鸭群乱射一气，把它们的腿打瘸来充当诱饵,然后专门摆出高难度姿势射击,因为这时我知道我们想要多少或想带走多少就都能打多少。我试着身子尽量后仰,朝头顶上高飞的那只开枪,这是王者之枪,于是一只大黑鸭就坠落在姆科拉的身边。他大笑不止。随后,那四只瘸腿诱饵打算游开去,我决定最好打死它们并拾起来。为了能赶到打得到最后一只瘸腿诱饵的射程之内的地方,我不得不在齐膝深的水里跑着。没想到脚一打滑,脸朝前摔了一跤,然后坐起来,最终弄得自己全身湿透,背上都被很凉的泥水浸湿了。我擦干净眼镜,再把枪管里的水倒完,我也不知道能不能在子弹受潮膨胀前射出它们。看到我摔倒姆科拉却乐开了花。他这时的猎装上已挂满了野鸭,就在我蹲下来装填一颗受潮的子弹时,一群野鹅飞过,正在射程内。我装了一颗子弹后开枪,但是鹅群太远了,或者我太靠后了,这一枪开过,我看到那群火烈鸟在阳光下飞起来,把湖天相接的整个水平线染成一片粉红。接着它们落下来了。自那以后,我每开一枪,就转身望向湖面上的阳光,欣赏那片令人无法形容的红霞飞速升起,然后慢慢落下。

"姆科拉。"我伸出手并叫他。

"是。"他盯着它们说,并拿给我更多子弹。"太棒了!"

我们的收获都很大,但是最大的是在这湖上,于是此后接连三天,我们旅途中吃的都是冷的短颈野鸭肉。那鸭肉肥嫩，味道鲜美，配上番盐牌泡菜一起冷拌，加上我们在巴巴提买的红酒，简直是最味美的鸭子。我们就坐在巴巴提路旁那家小客栈凉爽的门廊上等卡车开来，车开来时都半夜了。当时我们在山上一位朋友家留宿，他出去了。在寒冷的夜晚穿着外衣坐在桌子旁，等那辆破车等了很久，我们都喝了太多的酒，肚子饿得无法形容。在唱机声中，P.O.M. 跟咖啡种植园经理和卡尔跳舞，我则因注射了很多依米丁[1]头疼得很，硬是靠加了苏打水的威士忌将头疼压了下去。当时风刮得很快，门廊上很黑，我跟老爹就坐在门廊上喝酒，后来热气腾腾的短颈野鸭端上了桌，里面加了些新鲜蔬菜。最可口的还是这些短颈野鸭，虽然珍珠母鸡也确实不错，我现在车尾箱的午饭盒里就有一只，打算今晚吃。

  我们从巴巴提出发，开车穿过一座座小山，来到一片林木繁茂的平原边上。林间有一长条空地，远处山脚下有个设有教堂的小村庄。我们曾在这儿搭营捕捻，听说这些捻有的分布在覆盖着茂盛树木的小山里，有的则在一直延伸到前面那片大平原边缘的平地上的森林中。

---

[1] 依米丁（emetine），一种白色粉末状的催吐剂，用于治疗阿米巴痢疾。海明威在此次打猎时，曾身患痢疾，此刻刚刚初愈，所以需吃药控制。

第七章

这个地方热得很,在这儿狩猎是很艰难的,我们为了不引来舌蝇,就在几棵被一圈圈剥掉了皮的光溜溜的死树下安营扎寨了。这里山丘陡峭难行,灌木丛生,你先得爬个半死才能找到合适的狩猎点。这就不如在林木繁茂的平地上狩猎容易了,你仿佛穿行在鹿园中一样漫步其间。白天这里到处都是蜂拥到身边的舌蝇,它们会狠狠地叮你脖子,透过衬衫叮你的胳膊,还有你的耳背。我行走时会带根叶子多的树枝来驱赶脖后的舌蝇。就这样天亮又天黑,我们打了五天猎,天黑后累得要死才回营地,但因为夜里凉爽,而且舌蝇在黑夜里也不会来叮咬你了,倒觉得高兴。我们有时上山狩猎,有时到平地上狩猎,尽管卡尔猎杀了一头挺棒的马羚,但他变得越来越郁闷了。他已经对捻产生了一种非常复杂的个人感觉,而且他总把自己的混乱怪罪到别人身上,向导、狩猎地、小山好像都在为难他。在山丘中他一无所获，可他又不相信在平地上能有所斩获。为了能使气氛好些，我每天都盼望他能捕到一头捻，但是每天的狩猎都因他对捻的感觉而变得复杂了。我看得出现在他很累了，为了让他轻松点儿，我想把上山打猎的活儿尽量多揽点儿下来，因为他真不善于爬山，也在山里受了很多罪，但是他觉得它们很可能就在山里，而他却失去了机会。

在这五天里，我看到了十多头母捻，还有和一连串母捻同行的一头小公捻。那些灰色的母捻个儿很大，侧腹分布着条纹，头小得离谱，耳朵大得出奇，步法矫健，惶恐地带着大肚子在树林里穿行。那头小公捻在六只呈一列队伍的母捻中排在第三个，在暮色中林中空地的尽头跑过我们面前去。它跟真正的公捻一点儿都不像，就如一头独角幼鹿不像一头高大成熟、粗脖黑毛、有漂亮的角、黄褐色毛皮、形如大马的公鹿一样。

还有一次太阳下山时，我们往回顺着山里一个陡峭的山谷走，看见山顶上阳光照射下有两头有白色条纹的动物正在走动，树干间只能看到它们的侧面，我们也看不到它们的角，但向导们指着它们说那是公捻。直到太阳已经下山了，我们才爬到山顶，虽然我们在岩石地面上找不到它们的脚印，但是在瞥了一眼后，我们觉得它们的腿似乎比我们见过的母捻的要长些，因此它们可能真是公捻。直到天黑，我们都在山脊之间不断搜寻，但是再也没有找到它们，第二天我们让卡尔去找也是一无所获。

有一次，我们使许多水羚受惊跑掉了。那天我们依旧沿着一条山脊搜索，在山脊下的一条深沟里，我们发现了一头水羚，它听见了什么声响，但是没有闻到我们的气味。我们就像化石一样站在那里，盯着它，姆科拉还抓着我的一只手，我们与它相距只有十多英尺。它很漂亮，一身黑，粗壮的脖子上有道深色颈毛，两角上翘，就站在那里，浑身发抖着，张大鼻孔嗅着气息。此时它被无法查明的某处危险吓得直哆嗦，而姆科拉用手指紧紧地抓着我的手腕咧着嘴笑。突然远处传来一声巨响，那是土人的黑火药枪发出的声音，羚羊一跃而起，几乎从我们头顶上跳了过去，冲上了山脊。

还有一天，我们只带着P.O.M.，从林木茂盛的平地一直搜到那大平原的边缘，那里只有遍地的灌木和虎尾兰，这时我们听到了一声深沉、沙哑的咳嗽。我冲姆科拉看去。

"狮子。"他看来并不高兴地说。

"在哪儿？"我悄声问，"在哪儿呢？"

他用手一指。

我悄声对P.O.M.说:"你回到树林里去吧。那是头狮子。没准儿就是我们今早听到的那头。"

那天快天亮时我们起床时曾听到过一头狮子的咆哮声。

"我更想跟你在一起。"

"这样对老爹不公平啊,你回那边去等着吧。"我说。

"好吧。但你可千万要小心啊。"

"我除了站着开枪其他什么都不会做,而且没有瞄准好我是不会开枪的。"

"好吧。"

"我们走吧。"我对姆科拉说。

遇到这种情况,他一点儿都不喜欢,一脸的严肃。

"狮子在哪儿啊?"我悄声问。

"在这里呢。"他指了指那边一丛丛错综分离的、厚厚的、带刺的绿色植物,哭丧着脸说。我派一名向导带P.O.M.回去,我们看着他们往回走了大概两百码,回到了森林的边缘。

"我们走。"我说。姆科拉板着脸摇着头,但还是跟上了我。我们一边往虎尾兰丛里张望,一边缓慢地朝前走,希望透过那些叶子看见前边的东西,但我们什么也看不到。然后我们又听见前面靠右边的不远处传来了咳嗽声。

"不！"姆科拉轻声说，"别去了，老板！"

我没有说话，只是用食指指着自己的脖子，并把大拇指往下做扣动扳机的动作。"Kufa."我悄声说，意思是我要瞄准那狮子的脖子开一枪打死它。姆科拉脸色铁青，直冒冷汗，拼命摇着头。"别去了！"他悄声说。

你不知道，如果我能在没有老爹帮忙下独自打死一头狮子，那会让我高兴很久的。虽然姆科拉试图阻止我，但我们仍然爬上了一座像是由很多黏土构成的沟槽的蚁冢顶部，站在上面四处张望。我原以为从蚁冢上可以发现那头狮子，但在绿色的仙人掌似的植物后面还是什么也看不到。于是我们下了蚁冢，又往这片错综复杂的仙人掌丛里走了两百多码。我们又听到它在我们前面咳嗽，并且再往前一些，间或我们听见了一声十分低沉、令人震撼的吼声。在蚁冢上仍没发现狮子之前，我坚信我能漂亮地近距离开上一枪。我曾打死过三头动物，知道该怎么干，所以我曾经下定决心，只有在有把握打死它时才能开枪。除了现在这头狮子外，整个旅程里我从未感到如此兴奋过。自从上了蚁冢之后我的心思就不在狮子身上了。我觉得只要我有机会讲明要打它哪个部位并由我来射击,那对老爹就是绝对公平的。但是我们正陷入一个糟糕的情况中。我们步步逼近,这头狮子却始终在缓慢地走开。没准儿我们清晨听见它的吼声时,它已经吃饱了,现在它显然并不想挪动,只想休息。我不知道姆科拉显出极度的痛苦中有多少是他感到要替老爹对我负责,有多少是他自己对这次危险狩猎所感受到的极度恐惧,但他显然很抗拒这样做。最后他将手搭在我的肩上,几乎把脸贴到我脸上,狠狠地摇了三下头。

"不!不!不!老板!"他用伤感、恳求的语气抗议着。

"好吧。"我说,毕竟我没有权利把他带到一个连向哪里打狮子都没法弄明白的地方,我们转身按原路折返回去,然后穿过开阔的草原,回到了P.O.M.等着的树林。

"你们发现狮子了吗?"

"没有,"我对她说,"我们只听到它叫了三四次。"

"你们没被吓到吧?"

"最后时刻我吓得竟撒不出尿了。"我说,"不过我宁愿放着全世界的该死的动物不打,也想在那里独独为了打它而守着。"

"上帝保佑,真高兴你们能平安回来。"她说。

我想用蹩脚的斯瓦希里语说一句话，就从口袋里掏出词典找"喜欢"这个词。

"姆科拉，你喜欢狮子吗？"

姆科拉现在又能咧嘴笑了，他一笑就牵动了嘴角的中国式胡子。

"Hapana，"他在脸前用一只手挥着说道，"Hapana！"

"Hapana"是个表示否定的词儿。

"那打捻呢？"我又问。

"好啊，"姆科拉用斯瓦希里语发自内心地说，"好多了。那最好了。捻，对。打捻。"

但是在那营地外我们没能发现一头公捻，两天后我们就离开这儿去了巴巴提，然后去南面的孔多瓦，穿过乡间向汉德尼和沿海地区赶去。

我对那个营地、那些向导以及那个地区没有一点儿好感，感觉那里的猎物好像都已被挑选光、打光了一样。威尔士亲王曾在那个营地打死过捻，我们知道那里有捻，但是那个季节那里不仅有另外三支狩猎队，而且土人们也在打猎，他们声称要驱散狒狒，保护庄稼。但是令人奇怪的是，我们遇到的一个带着铜步枪的土人竟会从他的庄稼那儿追踪狒狒追了十英里，一直追到这有捻的山里，就是为了朝它们开枪。因此我极力主张离开那里，到汉德尼那儿我们谁都没去过的新地区去试试。

"那我们出发吧。"老爹说。

这片新地区看起来是给我们的一份礼物。捻会跑到空地上来，你只要坐在那里等捻跑到空地上来，选择那些较大的、脑袋合乎要求的，并把它打倒就行了。再说那里还有貂羚可打，我们就一致同意无论谁猎杀了第一头捻，我们就去貂羚区。卡尔因预期会在这片奇妙的新地方取得佳绩而兴高采烈，我也开始感到无法形容的愉悦，但把这些天真单纯的捻射倒实在是令人愧疚啊。

天一亮我们就先出发了，后面的大队人马还得拆除营地，然后坐两辆卡车才能走。我们住进巴巴提那家可以眺望大湖的小客栈歇了歇脚，还买了些番盐牌泡菜吃，喝了些冰啤酒。然后我们沿着细心铺设的平坦的开普-开罗公路[1]向南驶去。这段路精心地铺设在林木繁茂的小山之中，上到这些小山上就可以俯瞰马萨伊大草原上的一长条黄褐色平地。我们穿过耕作区一直往南，那里耕作玉米地的是乳房干瘪的老太婆和瘦骨嶙峋的老头子。穿过这一片几英里长的尘土飞扬的土地之后，我们进入了一座被烈日炙烤、侵蚀严

---

[1] 从南非的好望角朝北直通埃及首都开罗的公路，横贯整个非洲大陆。

重的山谷，放眼望去，只见到一团一团的土被风吹起，然后我们进入了隐藏在林木中的、唯美的、刷得雪白的德式要塞——孔多瓦-伊兰基。

我们让姆科拉留在十字路口等后面那两辆车，把自己坐的车停在阴凉处后就去参观军人墓地。原本我们想先去拜访值勤官，但是他们正在吃午饭，我们不想打扰他们，所以就先参观了墓地。那里给人惊喜，而且干净、保养得很好，是个丝毫不逊于别处的理想埋葬地。刺眼的白色阳光炙烤着，你似乎都能感到它压在你脖子和肩膀上的重量，这使树荫显得格外清凉，我们就又在树荫下喝了些啤酒。之后我们发动车子，去十字路口接那两辆卡车，然后一直向东进入了那片新地区。

第八章

　　这里处处都带着最古老地区的痕迹，但它对我们来说是新鲜的。在坚固岩石架上的好像是条小路，路面上都是大圆石头，是大批旅行者和牲畜群用脚踩出来的，但根本不像一条路。它穿过两排树木，高耸着延伸进山里。这地方太像阿拉贡（西班牙东北部的一个地区）了，要不是看到十来个光腿光头的，穿着肩部打结的像古罗马人那种宽外袍的白色棉布衫的土人，而没遇到背挂鞍袋的骡子，我都怀疑我是不是到了西班牙；但是等土人们走过后，那些岩石上的小路旁的高大林木看着才像是西班牙的。而且有一回，我曾紧跟着一匹马的后面沿类似的一条路向前走，当时看到驼蝇在马屁股四周又飞又爬的恶心场面。我们在这里的狮子身上发现的驼蝇跟西班牙的那些一样。在西班牙，如果有只驼蝇钻进了你的衬衫，你必须把衬衫脱下来才能打死它。扁扁的驼蝇会非常聪明和敏捷地在衣服里爬来爬去，它会钻进领口，或在一条胳膊周围爬，或顺着后背往下爬，一直爬到肚脐和腰带，你没法捏死它，得被迫把衣服脱光才能将它打死。

在我的记忆中，最恐怖的除了我因右臂在胳膊肘和肩膀间断裂，锋利的断骨扎破了裹着肱二头肌的皮肤而住院，一只手背贴着后背耷拉着，最终还因肌肉腐烂肿胀，伤口破裂进而腐烂化脓外，就是被驼蝇叮过。那天看着它们钻进马尾下，又勾起了我记忆中所感受到的超过任何一次的一种恐怖。到了第五周夜里，我孤独一人疼痛得睡不着，突然想到如果你打伤了一头公麋鹿的肩膀并让它逃脱，它一定也会有这样的感觉。那晚我躺在床上，思绪万千，从被子弹击中直到生命终结的整个过程我都体会到了，弄得我有些头昏了。心想我正遭受的痛苦可能是对所有猎手的一种惩罚。不久之后，我的脑子清醒了，我至少知道现在自己在做什么，如果这真是惩罚的话，我至少获得了一些体会。我中过弹，被打瘸过，也被追逐过，我做的一切都报应在了自己身上。而现在，我也做好了随时被这种或那种东西杀死的准备，其实对这些我真的已经不再重视了。只要我还喜欢打猎，我就坚持在能干净迅速地捕杀动物时开枪；而一旦我的水平达不到了，我就收手不干了。

如果你为社会、民主和其他新鲜事务服务，并只对自己负责，拒绝更深入地服役，你就相当于用战友们令人高兴的、欣慰的体味换来只有你自己去做才能感受到的某些东西。虽然我还无法完全定义这种东西，但这种感受在出现以下情况时就会产生：当你知道你是客观地知道并精彩而翔实地描述某件事时，那些拿了钱才来读它并为它写报道的人并不喜欢这一题材，还说这全是虚构的，可是你完全知道它的价值所在；或者当你做了一件别人认为不是正经必要的事情，而你向来都真真切切地知道它与任何正流行的事儿一样重要。还有，当你独自在海上，也知道你生活于其间的这道你熟悉、了解并热爱的墨西哥湾流在有人类之前就在流动，一如今天的流动；而且在哥伦布见到那个长形、美丽而不幸的岛屿[1]之前湾流就已经沿着海岸线流动。你关于它的所有发现，和那些一直生活在那里的人们都是永恒的，有价值的，因为哪怕在印第安人、西班牙人、英国人、美国人以及古巴人和所有的政体、富裕、贫穷、殉难、牺牲、腐败和残酷行为等这一切都消失之后，湾流也会永远像原来那样流动。

---

[1] 指伊斯帕尼奥拉岛（Hispaniola），也叫海地岛，是西印度群岛的第二大岛。克利斯托夫·哥伦布1492年发现它并为其命名。

就像装着色彩艳丽,有白色斑点,臭气熏天的高高的垃圾的平底驳船,正朝一边倾斜,把它装满的垃圾倾倒进蓝色的海水中,当这些垃圾在水面上飘散开时,海水会变成淡绿色,那些重东西往下沉到了四五英寻的深处去,而那些漂浮的东西,例如棕榈叶、软木塞、瓶子和用过的灯泡,和偶尔出现的一只避孕套或一件悬浮的女子紧身裙、学生作业本上撕下的纸张、一只被泡涨了的死狗、偶尔出现的死老鼠、不再显得高贵的猫构成一幅有趣的画面。所有东西都被那些驾着小船捡垃圾的人妥善处置。他们就像历史学家那样专注、聪慧、准确地用长长的竹竿打捞着战利品;他们有自己的一套法则;当哈瓦那港把包括每天五船垃圾在内的一切东西顺利处理,沿海十英里内的海水就像没有船进来之前一样没有污染、清澈蔚蓝时,这条湾流看上去才会风平浪静;而毫无价值地逆着我们这唯一的永恒的湾流漂浮着的,只有标志着我们胜利的棕榈叶,标志着我们发明的旧灯泡和那些大情圣们的避孕套。

　　伴随着对大海和这片土地的思考,我们驶出了这片类似阿拉贡的地区,往南驶到一个都是金色沙子的河岸。这河面有半英里宽,河水在沙子下流淌,岸边长满繁茂的绿树,不少林木像岛一样点缀其中。猎物晚上会来到河边,在沙子上用尖尖的蹄子刨坑,它们就喝渗到坑里的河水。我们穿过这条河时已近下午,一路上遇见许多正从前面的地区逃荒的人。这时路两旁开始有了矮树和繁茂的灌木丛,紧接着我们开始沿路上坡,进入一些古老的、长满像是山毛榉的蓝色山丘中,那里还有一处处茅草屋,屋边炊烟袅袅,一群群绵羊和山羊正被往家赶,此外还有一块块的玉米地。我对P.O.M.说:"这里真像加利西亚[1]啊。"

"太像了,那我们今天已经横跨西班牙的三个省了。"她说。"是真的吗?"老爹问。

"除了建筑不同之外,根本就毫无区别。"我说,"垂眼皮的家乡也跟纳瓦拉[2]一样,同样都有露出地表的石灰岩,那地形分布、沿河道生长的树以及泉水也都一模一样。"

"你真是太奇怪了,竟然会喜欢这样的国家。"老爹说。

"你们两个是十分有见地的家伙,"P.O.M.说,"不过我们要到哪里扎营呢?"

"就这儿吧,"老爹说,"只要找到水源,这里跟任何地方都一样好。"

---

[1] 加利西亚(Galicia),西班牙西北部的一个地区。
[2] 纳瓦拉(Navarre),西班牙北部的一个地区。

我们在靠近三口大井的几棵树下扎了营,土著妇女们经常到这些井边来打水。抽签决定了位置后,我和卡尔在暮色中穿过土人村庄上面的道路,分两队到两座小山周围去打猎。

"这地方全是捻,"老爹说,"你们随时随地都可能会碰到一头。"

但是我们一无所获,只是在树林中发现了几头马萨伊牛,不过因为坐了一天车,能这样走走路感觉也挺舒服的。等我在夜色中赶回来,营地已经搭起来了,火堆前坐着穿着睡衣的老爹和P.O.M.,可卡尔还没回来。

后来他不知为何生着气回来了。他看上去苍白憔悴,一言不发,可能是因为没有找到捻吧。

在篝火旁,卡尔问我们去了哪里,我说直到我们的向导听见了他们的动静之前,我们都在那座小山四周打猎;之后我们就找捷径上到山顶,然后下山,穿过山林回到了营地。

"你是什么意思,听到我们了?"

"他说他听到你们了。姆科拉也说听到了。"

"我想到哪里去打猎是我们抽签决定的。"

"确实是这样,"我说,"但是我们之后跑到你们那边去了,直到听见你们的声音我们才发觉。"

"你听到了我们吗?"

"我听到一点儿动静,"我说,"当我把手拢在耳边倾听时,向导对姆科拉说了几句,姆科拉就对我说,'是老板'。我问'哪个老板?'他说,'卡波尔老板[1]。'那就是你了。所以我们判断自己已经走到了跟你们交界的地方,于是就决定爬上山顶回来了。"

他什么也没说,看上去气呼呼的。

"别为这件事发火啊。"我说。

"我没发火。我是太累了。"他说。所有人中卡尔是最温和、最善解人意、最有牺牲精神的,所以我相信他的话,但是捻已经成为他挥之不去的困扰,他变得不像他自己了,一点儿都不像原来的他自己了。

"他最好能尽快打到一头捻。"P.O.M.等他走进自己的帐篷去洗澡时说。

"你有没有越界进入他的地区?"老爹问我。

"天啊,当然没有。"我说。

"在我们要去的地区他会打到一头的,"老爹说,"没准儿他能打到一头角长五十英寸的呢。"

"那再好不过了,"我说,"但是上帝为证,我

---

[1] 斯瓦希里语对卡尔的读法。

也想打一头啊。"

"你会的,老搭档,"老爹说,"我从没怀疑你能打到一头。"

"真糟糕。我们只有十天了。"

"你看着吧,一旦我们开始走运,也会打到貂羚的。"

"你以前让别人用多少时间在一个不错的地区打它们?""三个星期,在第一天我就让他们用半天去打猎,可直到我离开时一头也没发现。现在他们还在找呢,就跟你在国内打猎时搜索一头大公鹿一样。"

"我喜欢这样,"我说,"但是老爹,他已经打到了最好的水牛、最好的犀牛、最好的水羚了,我不想让这家伙再打败我了。"

"你打的大羚羊胜过了他啊。"老爹说。

"大羚羊算什么啊?"

"你把它带回家做装饰,看上去会很漂亮的。"

"我只是开个玩笑而已。"

"你打的黑斑羚、大角斑羚胜过了他。你还打到了一头上等的南非林羚。你打的豹子跟他的一样棒。但是他的运气好得出奇,说到这点你每次都不如他了。而且他是个棒小伙。我认为他现在有点儿消极郁闷了。"

"如果我们像这样打下去,那就毫无乐趣了。你知道我非常喜欢他。我像喜欢任何人一样喜欢他。我真的希望看到他能有一段快乐的时光。"

"你等着瞧吧。他在到了下一个营地时就会打到一头捻的,那时他的情绪就会高涨到极点。"

"我真是个脾气坏透的浑蛋。"我说。

"你确实如此,"老爹说,"但是为什么不喝一杯呢?"

"好吧。"我说。

卡尔走了出来,看上去态度平静、友好、温和并且善解人意。

"等我们到了那个新地区一切都会好的。"他说。

"那太好了。"我说。

"菲利普先生,告诉我那里怎么样。"他对老爹说。

"我不清楚,"老爹说,"但是据说动物就在那里的空地上觅食。听一位老荷兰人说那里有一些挺棒的猎物,在那里打猎挺愉快的。"

"小伙子,我希望你能打到一头六十英寸的。"卡尔对我说。

"你会打到一头六十英寸的。"

"不,别拿我开心了。"卡尔说,"只要能打到捻我就会高兴的。"

"你没准儿能打到一头特大的。"老爹说。

"别取笑我了,"卡尔说,"只要打到捻我就会高兴的。我知道我的运气一向如何。只要它是公的就行了。"

他态度非常温和,他能说出你所想的,也会谅解和理解你。

"老卡尔,你是好样的。"我说。我被威士忌、善解人意和温情弄得很温暖。

"我们过得很温馨,不是吗?"卡尔说。"可怜的老妈妈在哪里啊?"

"我在这里呢,"P.O.M.在黑暗中说,"我是那些安静的人里的一员。"

"你要不是上帝都不答应呢,"老爹说,"但是你可以等这老头话匣子一开就立刻打断他。"

"所以女人才到哪儿都受人喜欢嘛,"P.O.M.对他说,"再来一句夸奖我的话吧,杰克逊先生。"

"上帝作证,你像条小猎犬一样勇敢。"看起来我和老爹都喝多了。

"说得真好。"P.O.M.说,她双手紧抱着防蚊靴仰躺在椅子里。我看着她,只见火光中映出她穿的蓝色薄棉睡袍,火光还映在她的黑发上。"我喜欢你们进入了扯小猎犬的阶段,那就表明大战快要爆发了。

你们两位绅士有谁正好经历过那场大战啊？"

"谁没有呢，我们是有史以来两个最勇敢的浑蛋，而你丈夫还是个特棒的射鸟专家和杰出的追猎手。"老爹说。

"现在他醉了，我们才听得到真话。"我说。

"我真是饿坏了。我们吃东西吧。"P. O. M. 说。

天亮时，我们坐车外出，离开村子驶到大路上，经过一片茂密的灌木丛，到了一片平原边缘。这时太阳还没有升起，四周一片雾蒙蒙的，我们能看到远处有一头大角斑羚在吃草，在晨雾中它看起来是个灰色的大家伙。我们把车停在灌木丛旁，下车坐了下来，透过望远镜能看到在我们与那大角斑羚之间散布着一群羚羊，里面有一头像紫红的肥胖马萨伊驴的大公羚羊，两只角又黑又直，往后翘着，十分奇特，它每次吃草后一抬头就露出角来。

"你打算猎取它吗？"我问卡尔。

"不。你去打吧。"

我们太需要肉吃了。我知道卡尔是无私的，不喜欢在别人面前开枪，也讨厌悄悄地追踪猎物，所以我说："好吧。"再说，我有些自私，也想开枪。

我尽量假装散漫随便地沿着大路走，不朝那些猎物看，步枪不瞄着它们，而是笔直地背在左肩上。它们似乎只是一门心思地吃草，并没注意到我。我知道一旦我朝它们走去，它们会立刻逃出我的射程，因此，当我用眼角看到那头大羚羊又低下头吃草，并且估计这时有希望打中时，便坐了下来，把枪带从肩膀上取下，就在它抬起头要四散奔逃时，我瞄着它后背的上部开了枪。就在子弹啪的一响时，它往右挪动了一下，我没有打中那猎物，但是射击的同时整个平原背景般动了起来，怪异的长脚羚羊像旋转木马似的慢慢跑着，大角斑羚从笨重摇晃的慢跑变成快跑，还有一头我从没有见过的大羚羊也跟着它们一起跑。动物们都开始迎着朝阳奔跑，这个突如其来的变动和恐慌的景象正好成为我要猎取的那头公羚羊的背景，它在四分之三英里之外，一路小跑，两只角高高地翘起。我站起来准备一边跑一边射击，将它整个儿收进我的瞄准镜的目镜里，先瞄准了它，又瞄准了它肩膀上部。我迅速迂回跑上前去，扣动了扳机，它应声倒下，还蹬着腿，然后之前子弹击中骨头时的破裂声才传了回来。这一枪特别幸运，虽然距离超长，我认为还是打断了它一条后腿。

　　我朝它冲去，接近后为防它跳起来逃跑时将我撞倒，我放慢了脚步，小心谨慎地靠上去，然而它是完全倒下了。子弹打到它身上时发出了巨响，它就突然倒地了，我真害怕打中的是它的角。但是等我靠近它跟前才看到它已经死了，发现我那第一枪击中的是它肩膀后背脊的上部，我还以为是击中它下面的腿部才把它打倒的呢。大家都围了上来，却罗给了它一刀，把它变成了合法的食用肉。

"你第二枪是瞄准了它哪里呀？"卡尔问。

"只是往上一点儿，加了不少提前量，也没瞄准哪里。后来又跟着它跑了一段路。"

"真是漂亮的一枪。"丹说。

"到晚上他就会告诉我们他是有意打断那条腿的了。"老爹说，"你们知道，那是他最喜欢的打法之一。你们从未听他解释过吧？"

姆科拉正在剥羊头的皮，却罗正在切肉，有个身材瘦高、手持长矛的马萨伊人走上前来，说了句"早上好"之后就单脚站着看他们剥皮割肉。他跟我说了一大串话，我只好把老爹叫来翻译。那个马萨伊人又把这些话向他重复了一遍。

"他想知道你们是不是还要打些别的猎物，"老爹说，"他想知道你们是不是还想打两只麋羚或一头大角斑羚。他喜欢它们的皮，想要几张，但是他对一般的羚羊皮没兴趣。他说，它们几乎一文不值。"

"你告诉他，回去的路上我们就会打的。"

老爹认真地告诉了他。马萨伊人跟我握了握手。

"告诉他随时可以来哈利的纽约酒吧找我。"我说。

马萨伊人用一只脚蹭着另一只脚,又说了几句话。

"他问为什么你要向它开两枪呢?"老爹问。

"告诉他,早上总要开两枪是我们那里的风俗。在稍后的大白天里只能开一枪。在晚上,我们自己经常会被射个半死[1]。告诉他,他想找我随时可以来新斯坦利或托尔酒吧。"

"他问你们想怎么处理那些羚羊角。"

"告诉他,我们的风俗是要把角送给最富有的朋友。这么做是很刺激的,有时我们那里的人手提着打光了子弹的手枪被追着穿越整个辽阔的原野。你告诉他,可以在那本书里找到我。"

老爹把我的话转述给了马萨伊人,我们友好地握了手,分别了。透过迷雾向平原看去,只见大路上又有一些土褐色皮肤的马萨伊人走来,膝盖相互擦着大步地走着,长矛在早晨的阳光中显得很细。

不久后,羚羊头已经被包进一个粗麻袋里,血已经放干的羚羊肉被捆在挡泥板里,肉上还沾了不少土。处理完羚羊后我们都回到车里,在红沙路上驶进山里。

---

[1] half shot是双关语,还有"喝得半醉"的意思。

我们的车一路前行,平原被远远地抛在后面,大路边布满了灌木。我们经过一个有着白墙的客栈、一个杂货店和许多田地的叫基巴亚的小村子。正是在这儿,丹差点儿被一头狮子吃掉。有一次他坐在一个干草堆上,在一块玉米地边等着捻来吃草,一头狮子却偷偷接近了他。由于这事儿使我们对基巴亚村怀有一种强烈的历史感,因此我建议为了更好地纪念这里,更好地欣赏这里,我们应该先喝一瓶那种瓶颈上包锡纸、贴着黄黑标签、上面还印着一个穿着盔甲的骑士的德国啤酒。满怀着对基巴亚村具有历史意义的崇拜,我们喝了瓶酒。在了解到前面的路况不错后,就给后面的卡车留话,往东面跟去,我们则直奔海岸和有捻的地方。

太阳升起来,天气变热了,我们开了很久才驶到南部地区。我曾问过老爹那里是什么样儿,他描述说那里跟该死的非洲的几百万英里的其他地方一样,那些结实的、看上去矮小的林下灌木一直长到了难以穿行的大路旁边。

"那里有非常庞大的大象,"老爹说,"但就因为没法猎取它们,所以才能长那么大。很明显,是不是?"

在驶过这上百万英里地区中的好长一段路后,我们进入了一片草原。这里干燥、多沙、四面被灌木包围，显然已经干成了一片有水的灌木丛分布稀少的典型的沙漠区。老爹说这里就像肯尼亚北部的那个边境省。我们开始寻找那种叫"gerenuk"的长颈的非洲瞪羚，它们的姿态就像螳螂双臂举起在祈祷一样。我们知道小捻也生活在这片沙漠灌木丛中，所以就一并搜寻，但是直到太阳已高高挂起，我们还是一无所获。最后，道路又开始缓缓向上伸进低矮的蓝色的山区。那些山布满树木，有的一连几英里都是稀疏的灌木，但要比热带稀树旷野上的更茂密些，前面有两座高大得足可称为大山的山丘上森林茂密。它们分别坐落于我们开车往上爬的道路的一侧。红土路越来越窄了，前面有几个索马里贩牛商正赶着一群数以百计的牛朝沿海地区走。领头的是他们的大买主，他身材高大，面容英俊，戴着白头巾，穿着海边特有的服装，拿着一把标志着他身份的伞。我们费力地将车子穿过这群牛，最终，开上了令人愉悦的灌木间，再往上开进了两座大山间的开阔地。继续向前开了半英里，就到了一个由泥和草盖成的茅草屋形成的村庄，它所在的空地位于两座山对面一片较低的高原上。回头望去，那两座山的山坡满布森林，林上是裸露的石灰岩、开阔地和草地，看上去非常美。

"就是这儿吗？"

"对，"丹说，"我们要找个地方扎营。"

一个憔悴、有白短胡须、年龄很大的黑色皮肤的农民从一个由许多枝条抹上烂泥筑成的屋子后面走出来。他披着一块很脏的、曾经是白色的布，像古罗马宽外袍那样在一侧肩膀打了个结。他带我们朝下按原路返回，而后往左一拐，来到一个很适合扎营的位置。他是个看上去一脸倒霉相的老头子，老爹和丹跟他说了几句话，要他找几个向导来，他们是一年前来过这里的一位荷兰猎人，丹的好友推荐的。丹把他们的名字写在一张纸上，然后他就走了，似乎比来时更加沮丧。

我们把车座拆下来铺上外套，搬到一棵大树的树荫下当作桌椅，坐下来吃午饭，喝了点儿啤酒，然后看书或睡觉，等着那些卡车开来。那个老头倒是又比卡车先到了，他带来了一个最瘦小、最饥饿、最有倒霉相的万德罗博人。那人挠着后脑勺，单腿站着，带着一张弓、一筒箭和一支长矛。我们质疑老头没把我们指名要的向导带来，老头只好承认不是那人，然后带着比先前更加沮丧的神情转身去找正式的向导了。

等我们睡醒后，看到那老头正带着两个从村里找来的像模像样地穿着卡其裤的正式向导站在那里，另外还有两个几乎裸体的人。交谈很久后，带头的穿卡其裤的向导展示了他的以"致来此狩猎者"几个字开头，署名为某某职业猎手的证明信，上面说明持信的人对这片地区十分熟悉，是个可靠的小伙子、有能力的追猎手。穿卡其裤的向导把这位职业猎手称作辛巴[1]老板，这名字激怒了我们。

"他是个曾经打死一头狮子的男人。"老爹说。

"你告诉他，我是专杀鬣狗的费西[2]老板，"我对丹说，"费西老板只用手就能把它们掐死。"

丹却正跟他们讲别的事儿。

"问他们有没有兴趣见见蟾蜍老板，他是蟾蜍的发明者，还有统治所有蝗虫的茨奇妈妈。"

看上去丹正和他们谈价钱，并没在意我的话。明确了他们的日常工资之后，老爹告诉他们，如果我们两位猎手中任何一人打到了一头捻，就会给向导十五先令。

"你是说一英镑[3]？"带头的向导问。

"看起来他们知道自己在做什么。"老爹说，"尽管有那个辛巴老板推荐，我还是对这个向导专家并不

---

[1] Simba在斯瓦希里语中是"狮子"的意思。
[2] 在斯瓦希里语中费西是"鬣狗"的意思。
[3] 一英镑等于二十先令。

满意。"

顺便提一下,我们后来才得知这个辛巴老板在沿海一带名声很高,真的是个非常出色的猎手。

"我们把他们分成两队,你来抽签挑选吧,"老爹提出建议,"每队一个赤裸的加一个穿裤子的。而我自己则主张都用赤身露体的土人做向导。"

当我们建议那两个拥有证明信的穿裤子的向导挑一个不穿衣服的人做搭档时,却发现这行不通。那个高谈阔论、会谈价钱的向导,现在变得像戏剧天才一样,正手脚并用地重现辛巴老板杀死他最后一头捻的情景。我们打断了他冗长的表演后,他声明只愿跟阿布杜拉一起打猎。那个矮个子、大鼻子、受过教育的阿布杜拉,是他的追猎手,他本人从不追猎。他们总是一起打猎。随后,他又演起一幕关于辛巴老板和另一位叫医生老板的角色还有那些有角野兽的哑剧来。

"我们就把这两个土人作为一队,把这两位牛津大学学生[1]作为另一队吧。"老爹说。

"我不喜欢那个总爱表演的家伙。"我说。

"没准儿他很了不起呢,"老爹也带些质疑地说,"那老头说另外两个也挺好的。不管怎样,你知道你

---

[1] 戏称那两个穿卡其裤的土人向导的意思。

是个追猎手就行了。"

"谢了。让他见鬼去吧。你来组织抽签好吗？"

老爹用拳头握住两根草的茎。"长的那根代表戴维·加利克[1]和他的搭档，"他解释说，"短的代表那两个坚持裸体主义的追猎手。"

"你想先来吗？"

"你先请吧。"卡尔说。

我抽到的是戴维·加利克和阿布杜拉。

"这该死的悲剧演员被我抽到了。"

"他没准儿挺不错的呢。"卡尔说。

"那你想换换吗？"

"不。他没准儿是个奇才呢。"

"现在让我们抽签选择狩猎区吧。抽到长的先选。"老爹解释说。

"你先抽吧。"

卡尔抽到一个短的。

"是哪两个地方？"我问老爹。

我们用了很长时间交谈，我们的戴维还模仿杀死五六头捻的不同方法和情景，有伏击、突袭、在空地里悄悄尾随，还有在灌木丛里使它们吓得突然蹦起来。

---

[1] 英国著名莎士比亚戏剧演员，此处是嘲讽那个爱表演的土人向导。

最后老爹说:"从动物成百上千地被杀来看,这附近肯定有片盐碱地吸引它们去舔盐。还有,有时你只是绕着小山在转圈子,也能在空地里随时打那些可怜的动物。如果你感觉身体特棒,你还能爬上山去追赶它们,在悬崖上等它们出来觅食时将它们打倒。"

"那我就选盐碱地吧。"

"请牢记,只能打那些最大的。"老爹说。

"我们什么时候启程?"卡尔问。

"明天早晨才会上演盐碱地的大戏,"老爹对我们说,"但是老海姆[1]可以今晚就去探探路。你可以先坐车从这条路开过去大约五英里,然后步行。等太阳再稍稍落下后,你们随时可以回到山里来。"

"夫人怎么办?"我问,"她能不能跟我一起去?"

"我看这样不合适。"老爹认真地说,"追踪捻时人越少越好。"

那天很晚,姆科拉、那个表演家、阿布杜拉和我才顶着寒气回营地来,走到篝火前时我们都非常兴奋。盐碱地里一些地方的土被踩得稀烂,印着很深的新的捻脚印,上面还有几个大公捻的脚印。那个埋伏点也是个十分理想的伏击地,对明天早晨射中捻,我信心

---

[1] 朋友们给海明威取的外号。

满满,大有把握,就像天气凉爽时在一个条件很棒的埋伏处打野鸭一样,只要放出一群好的囮子,肯定有把握引一群鸟飞过来。

"这连傻子也能打,不可能空手而归。甚至都能称得上是很丢人的事儿。他叫什么来着,布斯、巴雷特、麦科洛,你知道我是指谁。"

"叫查尔斯·劳顿[1]。"老爹抽着烟斗说。

"弗莱·阿斯坦[2]就是他。社交界的踢踏舞星,也是全世界的明星。他发现了那个埋伏点也知道盐碱地在哪里。只要撒一把尘土,他就能辨别风往哪边吹。他是个很棒的向导。他真是个奇才。伙计们,辛巴老板把他们锻炼出来了。老爹,他们就像被我们装在容器里一样。唯一的问题是不要让肉变质,并且选一些更健壮的标本。伙计们,我的感觉好极了。明天我就会在盐碱地里把你们两个干掉。"

"你刚才喝什么了啊?"

---

[1] 查尔斯·劳顿(Charles Laughton, 1899—1962),英国演员,当时正因在英国影片《英宫艳史》中饰演亨利八世获得1933年度奥斯卡最佳男主角奖。
[2] 弗莱·阿斯坦(Fred Astaire, 1899—1987),美国演员,踢踏舞高手。当时在百老汇演歌舞剧,后来在好莱坞与琴逑·罗吉丝搭档,主演了一系列歌舞片。

"我什么也没喝,真的。叫加利克来,告诉他,我要给他一个角色,让他去演电影。这计划也许不能实现,但回来的路上我就想着这件小事。奥赛罗或者叫威尼斯的摩尔人。这部戏的意义绝妙无比,我喜欢那情节,你喜欢吗?你要知道我们称为奥赛罗的这个黑鬼爱上了那个不经世事的姑娘,所以我们叫她苔丝德蒙娜[1]。你喜欢吗?我是有种族观念的,他们找了我好几年,我都没有给他们写这个戏。我对他们说,让他先去参加比赛,赢得名声再说吧。让哈利·威尔斯见鬼去吧。波林诺打败了他。夏基打败了他。登普西又打败了夏基。卡内拉[2]又把夏基打败了。如果没人看到这凶猛的一拳会怎样呢?你知道,哈利·格里布[3]死了。老爹,当时我们在什么鬼地方啊?"

"当时我们刚到纽约,"老爹说,"那时我们也搞不懂为什么人家朝你身上扔东西。"

"我还记得,"P.O.M.说,"杰克逊·菲利普先生,

---

[1] 源出希腊文Desdemcma,是"苦难"的意思。
[2] 20世纪30年代美国的职业重量级拳击运动员,其中最有名的是杰克·登普西(Jack Dempsey,1895—1983),他曾经连续七年蝉联世界冠军。
[3] 美国职业拳击运动员。曾荣获美国轻重量级冠军和世界中重量级冠军。1955年入选拳击荣誉厅。

为什么你当初没让他持有种族观念呢？"

"我当时太疲倦了。"老爹说。

"不过你现在看上去状态棒极了。"P.O.M.说，"我们该怎么处置这个疯子呢？"

"给这白痴灌瓶酒，看他能不能安静会儿。"

"我现在已经安静下来了，"我说，"但是，上帝作证，我关于明天的感觉棒极了。"

偏巧此时老卡尔、他那两个赤身裸体的土人和那信奉伊斯兰教的像个侏儒似的扛枪者却罗走进了营地。老卡尔脱下斯泰森毡帽，火光照得他的脸色白里透着灰黄。

"嗨，你打到了一头吗？"他问。

"没有，但它们就在那儿。你都干了些什么？"

"只是沿着一条该死的路走。那条路上除了牛群、草屋和人之外什么都没有，他们怎么会期待发现捻呢？"

他看上去与以往不同，我想他肯定生病了。但是我们正在嬉笑打闹时，他像个骷髅似的把头伸进来，又搞得我气不打一处来，就说："你要知道这是我们抽签决定的。"

"那是当然，"他有些失望地说，"我们就顺着一条路搜索。你能指望找到什么呢？你认为我应该这样猎捻吗?"

"但是天一亮你肯定能在盐碱地里捕获一头的。"P.O.M.十分愉悦地安慰他。

我喝干了杯子里兑了苏打水的威士忌,还听到自己用十分愉悦的声音说:"到了早上你肯定能在盐碱地里捕到一头的。"

"早上一到,应该是你去打嘛。"卡尔说。

"不,我今天晚上去过了。我们调换一下,明早你去打。这默契是早就形成的了,是不是,老爹?"

"是啊。"老爹说。大家都往别人身上看了看。

"卡尔,来杯威士忌吧,加点苏打水。"P.O.M.说。

"好吧。"卡尔说。

随后我们安静地吃了顿饭。在帐篷里,我上床之后说:"你有毛病了,竟然对他说早上是他去盐碱地?"

"我不知道。我搞蒙了。我想那不是我的本意。我们别谈它了。"

"去那该死的盐碱地的权利是我靠抽签赢的。抽签决定的事儿是不能抵赖的。只有这样运气才会对所有人都同样公平,永远是这样。"

"我们别谈这事了。"

"我看他现在跟过去不同,心情糟糕。那些倒霉的事儿使他非常恼火,以他现在的心情,那片盐碱地会被他吹得比天还高的。"

"求求你别说了。"

"我不说了。"

"好。"

"嗯,反正他被我们哄得心情愉快起来了。"

"我看不一定。求你别再说了。"

"我不说了。"

"好的。"

"晚安。"她说。

"真见鬼。"我说,"晚安。"

"晚安。"

第九章

　　早晨，我们兵分两路，卡尔和他的搭档们出发去了盐碱地，我和加利克、阿布杜拉、姆科拉穿过大路，在村子后拐了个弯，顺着一条干涸的水道开始在迷雾中向山上爬去。我们沿着一条干涸的溪道一直向前，溪床里全是卵石和大圆石，还长满了藤蔓和灌木。此时我们弯着腰往上爬行着，就像是在一条藤蔓和枝叶搭成的陡峭通道里行走一样。我汗流浃背，衬衫和内衣都湿透了，等我们走出来站在山肩，伴着晨风俯瞰把我们脚下整个山谷都覆盖上的厚厚的积云时，我感到凉飕飕的，我不得不穿上雨衣，拿望远镜观察这个地区。我让加利克继续往前走，而我因为汗水弄得湿透了没法坐下来。我们在山的一边转了一圈，原路返回，爬上一个更高的斜坡，翻过斜坡，顶着阳光走了出来，也正好把我的湿衬衫晒干。随后我们顺着长满草的连绵的山脊向前走，每到一个山谷，都停下来用望远镜认真搜寻一会儿。最后，我们来到一个长满绿草的碗形山谷，那地方就像个圆形露天竞技场，一条小溪沿着远侧的山谷中间的树木下一直流淌到谷底边缘。此刻已经升起的太阳照亮了对面的山坡，我们找了一个风吹不到的背靠岩石的阴凉处坐下来，用望远镜搜索，发现树林里有两头母捻和一头小捻走出来觅食。它们一边匆忙地吃草一边走着，不时抬起头来，久久地凝视，那种警惕性是森林里所有食草动物都有的。平原上的动物可以看得很远，所以它们很自信，吃草时跟森林里的其他动物有很大不同。我们十分满意自己一大早就能身处高高的山上并发现它们，看清它们灰色侧腹上白色的竖条纹。就在我们注视时，只听见像岩崩一样轰的一声巨响。我开始以为是有块硕大的岩石滚落下来，但是姆科拉悄声告诉我："那是卡尔老板的枪声！"我们等着，但是没有听到另一声枪响，我知道卡尔肯定打到捻了。那两头我们正观察的母捻听到了枪响，站在那儿听了一会儿，然后又吃起草来。但是它们一边吃一边退进了林子。我想起了在营地时听过的印度人说的一句老话，"开一枪有肉吃。开两枪不一定。开三枪都跑光"，于是掏出词典给姆科拉翻译这句话。不管翻译得如何，他大笑着摇头，好像觉得很好玩。直到阳光晒到我们头上时，我们还在用望远镜观察那个山谷,之后在山的另一边仔细搜索。在另一个不错的山谷里我们看到了那个听起来像是医生的老板打死一头很棒的公捻的地方。但是当我们用望远镜观察那山谷时,发现一个马萨伊人往下走到了谷中央,等我假装要朝他开枪时,加利克变得非常戏剧化,不停地说那是一个人,一个人,一个人!

"不能打人吗?"我问他。

"不能!不能!不能!"他把一只手放到头上说。我极不情愿地放下了枪,跟正咧着嘴笑的姆科拉打趣。此时天气非常热,我们跨过一片齐膝高的草地,草里有一群长着细长的、如薄纱般玫瑰色翅膀的蚂蚱成群地绕着我们飞来飞去,发出像割草机一样的嗡嗡声。然后我们翻过几座小山,走下了又长又陡的山坡,朝营地往回走时发现山谷上空飞满了蚂蚱,而卡尔早已带着捻回到了营地。

在剥皮工的帐篷里,我们看到了那个既没身体也没脖子的捻的头,在头颅根部被从脊柱上割断的地方,皮肉松垮湿漉漉、沉甸甸地耷拉着。这是一头十分奇特和倒霉的捻。它仅有的漂亮的部位就是从眼睛直到鼻孔的灰色皮肤,有些小白点,很光滑,还有那两只优美的大耳朵。它的双眼已经沾满了灰,苍蝇环绕着它嗡嗡地飞着。那两只角又重又粗糙，像是猛地拧一下，再笔直地向两边斜着长出来的，而不是螺旋形地往上翘。这是一个笨重而丑陋的畸形的头。

老爹正坐在用餐帐篷里边抽烟边看书。

"卡尔在哪儿？"我问他。

"我想他是在自己帐篷里吧。今天你都干了些什么？"

"在山里转来转去地搜索。还发现了两只母捻。"

"你打了头捻，我真是太高兴了。"在卡尔的帐篷口我对他说，"你是怎么打到的？"

"我们守在埋伏点，他们示意我把头低着，然后等我抬头一望，只见一头看上去身形很大的捻就站在我们旁边。"

"我们听到你开枪了。你射中它哪个部位了？"

"我想第一枪是打中它的腿了吧。然后我们跟着它追，最后我又打中几枪，我们就抓到它了。"

"我只听见了一声枪响啊。"

"我开了三四枪呢。"卡尔说。

"我推测如果你追到山的另一边再开枪，一些枪声会被大山挡住。它又壮实又宽大啊。"

"多谢。"卡尔说，"听人说那里还有一头呢，但是我没发现。希望你能打一头比这更棒的。"

老爹和P.O.M.都在用餐帐篷里。我回去时发现他们对那头捻好像并不感兴趣。

"你们是怎么了？"我问。

"你见到那个捻头了吗？"P.O.M.问。

"当然。"

"太难看了。"她说。

"那也是头捻嘛。他还要去打一头呢。"

"却罗和追猎手们说还有一头大公捻跟这头在一起。它的头很漂亮。"

"那很好啊。我会去打的。"

"如果它还会回来的话。"

"他打到了一头捻是件好事。"P.O.M.说。

"现在我敢打赌他会打到一头人们从未见过的最大的捻。"我说。

"之前说好第一个打到捻的人可以先去打貂羚。我要送他跟丹一起下山到貂羚活动的地区去了。"老爹说。

"好的。"

"那么等你打到捻，我们也去那里。"

"没问题。"

第3部

追猎与失败

第十章

　　这个下午，太阳照在脸上，我们坐在汽车里驶往距此二十八英里的盐碱地。在过去的五天里，除了最近猎到些珍珠鸡，我一无所获。在卡尔打到那头捻的盐碱地里，在大山和小山里，在平地上，都经历了许多失败，而前一晚在这片盐碱地上，因为那奥地利人的卡车驶过再次错失机会。我知道我们能打猎的时间只剩两天了，时间一到必须离开。姆科拉也明白这一点，现在我们在一起打猎，只感到时光易逝，因不熟悉这个地区而烦恼，彼此早就不再有优越感了，而那些滑稽的浑蛋向导更让我们苦不堪言。这仿佛一年前发生的事儿一样。
　　司机卡马乌是吉库尤人，三十五岁左右，寡言少语，穿着一件某个猎手扔掉的旧的褐色花呢上衣，里面是一件破烂的衬衫，裤子的膝盖处打满补丁，还是裂开了，但他总想把非常潇洒的形象展示给别人。卡马乌不爱说话，非常谦逊，是个优秀的司机。此刻卡马乌载着我们正开出灌木区，驶进一片长着矮树的、像沙漠的开阔地。我看着卡马乌，他那份只靠一件旧上衣和一只安全别针就显示出的潇洒，他的谦逊、和蔼可亲和车技，都使我非常钦佩。记得我们第一次外出时，他患热病差点儿死了，如果那时他死了，我们顶多是少了个司机而已，我一点都不在乎；而现在，无论何时何地他死了的话，我都会感到伤心。撇下那遥远的不大可能的卡马乌之死所带来的甜蜜的多愁善感，我继续幻想，如果能有一次当戴维·加利克表演悄悄追踪猎物时，为了看看他脸上的表情，朝他屁股上开一枪，那该是一件多么高兴的事儿。正在我瞎想时，另一群珍珠鸡被惊动了。姆科拉把猎枪递给了我，我摇了摇头。他使劲地点着头说："好。很好。"我仍让卡马乌往前继续开。这把加利克搞糊涂了，他立刻变成了一个演说家。那些是珍珠鸡啊，是最好的品种。难道我们不打这些珍珠鸡吗？我们原来在埋伏点时，眼看着那头较小的捻被卡车的声音吓得逃离了盐碱地，现在我从里程表上看到我们离盐碱地只有大概三英里了，所以我不想让前面的任何一头公捻被我的枪声吓跑。

在离盐碱地约两英里的几棵矮树下我们下了卡

车，沿着沙土路往左边空地上第一块盐碱地的小道走去。带头的是受过教育的追猎手阿布杜拉，随后是我、姆科拉和加利克，我们保持绝对的安静呈一队行进。大约走了一英里后，我们前面的路变得潮湿起来。好像是一场暴雨把前面的地区都弄湿了，沙层稀疏的土地上都有了积水。我没有意识到这意味着什么，但加利克仰望天空，张开双臂，愤怒地露出他的牙。

"不好啊。"姆科拉轻声说。

加利克开始大声地说话。

"闭嘴，你这浑蛋。"我说，并把手放在自己嘴巴上示意他。而他呢，指指天空和浸透了雨的路，继续用大于平时的音量说着。我在词典里查找"住口"这个词儿，但没找到，于是就用手背用力地按在他的嘴上，他吃惊得不说话了。

"姆科拉。"我说。

"是。"姆科拉说。

"发生什么事了？"

"盐碱地毁了。"

"啊！"

原来是这样。我本以为下雨时狩猎会变得更容易呢。

"什么时候下的雨？"我问。

"昨晚。"姆科拉说。

加利克又想说话,我又拿手背挡住了他的嘴。

"姆科拉。"

"是。"

"另外那儿有块盐碱地,你看那块盐碱地行吗?"我指了指树林里那块大盐碱地,因为我们穿过灌木丛到达这里时,上山的路并没有走多少,我知道那里的地势要高很多。

"可能行吧。"

姆科拉很小声地和加利克说了几句话,而加利克虽然仍闭着嘴,但好像受到了很深的伤害。我们绕过湿漉漉的地方,继续顺着那条路走,走到那盐碱地上的深陷处,里面确实已有一半积水了。此时姆科拉又一次让开始嘀咕的加利克闭上了嘴。

"走吧。"我说,于是姆科拉带头,我们开始沿着潮湿、多沙、依旧干涸的水道穿过树林向上到那块更高的盐碱地去。

姆科拉突然站住了,弯下腰去观察潮湿的沙地,发现那里有一道脚印,然后悄声对我说:"有人。"

"Shenzi."他说。那是"野人"的意思。

我们慢慢地穿过树林,尾随那个人的踪迹,小心谨慎地接近盐碱地,向上走,藏进一处埋伏地。姆科拉摇着头。

"不好，"他说，"回去吧。"

盐碱地的一切都非常明显了，有三头大公捻就是从那里到盐碱地来的，它们还在盐碱地对面潮湿的岸边留下了脚印。我想它们肯定是听到了弓弦嘣的一声响，就一跃而起，跑上了岸，才留下突然出现的、很深的、像用刀刻出的脚印。这里留下的又深又鲜明的蹄子印，就是奔跑时蹄印间距离拉大的证明，然后蹄印延伸进灌木丛里去了。那放箭的人应该没有射中它们，因为在我们跟踪的所有这三道公捻的脚印里都没发现混有人的脚印。

姆科拉带着极度的仇恨说着这个词："野人！"我们找到了那个野人的脚印，还发现他在哪里回到了大路上。我们安坐在埋伏处，一直等到了天黑，下起了细雨，结果在这盐碱地什么动物也没等到。我们一路冒着雨走回卡车那里。在盐碱地里，有个野人曾向我们的捻射箭，把它们吓跑了，而现在这片盐碱地正被雨摧毁着。

卡马乌把一块原本铺地用的大帆布支起来做成一顶帐篷，架起我的帆布床，还把我的蚊帐挂在了里面。姆科拉把食物拿进了这暂时避风雨的帐篷里。

加利克和阿布杜拉生起了一堆火，并和卡马乌、姆科拉在火堆上煮东西。他们准备在卡车里睡觉。雨星星点点地下着,我脱了衣服,穿上防蚊靴和厚厚的睡衣,坐在帆布床上吃了一只珍珠鸡的胸脯肉,用锡杯喝了两杯各掺了一半水的威士忌。

姆科拉走进帐篷里,一脸严肃和忧虑,显得无所适从,拿起我叠好了当枕头使的衣服,重新叠起来,结果叠得乱七八糟,然后又塞进毛毯下面。他想问问我要不要将他带来的三个罐头打开。

"不用了。"

"要茶吗?"他问。

"让它见鬼去吧。"

"不要茶?"

"威士忌更好些。"

"好,"他充满感情地说,"好的。"

"茶要在早上太阳出来之前喝。"

"好的,姆孔巴老板。"

"你睡这儿吧。避避雨。"我指指正被这雨打出最美妙声音的帆布帐篷。尽管这雨坏了我们的事儿,但这是种动听的声音,连我们这些长期在野外生活的人也从来没有听到过。

"好的。"

"你去吃饭吧。"

"好的。不要茶？"

"让它见鬼去吧。"

"威士忌呢？"他满怀希望地说。

"威士忌喝完了。"

"威士忌。"他信心满满地说。

"好吧，"我说，"去吃吧。"说完我往杯子里倒进一半水，和酒掺在一起，又钻进蚊帐，重新拿起我的衣服叠成一个枕头，一只手肘支着，侧身躺下，慢慢喝着威士忌，稍后把杯子放在地上，伸手摸摸帆布床下的那支斯普林菲尔德步枪，最后把手电放在床上身边的毯子下面，听着雨声睡着了。听见姆科拉进来，我就醒了，他铺好床也睡觉了。夜里我又醒了一次，听见他在我旁边睡着，但是早晨他在我还没醒来时就起床，并煮好了茶。

"喝茶。"他拽了拽我的毯子说。

"该死的茶。"我说，带着未消的睡意坐了起来。

雨虽然在早晨已经停下了，但地面上雾气很重，空气灰蒙蒙、湿漉漉的。我们发现雨水已经冲刷过了那块盐碱地，附近一个脚印也没有了。抱着能发现雨水浸透的泥地上的一道脚印，并追踪一头公捻，直到我们能发现它的希望，我们在平地上被打湿的矮树间搜了半天，可就是看不到脚印。我们穿过大路，绕着一片类似沼泽的开阔地沿着矮树边缘寻找。我想没准能发现犀牛,但由于下了雨,脚印都冲掉了,我们只看到许多新鲜的犀牛粪。我们仿佛听到食虱鸟的叫声,抬头看到它们在我们头顶上往北迅速地飞过茂盛的矮树林。我们在那里绕了一大圈,但是除了一道新的鬣狗脚印和一头母捻的脚印,没有任何收获。姆科拉指出有一只小捻的头骨挂在一棵树上,它有一只很美的、又长又有弧度的角。我们在树下的草丛中发现了另一只角,我就把它拧进头骨上它原来长着的位置。

"是野人干的。"姆科拉一边模仿野人拉弓的样子一边说。这头骨相当干净,但是有些湿漉漉的东西残留在那空心的两只角里,散发着令人难以忍受的恶臭。我把它们拿给加利克,就像没有闻到那股恶臭一样。加利克立刻毫无表情地把它们交给阿布杜拉。阿布杜拉摇着头皱起了他那扁鼻子。它们闻起来的确令人恶心。姆科拉和我都咧着嘴笑,加利克则是一脸正气。

我想也许坐着车一边沿大路开一边留意有没有捻,并搜索任何有可能的林中空地会是个好主意。我们决定这么实施,就回到卡车上,一边开一边搜了几片林中空地,但运气太差了。此时太阳已经升起来,路上也出现了越来越多穿着白衣服或赤身裸体的行人，于是我们决定直接返回营地。回来的路上我们停了一回并悄悄靠近了另一片盐碱地。有一头看起来红通通的黑斑羚站在灰色的丛林间，阳光透过树冠斑斑点点地洒在它的皮毛上，也洒在有很多捻的脚印的地上。我们把脚印弄平整后，继续朝营地驶去。这时抬头发现天空中有许多往西面飞的蚂蚱，天空变成一条粉红色的、抖动着的、闪烁得像旧影片一样的通道，浅灰的天空就像被粉红色代替了。营地这边没有下雨，P.O.M. 和老爹走了出来，他们本来肯定我们会有所收获的，但看我们空手而归变得很失望。

"我那搞文学的朋友走了？"

"是的，他去汉德尼了。"老爹说。

"他告诉了我他对美国女人的看法，"P.O.M. 说，"这该死的雨，我还肯定你会打到一头捻呢，可怜的老爸爸。"

"他认为美国女人怎么样？"

"他觉得她们很可怕。"

"这家伙真有见地啊，"老爹说，"跟我说说今天都发生了什么事。"

我们坐在用餐帐篷的阴影处，我把今天的经历告诉了他们。

"太倒霉了。竟然遇到一个万德罗博人，他们可是很差劲的射手。"老爹说。

"我原本以为没准是那些你见过的在路上背着弓箭赶路的旅行猎手中的一个。他看到了路边的盐碱地,就追踪过去一直找到了另一块。"

"这可能性很低。他们不是猎人。他们是为了防身才背着弓箭的。"

"唉,无论是谁,反正我们都被耍了。"

"那是运气差。再赶上下雨。我曾派人去那两座小山上侦察,但他们什么也没发现。"

"是吗,在明晚之前,我们还有机会。我们什么时候必须得走呢?"

"后天。"

"该死的野蛮人。"

"我猜没准山下的卡尔正在痛杀貂羚呢。"

"为了那两只角我们差点儿就回不来了。你们有没有听到过什么动静?"

"没有。"

"我准备戒烟六个月,好让你打到一头捻,"P.O.M.说,"我已经开始戒了。"

用过午餐后,我就进了帐篷,躺下来读书。也许明早在盐碱地还有一次机会的,我知道我不应该为此担心。但事实是我还是担心得不想睡觉,为了避免醒来时感觉反应迟钝，我走出帐篷，坐到开着门的用餐帐篷下的一张帆布椅上，读一本作者不详的有关查理二世的传记。我偶尔抬起头看看那些蚂蚱，它们看上去挺兴奋，我很难对它们装作视而不见。

最终我在帆布椅上睡着了，双脚放在一个食品运输箱上。醒来时那浑蛋加利克就站在我跟前，他头顶一个鸵鸟羽毛编的黑白相间的松松垮垮的大头饰。

"走开。"我用英语说。

他得意地傻笑着站在那里，然后转了一下身，让我从侧面好好欣赏那个头饰。

我看到老爹叼着烟斗从他的帐篷里走出来。"看我们这儿有什么。"我朝他喊道。

他往我这儿看了看说："天哪！"然后转身回帐篷里去了。

"别这样，"我说，"我们当他不存在就行了。"

最终，老爹还是拿着一本书出来了，我们就坐着聊天，一点也不关注戴着头饰装模作样的加利克。

"这浑蛋也一直喝酒呢。"我说。

"可能吧。"

"我能闻出来。"

老爹对加利克很有一套，他只用很柔和的声音跟加利克说了几句话，但没有看他。加利克顶着像波浪般舞动的羽毛走开了。

"你跟他说了些什么?"我好奇地问。

"我说该出发了,让他去穿些正经的衣服。"

"现在他炫耀这些鸵鸟羽毛可不是时候。"老爹说。

"没准有人会喜欢呢。"

"是,还会拍摄它们呢。"

"太难看了。"我说。

"是啊,真是可怕。"老爹赞同道。

"最后一天如果我们还是一无所获,我就开枪打加利克的屁股。这么干我会有什么损失?"我笑嘻嘻地略带生气的神色问道。

"可能会招来许多麻烦。如果你打了一个,那就得打另一个。"

"只打加利克。"

"那最好就不要打。你要明白都是我让你惹上的麻烦啊。"

"开玩笑的嘛,老爹。"

摘掉头饰的加利克和阿布杜拉来了,老爹就跟他们商讨着。"他们想沿一条新线路绕山搜索。"

"好极了。什么时候出发?"

"随时都行。不过看上去可能会下雨,你还是立刻动身吧。"我派莫罗去拿我的靴子和雨衣,姆科拉拿着斯普林菲尔德步枪钻出帐篷，我们一起走向卡车。尽管中午前太阳曾从云层里钻出了一会儿，中午又缩了回去，但这一整天空中都布满乌云。雨区正朝我们移过来，马上就要下雨了，蚂蚱也不再飞了。

"我睡得晕晕乎乎的，"我对老爹说，"我要喝一杯。"

这时雨滴拍打着树叶，我们就站在炊火旁的大树底下。姆科拉拿来威士忌瓶，认真地递给我。

"来一杯？"

"我看喝点儿也没什么不好。"

我们两人喝了起来，老爹说："让他们见鬼去。"

"让他们见鬼去吧。"

"你们可能会发现一些脚印。"

"我们要把它们从这个地区赶出去。"

我们的车在路上往右一拐，就一直往上驶过那土屋村子，然后往左拐下大路，开上了一条环绕群山的坚硬的红土小道，小道两旁密密麻麻长满了树。这时我们慢慢地开着车，冒着大雨前进。黏土里的沙子好像足以防止车轮打滑。突然，后座传来阿布杜拉非常兴奋的声音，他叫喊着让卡马乌停车。车向前滑了一下才停住，我们都下了车往回走。一道新踩出的捻的脚印出现在我们眼前，留在潮湿的黏土中。那脚印边缘显得很清晰，被捻蹄内侧带起的烂泥还未被雨水泡软，脚印看上去刚留下不会超过五分钟。

"是公的。"加利克说，为表现那两只角大得能往后垂到颈后部，他还往后一甩头，大大地展开双臂。"大极了！"阿布杜拉也赞同这是一头公捻，是很大一头。

"走吧。"我说。

下雨或下雪时接近猎物就要容易很多了，我相信我们将会有机会开上一枪的。因为我们都知道离它很近了，追踪起来会很容易。我们一直紧紧跟着那些脚印，穿过茂密的灌木丛，走上一块空地。这时雨下得很大，我停下来擦掉眼镜上的雨水，朝斯普林菲尔德步枪后瞄准器上的孔吹了几下，把帽子往下拉到眼睛上方，以免眼镜再被打湿。我们正沿空地边缘走时，前面传来一阵哗啦啦的声音，我发现一头白条纹的灰色动物正穿过灌木丛逃跑。我赶紧举起了枪，但姆科拉抓住我的胳膊轻声说："母的！"那是一头母捻。但在它跳出来的地方，我们并没有发现其他脚印。我们刚刚跟踪的把我们从那条大路带到这头母捻跟前的那道脚印理所应当而且毫无疑问就是它的脚印。

"好大的公捻啊！"我对加利克用充满讽刺和厌恶的口气说着，还做了个表示那两只巨大的角从它耳朵后面朝后延伸的手势。

"是只大母捻，"他十分悔恨但很有耐心地说，"这头母捻怎么这么大啊。"

"你这差劲的戴鸵鸟羽毛的废物。"我用英语对他说，又用斯瓦希里语说："母的！母的！母的！"

"母的。"姆科拉也点点头说。

我用手势跟姆科拉比画说我们得兜一大圈回大路上去，试试能不能找到其他脚印。我们弄得全身都湿透了，在雨中转了回去。除了发现那卡车外，还是一无所获。此时雨势变小，路面看上去挺牢固，我们就决定一直往前走到天黑。雨后树上仍滴着水，山坡旁还有一团团的云，但是我们毫无发现。林中的空地上，灌木稀少的田野中，绿色的山坡上，到处都没有猎物。直到天黑，我们才返回了营地。我们下车后，我嘱咐姆科拉把那支被淋得全湿了的斯普林菲尔德步枪仔细擦干净，再好好上些油。他说他会的，于是我就走进油灯正亮着的帐篷，脱了衣服，在帆布澡盆里洗了个澡，又穿着睡衣裤、晨衣和防蚊靴走出来站在篝火前，感觉又舒服又放松。

P.O.M.和老爹正坐在篝火旁的椅子上，她站起来给我调了杯兑苏打水的威士忌。

"姆科拉都告诉我了。"老爹坐在篝火旁的椅子上说。

"那是头该死的大母捻,"我跟他说,"我差点儿射到了它。你看明早该做什么?"

"我认为应该去盐碱地。我们已经派人去探查这两座小山了。你记得村里的那个老头子吗?在小山另一面的某个地区里,他正跟着他们追猎野鹅呢。他和那个万德罗博人已经去了三天了。""在卡尔打到捻的盐碱地里,我们没有理由一头也打不到啊。哪一天打到都一样。"

"说得很对。"

"只剩该死的最后一天了,而且那片盐碱地只要一湿,盐就没了,只剩下烂泥了,它没准早就被雨水毁了。"

"说得对。"

"我想找到一头啊。"

"等你发现了,你应该慢慢来,盯住了它,按你的节奏射杀它。"

"我对猎杀它倒不担心。"

"让我们说点儿别的吧,"P.O.M.说,"老聊它搞得我都紧张了。"

"真希望那个皮裤老头儿还在这儿,"老爹说,"天哪,他居然让我们眼前这位老人也侃侃而谈了,他真能聊。再跟我们卖弄一下你知道的现代作家吧。"

"去你的吧。"

"为什么我们不能有点精神生活呢?"P.O.M.问,"你们这些男人怎么从来不讲世界大事呢?为什么要让我对所有大事都一无所知呢?"

"这世界可是一团糟啊。"老爹说。

"真可怕。"

"美国的近况怎么样?"

"我知道个屁!也就是基督教青年会的那些事儿。一群只会空想的浑蛋挥霍无度,别人还得给他们买单。我们的城市里所有人都不要工作,靠救济金活命了。渔民都改行当了木工。跟《圣经》上说的正好颠倒了。"

"土耳其情况如何?"

"非常可怕,摘下了菲斯帽,绞死了很多老朋友,但伊斯梅特[1]仍然健在。"

"最近去过法国吗?"

"现在那里情况很糟,黑暗得像地狱。我不喜欢那里。"

"天哪,"老爹说,"如果你能信报纸的报道,

---

[1] 伊斯梅特(Ismet Inonu,1884—1973),土耳其政治家,时任土耳其共和国总理,1938年接替凯末尔成为土耳其总统。

那里肯定发生了这样的情况。"

"他们暴乱起来可是非常的乱。他们就是有这个该死的传统。""你参加过那场西班牙的革命[1]吗？"

"我去晚了。接着我们等到了两场没有发生的革命。后来我们错过了另一场[2]革命。"

"你见识过那场古巴战争吗？"

"战争一开始我就在。"

"怎么样？"

"很精彩。后来就乱套了。乱到何种地步你根本无法想象。"

"别说了，"P.O.M.说，"这事儿我知道。在哈瓦那，他们坐着车子经过，见人就开枪。他们开枪时，我就在一张大理石面的桌子后面蹲着。我很自豪，我还没忘了随身拿着酒杯，也没把酒洒出来。孩子们说：'妈妈，我们下午能出去看枪战吗？'看他们对革命如此兴奋，我们唯有只字不提了。邦比[3]非常痛恨M

---

[1] 指1931年4月14日推翻君主制，成立共和国的那场革命。
[2] 西班牙共和国成立后，由社会党人和共和党人联合执政，但因为不能坚决执行资产阶级民主革命的纲领，导致右派政党在1933年秋的大选中获胜，右派的倒行逆施引发工人大规模罢工，农民展开夺地运动，政局处于动荡之中。
[3] Bumby是海明威对大儿子约翰的爱称。

先生[1],恨得竟然做了噩梦。"

"这太离奇了。"老爹说。

"别拿我开心了。我们看到的听到的都是革命。我已经厌烦了。我可不是只想听革命的事儿。"

"这老人肯定喜欢革命。"

"我很讨厌革命。"

"我从没经历过革命,你知道的。"老爹说。

"在相当长的一段时间里,革命真的是很美妙,然后就变质了。"

"我承认革命确实非常令人激动,"P.O.M.说,"但我不喜欢。是真的,我对革命毫不关注了。"

"我曾稍稍研究了一下革命。"

"你有什么发现?"老爹问。

"革命都是不同的,但你可以把其中一些事整合起来。我打算尝试写一本解析革命的书。"

"那应该是特别有意思的。"

"只要你有足够的素材就行。你还需要大量借鉴过去的文献。那些失败者会被媒体贬得一文不值,而胜利者又总用连篇谎话来欲盖弥彰,所以要想搞到你

---

[1] M先生指马查多-莫拉莱斯(Machadoy Morales,1871—1939),1924年当选古巴总统。1928年连任后实行更加独裁的统治,引发社会动乱,在1933年8月12日被迫流亡,此后他再未回国。

没有亲历的事情的真实资料是很困难的。于是，为了获得真实资料，你只能去跟你说同样语言的那些地方。那当然会限制你。那就是为什么我从不想去俄罗斯。就算去了，你没法偷听人家讲话也没用。你能得到的只是宣传品，还有游览一番而已。任何国家，任何懂外语的人都太有可能骗你了。人民大众才是你的真实情报之源，如果你没法跟他们说话，没法偷听他们的话，你就会一无所获，顶多得到些有点儿新闻价值的东西。"

"那你是打算学好斯瓦希里语了？"

"我正在努力。"

"他们总是说自己特有的语言，即使你学会了也没法偷听。"

"但是如果真要我在对打猎之旅有所感悟之前就写点什么的话，那也只能是描写风景。你对一个地方的第一印象是很有价值的。你本人的第一印象可能会比其他任何人描述出来的更有价值。但是不管你写来做什么用，你必须不断地写才能把心中的它叙述出来。"

"大多数该死的描写游猎队的书都极度枯燥空洞。"

"那些书太乏味了。"

"斯特里特写的那本书是唯一曾让我喜欢的。他是怎么命名它的？《失去本性的非洲》。那是最好的作品。他能使你感到如同身临其境。"

"我喜欢查理·科蒂斯的作品。它描绘出了一幅优美的景象，非常逼真。"

"那个斯特里特真是太能娱乐了。你记得他打瞪羚时的描写吗？"

"确实非常风趣。"

"我从前读的那些作品除了一些关于这该死的内罗毕的快节奏生活，还有就是有关射猎到的兽角比别人射到的长半英寸之类的烂事儿。再有更多的是关于危险的事。还没有一部作品能让你感受一片地区就像我们现在所亲身感受的这么真切。"

"我想尝试写写这个地区和这里的动物，还有它带给一个对它毫不了解的人的那种感觉。"

"那就动笔试试吧，又不会有什么坏处。你知道连我也写过日记记录那次阿拉斯加之旅。"

"杰克逊·菲利普先生，我还真不知道你是作家，我很想看看那日记。"P.O.M.说。

"别小题大做啦，"老爹说，"但你真想看的话，我可以派人去拿。你知道我只是记录我们每天都干了什么，以及一个来自非洲的英国人对阿拉斯加的印象。它会让你读起来很乏味的。"

"要是你写的,我就不会。"P.O.M. 说。

"小女人正在恭维我们呢。"老爹说。

"是你,可不是我。"

"我要看杰克逊·菲利普先生写的,他写的东西我看过了。"她说。

"这位老头儿真是个作家吗?我从没见过什么证据啊。"老爹问她,"你肯定他不是用狩猎和射鸟来养活你的吗?"

"是的,没错,他写东西。如果写作进展顺利的话,他是很好相处的。他的脾气会变坏,只有这样他才能写出东西。所以在他动笔写之前,他是很可怕的。我还知道当他说他从今以后再也不写东西时,那就表明他快要开始写什么了。"

"我们应该多听他讲些文学话题,"老爹说,"给我们讲些文学家的逸事吧。那皮短裤还差得远呢。"

"好的,那是我们在巴黎的最后一晚,前一天我曾跟本·加拉格尔到他的家乡索洛涅地区[1]去打猎。你知道,他在那儿有个农场,他们会竖起一道矮栅栏才外出围猎。我们在早上打野兔,下午还打了野鸡,围猎了好几次,我猎到了一只狍子。"

---

[1] 索洛涅位于法国中北部地区,是一片平坦的冲积平原。

"这可不是文学范围里的吧。"

"别着急。最后一晚乔伊斯偕妻子来吃晚饭,我们一共吃了一只野鸡和四分之一的带里脊肉的狍子。因为第二天我们就要离开巴黎去非洲了,我和乔伊斯就都喝多了。天哪,那是我们临别前最后一个晚上的聚会啊。"

"这还真是个很棒的文学逸事。"老爹说,"那乔伊斯是谁啊?""是个很棒的家伙,"我说,"《尤利西斯》的作者。"

"《尤利西斯》是荷马[1]写的啊。"老爹说。

"那《埃斯库罗斯》[2]是谁写的?"

"还是荷马,你别岔开话耍我。"老爹说,"你还知道多少文学逸事?"

"听说过庞德[3]吗?"

"没有,"老爹说,"从没听说过。"

"关于庞德的一些有趣的逸事我也知道。"

"没准你和他吃过一些名字听上去很搞笑的动物

---

[1] 荷马的《奥德修纪》写的就是特洛伊战争中的英雄尤利西斯归家途中的种种险遇。
[2] 埃斯库罗斯是古希腊继荷马之后的三大悲剧作家之一,不是一部作品名。
[3] 庞德(Ezra Pound,1885—1972),美国诗人,意象派诗歌的代表人物,长诗《诗章》是他的代表作。

的肉，然后都喝多了。"

"是有过几次。"我说。

"文学生活肯定愉快之极。你看我能当个作家吗？"

"非常有可能。"

"我们俩把眼下这种生活全部丢掉，一起变成作家，再来一段逸事吧。"老爹对P.O.M.说。

"你听说过乔治·穆尔[1]这个人吗？"

"是写那个'但是在我走之前，乔治·穆尔，为你的健康最后再干一杯'[2]的家伙吗？"

"就是他。"

"他怎么了？"

"他死了。"

"你可以讲些有意思的事嘛，别讲这么让人沮丧透顶的。"

"有一次在一家书店里我遇见了他。"

---

[1] 乔治·穆尔（George Moore，1852—1933），爱尔兰小说家，代表作主要有《埃斯特·沃特斯》，自传《欢迎与告别》三部曲等。

[2] 这一句的出处其实是1817年拜伦的著作《致托马斯·穆尔》第一节的第3、4行。诗中提到的"汤姆·穆尔"是爱尔兰诗人托马斯·穆尔（1779—1852），他是拜伦的好朋友，而后一句应该是"为你的健康干上两杯吧"。

"看他能把这些事讲得多形象啊?还真有些意思。"

"有一回在都柏林我跟克拉拉·邓恩一起上门拜访过他。"P.O.M. 说。

"后来怎么样?"

"那次他没在家。"

"天哪。说实话,你找不到比文学生活更加精彩的了。"老爹说。

"我不喜欢克拉拉·邓恩。"我说。

"我也是,"老爹说,"她都写了什么东西?"

"书信,"我说,"你听说过多斯·帕索斯[1]吗?"

"从没听说过。"

"冬天时我跟他常常在一起喝热樱桃白兰地。"

"后来怎么样?"

"最后人家抗议了。"

"我只认识一位叫斯图尔特·爱德华·怀特[2]的作

---

[1] 多斯·帕索斯(Dos Passos,1896—1970),美国小说家,《美国》三部曲是他的代表作。他把"新闻短篇""人物传记""摄影机镜头"等短文插入全书,使其更具有史诗的规模。

[2] 斯图尔特·爱德华·怀特(Stewart Edward White,1873—1946),美国小说家。描写加利福尼亚的普通劳动者的日常生活是其作品的主要内容。《加利福尼亚故事》(1927年)三部曲(《黄金》《灰色的黎明》《玫瑰色的黎明》)是其代表作。

家,"老爹说,"你知道,他的作品好极了。我一向都非常欣赏他的作品。可后来我见到他时,并不喜欢他。"

"你正在领悟呢,"我说,"看,并不需要添油加醋也能讲些文学家的逸事。"

"你为什么讨厌他?"P.O.M.问我。

"非要让我说吗?这件逸事难道还不完整?跟这位老先生讲的一样嘛。"

"接着说吧。"

"他眼睛老是盯着远方,身上有股很浓的老前辈的习气。反正就是这个样子。把狮子们赶得飞奔倒是挺好,但该死的杀了太多狮子了。杀死那么多狮子,一点儿都不值得钦佩啊。可不能杀那么多啊。该死的狮子反而会要你的命。那些精彩之极的东西发表在《星期六晚邮报》上,里面提到了一个家伙,他叫什么来着,对,叫安迪·伯内特。哦,确实很精彩。在内罗毕见过他,穿着最旧的衣服在城里走动,眼睛老是盯着远处。人人都说他是神枪手。但是还是非常讨厌他。"

"哎,这你也当成一件逸事,你真是个半吊子文人。"我说。"他太棒了,"P.O.M.说,"我们还要不要吃饭啊?"

"天哪,我还以为我们吃完了呢,"老爹说,"谈起这些逸事,说都说不完啊。"

吃完晚饭,我们又在篝火旁坐了会儿,然后都回去睡觉了。老爹似乎心里揣着件事,他在我进帐篷前说:"你等了够长时间了,碰到开枪的机会一定要慢着点儿。你出手很快,所以你不必慌慌张张地打,记住,要沉得住气。"

"好的。"

"明天你要早起,我会让他们叫你的。"

"好。现在我真是太困了。"

"晚安,杰克逊·菲利普先生。"帐篷里的P.O.M.喊道。

"晚安。"老爹说。他就像开了盖的酒瓶,迈着搞笑僵硬的步子,在黑暗中小心谨慎地走向他的帐篷。

第十一章

　　早晨，莫罗扯掉了我的毯子，我被她弄醒了，穿好衣服走出了帐篷，洗掉眼里的睡意，才彻底清醒了。天仍旧非常暗，我能看到火光映到老爹的背影上。我朝他走过去，拿着大清早享用的加了牛奶的热茶，准备等凉一下再喝。

　　"早上好！"我说。

　　"早上好。"他用一种嘶哑的声音跟我说。

　　"睡得如何？"

　　"很好。你觉得准备好了吗？"

　　"只是还有点儿犯困。"

　　我喝了口茶，往火里吐了几片茶叶。

　　"用那东西来测测你的运气。"老爹说。

　　"我一点儿也不担心。"

　　早饭有带滑溜果汁的冷罐头杏肉、外焦里烫的棕色的土豆泥拌肉丁，还有涂着番茄酱的面包、两个煎蛋和给人持续希望的热咖啡。黑暗中我们点了个灯笼吃完早饭。喝第三杯时,老爹一边抽着烟斗,一边注视着我,说:"我还没准备好应付这么早起来的情况呢。"

"你撑不住了?"

"有一点点。"

"我一直坚持锻炼,"我说,"这对我来说是小菜一碟。"

"那些逸事真该死,"老爹说,"夫人肯定认为我们是蠢货。""我会回忆起更多的。"

"闹不懂为什么喝酒会使人不好受,没有比喝酒更好的事了。"

"你不舒服吗?"

"有一点儿。"

"要不要来点伊诺斯?"

"是坐这该死的车闹的。"

"好吧,今天是成败的关键。"

"记住要尽量稳重点儿。"

"你不至于那么担心吧?"

"只是有一点儿。"

"别这样。我一分钟也没担心过。真的。"

"好吧。最好现在就出发吧。"

"还得先赶一段路。"

每天早晨的这个时候,我都以庄重的礼仪注视着南十字星座,像以前一样。此时我站在帆布围成的厕所前,也在看着被浪漫主义天文学家们命名的那片模糊的南十字座星群。

老爹已走到了车旁。我坐进了车前座,姆科拉把斯普林菲尔德步枪递给了我。后排坐着悲剧演员和他的追猎手。姆科拉跟他们一起爬了进来。

"祝你好运。"老爹说。有人正从帐篷那里走来,是穿着蓝色晨衣和防蚊靴的P.O.M.。"哦,祝你们好运,"她说,"祝你们好运。走吧!"

一条通往大路的小道在开启的车头灯的照耀下出现了。我挥挥手,然后就出发了。在距盐碱地约三英里处,我们下了车,非常小心地走过去,结果到那儿一看什么也没有。整个上午,一只动物都没等来。我们坐在埋伏点,低着头,每个人都从茅草编成的隔板的开口处监视着一个方向,我一直期盼会出现这样的奇迹:一头公捻庄重地、优美地穿过开阔的矮树丛走到林中尘土覆盖的灰色空地上来,那里被舔过的盐碱地已经被踩坏了,布满凹痕。有很多小路都穿过林间通向那里,一头公捻可能从任何一条小路上悄悄走来。但是直到太阳出来,还是什么也没等到。早晨寒冷的迷雾消散了，阳光照得我们身上暖暖的。我把臀部往沙土里扭得更深了，往后靠在土坑壁上，虽然只用腰和双肩支撑身体，但通过埋伏点的狭缝仍旧能看到外面的动静。我把斯普林菲尔德步枪横摆在双膝上，发现枪管上生锈了。我慢慢把枪竖起来，看到枪口里都是新生出的棕色的锈迹。

"该死，昨晚下过雨后那个浑蛋根本没擦过枪。"我一边想着一边举起枪柄，卸掉枪栓，很生气。姆科拉正低头偷偷瞄我，他看到枪管内生了锈。他脸色没怎么变，我虽然一言不发，但是显出了带着指控、证据确凿和谴责的十分蔑视的神情。我们不再是搭档，不再是好友了。我们就这么坐着，他耷拉着秃秃的头顶，我则仰靠在土壁上，通过狭缝往外观察。另外两人正从埋伏点向外瞭望。我一只手拿着枪，让姆科拉往后膛里面看，然后装上枪栓，往前轻轻一推，枪口冲下，一根手指放在扳机上，而没有在保险状态，这样随时都能扣动扳机。结果在盐碱地等了半天仍是一无所获。

十点钟时，风向变了，微风不再从东面吹来，我们意识到再等也没用了。风正把我们的气味吹向埋伏点外的四周，就跟我们在黑夜里乱晃手电一样，任何动物都肯定会被惊跑。我们站起来走出了埋伏点，到盐碱地里去搜索土里的脚印。雨水还没有把盐碱地浸透，只是有些湿，我们发现了几道可能是接近晚上时捻留下的脚印，其中有只大公捻的脚印，又窄又长，像个心形，踩得很深、很清晰。

我们花了足足两个小时，盯住这道脚印，跟着它穿过像国内的那些次生树林一样的茂盛的灌木丛，在潮湿、略带红色的泥地上走着。最后我们只能在一个我们没法通过的地方放弃了。这期间对没有进行清理的步枪我一直耿耿于怀，同时又高兴而迫切地期望我们能在灌木丛里撞上一头公捻并痛快地干掉它。这时我们已经顶着中午的炎炎烈日，绕着几座小山转了三大圈，最后来到一片有很多肩部隆起的马萨伊小牛的草地上，但我们还是没有找到。于是我们只能把所有的阴凉地抛在身后，在中午的烈日下往回穿过旷野，回到卡车上。

坐在车里的卡马乌说他曾在九点左右看见一百码之外有一头公捻向盐碱地径直走过去。这时因为风在四散地吹，我们的气味明显是被它闻到了，它就跑回了山里。我此时汗如雨下，筋疲力尽，却没力气生气，只剩下沮丧了，只好上车坐在卡马乌身旁。我们把车一直向营地开去。仅有一晚时间，我们也没理由奢望那时的运气会比现在更好。回到营地，因为树荫很大，那儿像池塘里一样凉快，我没说一句话，拔下斯普林菲尔德步枪的枪栓，把没枪栓的步枪给了姆科拉，都没看他一眼。我把枪栓朝我们的帐篷门扔进去，扔到了我的帆布床上。

老爹和P.O.M.正坐在用餐帐篷里。

"运气不好？"老爹平和地问。

"毫无运气。公捻就从卡车旁边走向了盐碱地。后来肯定被吓跑了。我们都搜遍了还是没找到。"

"没有任何发现吗？"P.O.M.问，"我们还曾以为听到你们的枪声了呢。"

"那是加利克瞎吹乱侃的声音。派出去的人有什么发现吗？""一无所获。我们一直在关注着那两座小山。"

"卡尔那里有消息吗？"

"什么消息也没有。"

"我太想看到一头动物了。"因为我太累了，我喋喋不休地发起了牢骚，"上帝诅咒他们。真该死，他为什么第一天早上就朝那头该死的公捻的肚子开枪，还在那该死的地区里到处追来跑去，吓得它魂不附体，把那盐碱地搞得像糟糕的地狱一样？"

"这些浑蛋，"P.O.M.说，虽然她看到我变得不可理喻，但仍然支持着我。"狗娘养的。"

"你真是个体贴的姑娘,"我说,"我现在没事了。或者说我就快恢复平静了。"

"这些日子过得太糟糕了,"她说,"可怜的老爸爸。"

"你来口酒吧,"老爹说,"那正是你需要的。"

"老爹,我向上帝起誓我搜得太辛苦了,真的。今天以前,我一直乐在其中,从不着急。因为我充满绝对的把握。那些该死的脚印老是出现——如果我一只都没见到会怎么样呢?我怎么会知道我们能否再回这儿呢?"

"你不用担心那些。你肯定会回来的,"老爹说,"来吧。喝酒吧。"

"唉,我只是个浑蛋,差劲又牢骚满腹,但我发誓只是今天它们才让我变得紧张不安。"

"最好把满腹的牢骚都发泄出来。"老爹体谅地说。

"去吃午饭吧!"P.O.M.问,"难道你们还没觉得非常饿吗?"

"让午饭见鬼去吧。关键是,老爹,我只有今天一晚上的时间了。我们从没在傍晚发现过它们来舔盐,而且山里也从没发现过一头公捻。看起来要失败了。卡尔、那奥地利人和万德罗博人把我们害惨了,不然我已经有三次机会能猎到它们了。"

"我们还没失败,"老爹说,"再来一杯酒吧。"

我们吃了一顿十分可口的午餐,刚吃完凯狄就走过来说有个人要找老爹。在帐篷门帘上我们能看见那些人的影子,然后他们绕到了帐篷门口。其中一人是我们第一天看见的那个老农夫,但是他现在拿着一支长弓和一只带盖的箭囊,打扮成了猎人。

他看上去更老、更脏乱、更加疲惫了,他这么打扮显然是种伪装。他身旁是个很瘦很脏的万德罗博人,耳朵往上卷着,还有裂痕,他单脚站着,用脚趾搔着小腿肚子。他把一张看上去瘦长、呆笨、卑劣的脸朝一边歪着。

那老头正盯着老爹的眼睛,认真地跟他说话,他没用手比画,说得很慢。

"他做什么了?打扮成这样,是想弄点儿侦察费吗?"我问。

"先等等。"老爹说。

"瞧瞧这一对,一个愚笨的万德罗博人和一个讨厌的老骗子。"我说,"老爹,他说什么呢?"

"他还没说完呢。"老爹说。

老头终于说完了,他把身子撑在他的弓上站着。他们两个似乎都很累,但我记得当时认定他们看上去就是一对令人讨厌的骗子。

"他说他们已经找到了一个有捻和貂羚的地区。"老爹开始说,"他已经在那里守了三天了。他们知道那儿有一头大公捻,现在他已经派人在那里监视它了。"

"他的话你信吗?"我感觉到生出一股兴奋感,驱散了体内的醉意和疲惫感。

"天知道。"老爹说。

"那片地区有多远?"

"走路得一天。我估计如果能开卡车去的话,三四个小时就能到了。"

"他认为车能开进去吗?"

"那儿还从没有车进去过,但他认为车能开进去。"

"他们离开那个监视着捻的人有多久了?"

"他们今早离开的。"

"貂羚在哪儿?"

"就在那边的山里。"

"怎么进去?"

"我还不清楚,只知道你要穿过平原,绕过那座大山,然后往南开。他说他年轻时在那儿打过猎,除此之外从没人去那里打过。"

"你信他吗?"

"土著撒起谎来当然是离谱的了,但是他说得倒是有板有眼。"

"我们去看看吧。"

"你最好立刻启程。坐车到尽可能接近的地方扎下营地,从那里开始搜索。明早夫人和我要拆了营地,运走装备,到丹和T先生那儿去。只要我们运着装备过了那一片种满棉花的黑土地,即使降雨带赶上我们,我们也不会有事儿的。你打完再找我们。如果你还在那儿脱不了身,我们可以随时途经孔多瓦开车回去。就算最坏的情况出现了,还可以一直开卡车到坦葛[1]附近去。"

"你不打算一起去吗?"

"是的。这么好的机会,你一个人去更好。人越多,你看见的猎物越少。你应该独自猎捻。我会运送装备并照看好小夫人的。"

"好吧,"我说,"那我不需要带着加利克或阿布杜拉了?"

"天哪,不用。就带姆科拉、卡马乌两个。我会派莫罗替你整理东西的。必须要轻装出发。"

"天杀的,老爹。你不觉得这是在做梦吗?"

"也许吧,"老爹说,"我们必须搏一次啊。"

---

[1] 在基博雅东部,濒临印度洋的一个大海港。

"貂羚怎么说？"

"Tarahalla。"

"我记得是Valhalla[1]。雌貂羚有角吗？"

"当然有，公的角是黑色的，母的角是棕色的。你不会搞错的。"

"姆科拉见过貂羚吗？"

"我想没有。你许可证上的四个名额已经用光了。但为了打到更好的，放手去干吧。"

"很难干掉它们吗？"

"它们跟捻不一样，很难对付。如果你朝被你射倒的一头貂羚走去时可得当心。"

"时间呢？"

"你自己掌握吧。我们必须得离开。明晚打到的话就赶回来。我认为这是个转折点。你一定会打到一头捻的。"

"你知道这像什么吗？"我说，"这就像我们小时候听说有条没人钓过鱼的河存在于鲟鱼山和鸽子山另一侧的黑浆果平原上一样。"

"那条河后来变成什么样了？"

"听我说。路上我们花了很长的时间，就在天黑

---

[1] 北欧神话中主神奥丁接待战死者英灵的殿堂瓦尔哈拉。

前才到,发现了它。那里有一个很深的水池,一条又长又直的水道,你没法将手一直放在冰冷的河水里。于是我扔进去一个烟头,有条大鳟鱼先碰了碰它,之后更多的鱼一会儿咬它,一会儿把它吐出来,直到把水上的烟屁股弄烂了。"

"大鳟鱼?"

"那种最大的。"

"上帝保佑我们,"老爹说,"后来你又干了什么?"

"当时天很黑,天气别提多冷了,附近还有只盘旋的夜鹰。我装好鱼竿并抛下鱼线,诱饵苍蝇刚刚沾到水面,鱼就咬钩了,一共三条。"

"你把它们钓上来了?"

"三条全钓上来了。"

"你真能瞎扯。"

"我向上帝发誓。"

"我信你。等你回来了再把后来发生的事告诉我吧。那些真是大鳟鱼吗?"

"真的是最大的那种。"

"让上帝保佑我们吧,"老爹说,"启程吧。你会抓到一头捻的。"

我进帐篷里把情况都告诉了P.O.M.。

"不是吧?"

"是啊。"

"那就赶紧吧,出发,"她催促说,"别多说了。"
我找出了雨衣、备用靴子、袜子、浴袍、一瓶奎宁药片、香茅油、笔记本、一支铅笔、我的一些铅弹、几个相机、急救包、刀子、火柴、替换衬衣和汗衫、一本书、两支蜡烛、钱、长颈酒瓶……

"还要带什么?"

"你拿肥皂了吗?带上一把梳子和一条毛巾。拿手帕了吗?""好的。"

我找出了我的望远镜,姆科拉带上了老爹的大望远镜和一个灌满水的水壶,凯狄拿来一只装有食物的食品运输箱。莫罗把所有东西都往一个帆布背包里塞。"把啤酒带够了,"老爹说,"我们的威士忌不多了,但还有一瓶。你们可以把酒留在车里。"

"我们拿那么多你们怎么办?"

"放心。另一个营地里还有不少呢。我们给卡尔先生带去了两瓶。"

"我只要带长颈酒瓶里的酒就够了,"我说,"那我们把这瓶酒分了吧。"

"那就带够啤酒。啤酒还有的是呢。"

"那个浑蛋在做什么?"我指着正在上车的加利克说。

"他说你们得有个翻译。在那里你和姆科拉没法跟土著们交流。"

"他真狠毒。"

"你确实会用到把他们讲的听不懂的话译成斯瓦希里语的人。"

"好吧。但告诉他,让他闭好他的臭嘴,这件事可轮不到他来指手画脚。"

"我们陪你们一起上山顶,"老爹说完我们就启程了,车子一旁挂着那个万德罗博人。"到村子里去带上那个老头儿。"

所有营地里的人都出来目送我们离开。

"我们的盐够吗?"

"足够了。"此时刚过中午,空中布满乌云,我们把车停在村边的路上,站在车旁边,等着老头和加利克从他们的茅草屋过来。我看着穿着卡其服装和靴子的P.O.M.,她平静,整洁,把斯泰森毡帽斜戴在头上,显得非常妩媚。我再看看穿着因日晒洗刷都快成白色的褪色灯芯绒无袖夹克的老爹,他高大又强壮。

"你要做个好姑娘。"

"别为我担心。真希望我也能去。"

"这是一出独角戏,"老爹说,"你得迅速进去,痛快地解决这个难题,迅速撤出。你有个很重的担子要挑啊。"

老头走过来,跟着穿着我的射猎鹌鹑的旧无袖卡其上衣的姆科拉一起爬上卡车后座。

"姆科拉拿着老头儿的上衣。"老爹说。

"他很喜欢把要带的东西装在猎装的口袋里。"我说。

姆科拉看出来我们正在谈论他。我本来已经忘了步枪没清理的事儿,这时突然又想起来了,就对老爹说:"问问他从哪儿弄来这么一件新上衣。"

姆科拉咧嘴笑着说了些什么。

"他说这是他的家当。"

我冲他努努嘴,他摇了摇又老又秃的脑袋,即使我没有说出步枪的事儿,彼此也心照不宣了。

"加利克那浑蛋去哪儿了?"我问。

最终,他拿着块毯子回来了,跟姆科拉和那老头儿一并坐在后排。我和那万德罗博人坐在前排卡马乌身边。

"你这位朋友看上去挺可爱的,"P.O.M.说,"你也要好好表现哟。"

我跟她悄声说了几句话并吻别。

"还亲热细语呢,真恶心。"老爹说。

"再见,你这老浑蛋。"

"再见,你这该死的公捻斗士。"

"再见,亲爱的。"

"再见,祝你好运。"

"你有很多汽油,我们还会在这儿留点儿的。"老爹喊道。我挥了挥手,我们就开车穿过村子沿着一条狭窄小道驶下山去,小道向下直通那片长满灌木丛的在两座蓝色的大山下铺开的干旱平原。

下山时我回头一看,看到两个戴着大斯泰森帽的人正在走回营地,一个又高又壮,一个矮小灵巧,他们的身影矗立在路上,然后我朝前望向了那片灌木丛生的干旱平原。

第4部

以追猎为幸福

"以追猎为幸福",原文是 Pursuit as Happiness,这是作者从美国宪法中规定的公民基本权利生命、自由和追求幸福(life, liberty and pursuit of happiness)中引申而得的。

第十二章

　　我们一路向前，看到了几只在被晒得发黄的野草和灰色树木映衬下显得很白的瘦格兰特瞪羚。这里只有一条小路，平原看上去让人很失望。我的兴奋劲儿随着这片平原往前延伸而消失了，一切都开始显得非常难以忍受、不着边际和完全不真实，很显然这是个典型的不宜射猎区。那万德罗博人有很浓的体味儿，我盯着他那被拉长又被麻利地卷起来的耳垂，还有他那张不像黑人的、有个薄嘴唇的奇特的脸看。他意识到我在观察他的脸，就讨好地笑着，还挠了挠胸脯。我回头冲后座看了看。姆科拉睡了。加利克为夸张地表示他还醒着，正笔直地坐着，那老头儿正努力地辨别着路面。

　　不久后平原就被我们抛在身后，现在我们已经要到平原边缘了。前面除了一条动物走的小道，已经没什么像样的马路了。但是，前方出现了一些大树，我们正在驶入一片我在非洲从未见过的最可爱的地区。那里的草翠绿平滑，短得像割草机割过后刚长出的草坪，那里的树古老高大，树根旁只有平整的绿草坪，没有林下植被，就像个鹿苑。这里隐藏了一条几乎注意不到的小路，我们开车顺着这条小路穿过树荫和星星点点的阳光。我不敢相信我们竟突然进入了一片如此美妙的地区，就像一觉醒来就置身于此，真让人高兴，如同在美梦中一般。为了弄清我是不是在做梦，我抬手摸了摸万德罗博人的耳朵。他吓了一跳，卡马乌被逗得窃笑起来。坐在后座的姆科拉拿手肘推了推我，并用手一指，只见一头雄性大疣猪正站在林木间一块空地上。它背上立着的猪鬃又长又粗，白色长牙往上呈弧线翘起，眼睛亮闪闪的，就在距我们不到二十码的地方抬着头看着我们。我让卡马乌停车，我们就坐在车上跟它对视着。我举起步枪瞄准了它的胸脯。它还是一动不动地看着。接着我让卡马乌挂上挡往前开，车向右拐了个弯，远离了那头大疣猪。它看到我们一点儿也不恐慌，始终一动不动。

　　这种情景我们都没有见过，一头疣猪看到人居然没有竖起尾巴匆匆逃跑。看来这是片处女地，是非洲这该死的几百万英里土地中的一小块从未被狩猎的地区。我准备停下来在附近随便找个地方扎营。我看得出卡马乌也非常激动，就回头一看，看到姆科拉点着头表示赞同。

这是我见到过的最棒的地方了，但我们还得在缓缓起伏的草地上的大树间蜿蜒穿行，继续往前走。走着走着右前方的马萨伊人村庄的高围栏映入了我们眼帘。这个村庄很大，里面住着一些长腿、棕色皮肤、步伐轻快的人。他们看上去年纪都一样，都把头发梳成像一根棍子那样的粗辫子，奔跑时在肩后左摇右摆。他们跑到车子前并围住了它，全都说说笑笑。他们都很高，牙齿洁白健康，染成红棕色的头发在前额上留着一圈刘海，十分英俊。他们手拿长矛，兴高采烈的，不像北边的马萨伊人那样忧郁和自大。他们将车子包围住，想知道我们来这里做什么，弄得我们动弹不得。显然，那个万德罗博人向他们解释我们要捕捻，正忙着赶路。他们中有一个人说了句什么，又有三四个人跟着加入了谈话，卡马乌就向我解释说他们下午看到有两头公捻沿着小路走过。

"不可能，"我对自己说，"这不可能。"

我叫卡马乌慢慢地开着车把他们分开并从中间穿过去，他们都大笑着试图阻止车子，弄得车子差点儿轧到他们身上。

这是我在非洲见到的第一批真正无忧无虑的轻松

愉快的人，他们是我在非洲见过的个子最高、身材最好、相貌最英俊的人。等我们能顺利移动时，他们为显示自己能跑得多么轻松，就嬉笑着跟在车子旁边跑了起来。不久后，当路况改善时，车子就开上了一个平坦的溪谷，这场人车竞赛中不断有人退出。他们一边停下一边挥手嬉笑，直到只剩下两个带着自豪神情的人还在跟着我们跑。他们平稳而放松地摆动着两条长腿，轻松地与车子同一速度跑着，他们是这群人中最出色的赛跑者。他们拿着长矛，用一个一英里赛跑选手的快步速奔跑着。接着我们得右拐，爬出平坦得像高尔夫球场轻击区的溪谷，驶入一片起伏的草地。这时，随着我们用第一挡放慢速度往上爬，那群人又嬉笑着一齐赶了上来，尽力显出不费劲儿的样子。我们穿过一小块灌木丛时，有只小兔子蹿了出来，呈"之"字形拼命跑着，这时后面的马萨伊人都开始疯狂地冲刺。他们抓住了兔子，那个最高的赛跑者跑到车前，把兔子递给我。我握住兔子，隔着柔软、温暖、毛茸茸的身体也能感觉到它猛烈跳动的心脏。我抚摸着它，那马萨伊人又轻拍我的胳膊。我拎着兔子耳朵把它递给他。不，不，它是件礼物，是我的了。我就把它递给了姆科拉。姆科拉对它并没有兴趣，将它递还给了其中一个马萨伊人。这时我们加速前进，他们又跟着跑了起来。那个马萨伊人弯腰把兔子放在地上，兔子撒腿就跑，他们全都哈哈大笑。姆科拉摇了摇头。我们都对这些马萨伊人有了很深的印象。

"这些马萨伊人真棒，"姆科拉十分动情地说，"马萨伊人有许多牲口。马萨伊人不会为吃肉杀生。马萨伊人杀人。"那个耳朵像马萨伊人一样被卷起来的万德罗博人朝自己的胸脯拍了拍。"万德罗博-马萨伊。"他特自豪地说，以表明这两个民族有血缘关系。看见他们奔跑得这么潇洒，这么愉快，弄得我们也都高兴了起来。我从没见过一段无私的友情这么快就能产生，也没见过这么貌美的人。

"马萨伊人真是好样的，"姆科拉一边点头加以强调，一边又重复了一次，"好样的，马萨伊人真棒。"只有加利克好像不以为然，他真的是从心底里害怕这些马萨伊人。尽管他穿卡其裤，尽管他有辛巴老板的推荐信，但我相信他们是我们的朋友，而不是他的。不过马萨伊人肯定是我们的朋友啦。他们有那种天下之人皆兄弟的态度，有那种虽然表达不出来但马上就能全部接受你的胸怀，这使你觉得无论你从哪里来，你肯定也是马萨伊人。你只有从最优秀的英国人、匈牙利人和最最优秀的西班牙人身上才能体会到这种态度；如果真有什么高尚的品德，那这种态度通常被视为其最显著的特征。这是一种常被本人忽视的态度,有这种态度的人不容易生存,但是体会这种态度是最能使你高兴的事情了。

路况变得很差了,但卡车是个冷酷的领跑者,现在只剩两个人在跟着跑,正被卡车甩得越来越远。他们仍然跑得很出色,很放松,步伐很大。为了结束这场竞赛,我就让卡马乌加速开车。因为突然加速不会使稳稳跑着的人感到没面子。他们立刻冲刺但被击败了,停下脚步,哈哈大笑,随后我们把身子探出车外,向他们挥手告别,他们把身子撑在长矛上,也向我们挥手致意。现在我们又变成独行者了,前面没有什么足迹,我们只能朝着一个大体上的方向在一个个树丛间穿行,沿着翠绿的山谷的走势向前行。

不久后,树木变得越加茂密了,此时我们把这片充满田园风光的地区抛在了身后,小心谨慎地行驶在茂密的次生森林中的一条依稀难辨的小道上。有时候我们不得不跳下车,拖开一根横在路上的原木或砍掉一棵挡住车身的树,清理挡住路的东西。有时我们不得不把车倒出灌木丛,为了再回到原来的小道上还得找个绕圈的路,用一种叫"panga"的长长的灌木刀开道。加利克砍灌木的本事只比那些极差的万德罗博人强一点点。姆科拉则像在砍仇人一样使劲麻利地挥舞着大砍刀,他是个很全面的用刀高手。用刀需要很多手腕动作,不可能很快上手;等你手腕累了,那把刀就好像比它的实际重量更沉了。但我用得很不熟练。我真想用一把密歇根的磨得锋利的双刃斧来砍树,而不是用这种刀。

我们不得不总是停下车劈出一条道来,为尽量避免被堵住,卡马乌凭着驾驶能力和对这个地区的灵敏感觉开车。我们驶出这个艰苦的地方,又开上了一块宽阔草地,看见右边许多小山绵延至远方。但是这里刚刚下过大雨,有两次车轮都陷进了低洼草皮的烂泥里,只能在滑溜溜的烂泥浆里空打转,我们不得不用铲子把轮胎从泥坑里挖出来。之后我们学乖了,不再信任任何低洼的草地了,而是从草地高处的边缘绕着开,然后又进入一片树林。为了搜寻汽车可以通过的路,我们在树林里转了好几个大圈终于开了出去,驶上了一条溪岸。溪床上有种用灌木铺设的桥,就像河狸筑起的坝那样横跨溪流,看上去很明显是为了截住溪水而有意这样设计的。在另一边的陡峭堤岸上布满了残枝烂叶,岸外是用荆棘枝条围住的一块玉米地,还有一些好像已经荒废的畜栏或空地。地里种满了玉米,空地里有几间用泥涂在枝条上做成的房屋,右边用荆棘枝条围起来的地方冒出了一些圆锥形小茅屋的屋尖。因为被这条溪流阻挡,我们都下了车,我们只有穿过布满残枝烂叶的玉米地才能爬上对面的溪岸。

现在我们被困在一道水溢过的灌木堤坝前。我感到相当失望。我们好不容易穿过那个优美的曾有人看到捻在小道里走动的处女林地来到这儿,而我们却被终结在某个人的玉米地前一条小溪的堤岸上。我根本没想到会有什么玉米地碍事,我怨恨它。我想,我们先得经主人同意才能将车子开过那块玉米地,之后我们就能开车穿过小溪,爬上堤岸。于是我脱下鞋子,蹚着溪水,用脚探了探水下的情况。溪底的灌木和小树被压得坚实牢固,我相信只要车速够快,我们能一下就开过去。姆科拉和卡马乌都赞同我的想法,我们就上堤岸观察那里的情况。岸上表面的泥土松软,但是底层是干土,我推测我们要是能跨过那些残枝烂叶就能铲出一条路来。但是我们得先把车上的东西卸下来。

两个男人和一个男孩从小茅屋那里朝我们走来。我等他们走到面前时用斯瓦希里语说:"你们好。"他们回应道:"你们好。"然后那老头儿和万德罗博人跟他们开始交谈。我想他俩是在请对方批准我们通过那片玉米地吧。姆科拉一句也听不懂,他无奈地朝我摇了摇头。老头儿把话说完后,那两个男人走过来跟我握了握手。

　　他们看上去跟我见过的任何黑人都不像,有一张棕灰色的脸。年龄最大的那个看上去大约有五十岁,嘴唇很薄,鼻子像希腊式的,颧骨相当高,还有又大又聪明的眼睛。他非常镇静,高贵,看上去很博学。年轻些的男人跟他长得一模一样,看上去大概有三十五岁,我猜想是那年长者的弟弟。那个男孩像个姑娘一样漂亮,看上去相当害羞呆笨。因为他们都穿着肩上打结的本色平纹细布的罗马式托加袍,看不出来他们的身段,他刚走上前来时那一瞬间,我还以为是个姑娘呢。

　　此刻我正看着他们跟老头儿站在一起说着什么,就觉得那一脸皱纹并正在衰老的老头儿有点儿像这玉米地的具有传统特点的主人,就像我们在森林里遇见的那个英俊的马萨伊人,而那个万德罗博-马萨伊人是他萎缩了的翻版一样。

　　随后我们都下到溪水里,那位罗马长老和其他人从车上卸东西,把最重的东西放到陡峭的岸上,我和卡马乌临时在轮胎上绑上一圈绳子当作防滑带。然后我们发疯似的开车朝对岸冲去,搞得水花飞溅,其他人都拼命把车朝坡岸上推,但在中途就陷进去了。我们连挖带砍,终于把车弄到了对面的溪岸上,但是我想不出我们要从面前的这块玉米地往哪里开。

"我们要往哪儿开啊?"我问那个罗马长老。

加利克翻译的他们听不懂,老头儿说了几句才把我的问题表达清楚。

罗马长老指了指左边树林旁那结实的荆棘栅栏。

"我们不能开着车穿过那里。"

姆科拉反复强调让我们在那儿扎营。而我清楚地表达了我的意思:"这地方真是糟透了。"

"我们就在那里扎营。"加利克大模大样地宣布。

"你见鬼去吧。"我笑嘻嘻地对他说。

我曾读过这样的话,绝不要在被废弃的土著区扎营,因为那里有虱子和其他危险的东西。因此我就时刻准备着坚决反对在这儿扎营。我跟罗马长老走向那个营址,他一直说话,可我一个字也听不懂。其他人都在装车然后上车再赶过来,只有姆科拉跟着我。我们从荆棘栅栏的一个缺口走了进去,里面有一座用原木和小树在地上打桩、用枝杈搭建的屋子。看上去就跟个大鸡笼一样。罗马长老挥一挥手还不停地说着话,那意思是这个屋子和这片围场我们可以随便用。

"肯定有蟑螂。"我用带强烈反感语气的斯瓦希里语对姆科拉说。

"没有,"他驳回了我的观点,"没有蟑螂。"

"该死的蟑螂。很多蟑螂。真恶心。"

"这儿肯定没有蟑螂。"他坚定地说。

没有蟑螂的观点获得通过,而我只能希望那个一直说个没完的罗马长老再谈些令人感兴趣的话题。车子这时开过来了,并停在距那些围栏五十码左右的一棵大树下,他们开始把扎营的必要装备搬进来。我坐在一个汽油桶上跟罗马长老、老头儿以及加利克讨论着射猎的事,而卡马乌和姆科拉则开始搭建营地。他们把我那地上铺有防潮布的帐篷支在一棵树与那大鸡笼一侧的中间,那万德罗博-马萨伊人单脚站着,大大地张着嘴巴。

"哪里能找到捻啊?"

"在那后面。"他挥了一下手。

"是一只大捻吗?"

他为表示捻的角有多大,张开了双臂,引得罗马长老又滔滔不绝地讲了起来。

我使劲翻着词典,"那头他们正在监视的捻现在在哪儿呢?"

没人答复我的问题。那罗马长老却又发表了半天长篇大论,我理解为所有的捻他们都正在监视着。

这时黄昏将至,天上布满乌云。由于之前我又砍树又推车,弄得大汗淋漓,身上现在都湿到腰间了,袜子也被泥浆弄得湿透了。

"我们什么时候出发?"我问。

"明天。"加利克也懒得问罗马人,直接回答我。

"不行,"我说,"今晚就得出发。"

"明天吧,"加利克说,"现在只有一个小时的光亮了,出发太晚了。"他在我的表上指出只有一个小时了。

我翻了翻词典说:"最后一小时才是最好的一小时。今晚就得去打。"

加利克用手势暗示捻所在的地方非常远。到那里去狩猎完再赶回来根本不可能,"明天再去狩猎吧。"

"你这该死的!"我用英语说。我俩争论时罗马长老和老头儿始终一声不响地站在旁边。我打了个冷战。尽管雨后天气有些闷热,但因为云遮住了太阳,还是有些冷。

我认真查着词典反复说:"最后一小时才是最好的一小时。今晚就去打捻。""捻离得近吗?"我向老头儿提问。

"明天去搜吧。"加利克一直插嘴。

"住嘴,你这个演员,"我说,"老头儿,能进行短时间搜索吗?"

"是。"老头儿他们开始交谈之后,罗马长老点了点头。"短时间搜索。"

"好。"我说完就去翻出了一件衬衫、一件汗衫和一双袜子。

"现在就去搜。"我对姆科拉说。

"好吧。"他说。

我换上干衬衫、干净袜子，又换了双靴子，顿时感到干净清爽，一边坐在汽油桶上喝兑水的威士忌，一边等着罗马长老回来。我预感肯定会打到一头捻，我首先要让自己冷静一下，免得到时紧张。其次我也不想感冒。还有我就是想喝威士忌了，因为我喜欢它的味道，虽然我现在够高兴了，但它会让我感觉更好。

我看见那罗马长老来了，就拉上靴子拉链，检查斯普林菲尔德步枪的弹膛里是否有子弹，并取下准星上的罩子，吹了吹后孔。然后我喝完汽油桶旁地上的锡杯里余下的酒，站起来检查是不是把两块手帕放进了衬衫口袋里。

拿着刀和老爹的大望远镜的姆科拉也来了。"你留在营地。"我对加利克说。他认为我们这么晚出去很不明智，很高兴能等着证明我们是错的，所以他没有不满。那万德罗博人也想跟着。

"人太多不行。"我说，挥挥手让老头儿也留下，然后我们就走出了围栏。手持长矛的罗马长老在前，接下来是我，后面是拿着望远镜和装满实心子弹的曼利希尔短筒步枪的姆科拉，最后是一样手持长矛的万德罗博-马萨伊人。

我们过了五点才穿过玉米地，到了下面的小溪旁。我们在水坝上方一百码处一个有很高的茅草丛的较窄的地方穿过了小溪，然后慢慢地、小心谨慎地往对面布满茅草的溪岸上爬。因为是弯着腰穿过湿滑的蕨草丛，我们腰以下的身子都弄湿了。走了还没十分钟，当我们小心翼翼地爬上溪岸时，罗马长老没有丝毫提醒地一下揪住我的胳膊，边蹲下边把我往地上拉；我一边趴倒，一边拉开枪栓准备射击。他屏住呼吸，用手指着对岸，只见森林边缘站着一头大个儿的侧腹部有白色条纹的灰色动物，卷着的大角向后翘，它抬起头侧身对着我们，好像在听动静。我举起了枪，但是有个灌木丛挡在中间。我只有站起来才能把子弹从灌木丛上射过去。

"打啊。"姆科拉小声说。我伸出食指摇了摇。为了躲开灌木丛，我开始向前爬行，非常担心公捻在我试着万无一失地打枪时会受惊逃窜，但是我记得老爹的嘱咐，一定要"慢着点儿"。等我看到已经闪开了灌木丛，就单膝跪下，从瞄准器的缺口瞄着公捻。让我感到吃惊的是它看上去特别大，我又想着不必太在意,这不过跟平时其他那几次射击一样。我确认准星准确地瞄准了它肩部下面的要害处后扣动了扳机。枪一响,它吓得跃起,并跑向灌木丛里,但我知道我射中了它。我看见它跑进去时在树木间露出了一抹灰色,就又开了一枪。随后姆科拉喊道:"Piga!Piga!"意思就是"打中了!打中了!"罗马长老拍了拍我的肩膀,然后往上撩起托加袍围在脖子上,光着屁股跑起来。这时我们四个跟猎犬似的全速冲过去,蹚过小溪,冲上溪岸,溅起了无数水花。罗马长老光着屁股在前面迎着灌木丛跑,然后弯下腰拣起一片染有明亮血迹的叶子,并猛地一掌拍在我背上。这时姆科拉说:"Damu!Damu!"意思是"血,血!"之后那道踩得很深的脚印拐向了右面。我们都拼命地跟着狂奔,我还重新装填了弹药,丛林中几乎一片漆黑。罗马长老在小道旁研究了会儿踪迹,决定跑去右面试试,不久后又发现了带血的叶子,然后又猛拽我的胳膊把我拉倒。我们全都屏住气息,只见一百码外的一块空地里,就站着那只看上去受了重伤的公捻。它回头看着我们,两只大耳朵展开着,大个头,灰色身子,白色的条纹,它的角简直就是一对奇迹。夜幕就快降临,我心想这次必须成功,于是屏住气息,瞄着它接近前肩后部的位置开了一枪。我们听到子弹嘭的一声击中，并看到它中枪后猛地弓着背跃起。姆科拉喊道："打中啦！打中啦！打中啦！"当它跑出我们的视野时，我们又像猎犬一样奔跑起来，差点儿摔倒在什么东西上。原来是一头巨大的、优美的早已断气的公捻侧躺在地上，两只特大的角是深色的，呈螺旋状分得很开。令人难以置信的是，它就死在距离我那次迅速开枪的地方只有五码的地上。我观察着它，身子庞大，腿很长，光滑的灰色中嵌着白色条纹，那两只角巨大、弯曲、叉得很开，就像棕色的核桃仁的颜色，角尖就像象牙。我端详着它的大耳朵，巨大可爱、鬃毛浓密的脖子，两眼间有块"V"形白色鬃毛，还有白色的口鼻。我为了让自己相信这都是真的，弯下腰摸了摸它。子弹都是从它侧躺的那一边射进去的，所以现在它身上显得毫无伤痕。它的气味闻上去就像牲畜的气息和雨后百里香的气味那样令人愉悦。接着，罗马长老用双臂搂住我的脖子，姆科拉用一种奇怪的像歌咏一样的高音在大叫着，万德罗博-马萨伊人不住地上蹲下跳并拍着我的肩膀，然后他们全都用我从未见过的非常奇特的方式轮流握手。只见他们一直狂热地盯着你的眼睛，并用拳头把你的大拇指攥在里面，握紧了，先摇晃摇晃，拉一拉，然后再握住。

我们都欣赏着它，姆科拉跪着用手指顺着每只角的曲线纹路抚摸，并用胳膊量两个角尖的距离，他还不断地轻声哼着"噢——噢——咿——咿"，抚摸着捻的口鼻和鬃毛，忘形地发出又轻又高亢的声音。

我拍了拍罗马长老的后背，又跟他行了一次拉大拇指的握手礼，我也拉了他的大拇指。我跟万德罗博-马萨伊人来了个拥抱，他热烈而真挚地拉了我的大拇指后拍了拍胸脯，充满自豪地说："万德罗博-马萨伊人是最棒的向导。"

"万德罗博-马萨伊人是最棒的马萨伊人。"我说。

姆科拉看着这头捻不住地摇着头，并发出那种奇怪的尖细的声音。然后他说："Doumi, Doumi, Doumi！B'wana Kabor Kidogo, Kidogo."意思是卡尔的那头公捻太小了，根本不算什么，这头才是公捻中的公捻。

我们都明白我已经打死了另一头公捻，可我把那头当成了现在看到的这头，而这头在我开第一枪时早已倒地而死了。它像个奇迹一样出现了，这就使刚刚开枪的事儿貌似不值一提了。但我还是想去找找那另一头。

"走吧，去找捻。"我说。

"它已经死了，"姆科拉说，"打死了！"

"赶紧走吧。"

"这头是最好的了。"

"别废话,赶紧走。"

"量量角吧。"姆科拉恳求道。我用钢卷尺一头按在一只角的角尖,姆科拉沿角的曲线往下拉尺。足足超过五十英寸。姆科拉眼巴巴地望着我。

"很大!很大!"我说,"有卡尔老板那头的两倍长。"

"咿——咿。"他低哼着。

"走吧。"我说。罗马长老都出发了。

我们抄捷径回到我们发现那头公捻时我开枪的地方,刚进灌木丛就发现了那道脚印和齐胸高的带血迹的草叶。走了不到一百码,我们见到了早已断气的它。它没有刚刚那头那么大。角倒是也差不多长,但更细一些,不过侧躺着的它同样很漂亮,它躺倒时压弯了一片灌木。

为清晰表达出我们极度愉快的心情,我们又相互行起了拉大拇指的握手礼。

"这是警卫。"姆科拉解释道。这头捻是较大的捻的警卫或保镖。我们发现第一头捻时,很明显它也已经在树林里了,并跟着第一头公捻一起逃命,还回过头看看为什么它没有跟着来。

我想拍照片留念,就派了姆科拉和罗马长老回营地去取那两个相机,一个是格莱弗莱克斯牌相机[1],另一个是电影摄影机[2],还有我的手电筒。我知道我们和营地都在小溪同一侧,现在我们就在营地上方,因此我希望罗马长老能抄近路回营地,并在太阳落山前赶回来。

他们回去了。在一天结束之际,太阳从云层下明亮地钻出来,那万德罗博-马萨伊人和我端详着这头捻,量着它的角,闻着它不错的气味,那气味竟然比大羚羊的还令人愉悦。我们还抚摸它的鼻子、脖子和肩膀,啧啧称奇它巨大的耳朵和光滑的皮毛,还检查了它又长又窄、富有弹性的蹄子,它看上去就像是用脚尖走路一样。我们又摸了摸它的肩膀下部,搜寻那个弹孔,然后又行起握手礼来。这时万德罗博-马萨伊人向我夸赞他是多棒的人,我就对他说,他是我的好搭档,还把我最好的有四把刀片的折刀送给了他。

"万德罗博-马萨伊人,我们去看看那头大的吧。"我用英语说。

万德罗博-马萨伊人完全懂得我的意思,点了点

---

[1]格莱弗莱克斯(Graflex)相机是美国名牌相机。此外海明威使用的应该是其单镜头反光镜箱,呈方形,体积较大。
[2]当时很流行美国柯达公司的扁形家用小电影摄影机,胶片为8毫米宽,而一般的电影胶片的宽度都是35毫米。

头，我们就沿原路返回小空地旁边那头大公捻躺着的地方。我们绕着它看了一圈，然后我抬起它的肩膀，万德罗博-马萨伊人把手伸进它的腹部，找到了弹孔并把手指伸了进去。然后他用这粘着血的手指在额头上画了画，侃侃其谈什么"万德罗博-马萨伊人是最棒的向导"。

"万德罗博-马萨伊人是向导之王，"我说，"万德罗博-马萨伊人是我的好搭档。"

我浑身都因出汗而湿透了，我穿上了一直由姆科拉保管并留给我的雨衣，竖起领子围住脖子。我此时注视着太阳，就怕它在他们拿来相机之前落山。不一会儿，我们听见灌木丛中他们走来的声响，我大喊一声，让他们清楚我们在哪儿。姆科拉应了一声，我们就这样你一声我一声地呼喊着。我听得见他们说话的声音和哗啦啦地经过灌木丛走来的声响，我在叫喊的同时还注视着即将落山的太阳。最后我发现了他们，就指着太阳朝姆科拉喊道："快跑，快跑。"但他们根本就跑不动了。他们刚才匆匆地穿过茂盛的灌木丛跑了一段上坡路，等我接过相机，放大光圈并把镜头对准捻时，只有树梢上还闪烁着一点阳光。我拍了六张照片，并让大家把捻拖到一个亮些的地方，再用电影摄影机拍。我尽责尽力地拍好每一张照片，之后太阳就完全落山了，我不得不停止了拍照，把相机装进机套，伴着夜幕享受欢快的胜利。当姆科拉开始剥捻的头皮时我才指点了一下，告诉他剥下一张尽可能完整的皮要从哪儿下刀。姆科拉姿势漂亮地用着刀，我喜欢欣赏他剥皮，但是今晚，我除了指点他要从大腿根部开始下第一刀，再划过胸脯连接肚子的下半部分，一直回到肩部之外，并没有看他的操作。因为我想把我第一次发现这些捻时的情景牢牢印在脑海中，于是我在夜幕中走向第二头捻，并在那儿等他们拿着手电来。稍后我又回想起我曾亲自剥下或看别人剥下我打到的每一头动物的皮毛，还记得每一个时刻，每一头动物的清晰模样，而一段回忆不会破坏另一段回忆，因此不看别人剥皮的主意仅仅是想偷懒而已，就好比第二天早上才洗昨晚放在水槽里的脏碗盘一样。于是我给剥第二头捻的皮的姆科拉打起了手电，虽然感觉很疲惫，但我仍像往常那样欣赏他用刀剥皮的快速、利落和巧妙。直到剥离了颈部最后一点皮时，他已经割断了捻头和脊椎之间的所有连接处，之后往后摊开，再握着两角一扭，将捻头与颈皮等一并从肩膀上拎起来。在手电的光照下，颈皮沉甸甸、湿漉漉地耷拉着，而手电的光还照在他血红的双手和很脏的束腰卡其服上。我们留给万德罗博-马萨伊人、加利克、罗马长老和他弟弟一盏灯笼，让他们剥下整头捻的皮，把捻肉打好包，而我们则由姆科拉扛着一个捻头，老头儿扛着另一个头，我拿着手电和两支枪，在黑夜中一起返回营地去。

黑暗中老头儿摔了个嘴啃泥，姆科拉笑得忘形时，那块捻的颈皮散开了，捂住了他的脸，几乎让他喘不过气来，我们俩都大笑起来。老头儿也笑了。之后黑暗中姆科拉也摔了一跤，我跟老头儿哈哈大笑。再往前走一小段路时，我又踩在某种捕兽陷阱的伪装物上，摔了个嘴啃泥，我爬起来时只听见姆科拉咯咯地笑得都快喘不过气了，老头儿也咯咯地傻笑着。

"发生什么该死的事儿了？在上演卓别林的喜剧吗？"我用英语问他们。他俩扛着捻头大笑。我们终于在噩梦般的道路上穿过了灌木丛，到达那荆棘栅栏，看到了营地中的火光。老头儿在穿过荆棘栅栏时摔了一跤，姆科拉幸灾乐祸地看着他，老头儿则咒骂着爬了起来，好像连拿起捻头的力气都没有了，我就用手电把他前面栅栏入口的路照亮。

我们走到篝火跟前，当老头儿把捻头靠在由木条和泥巴糊的墙上时，我发现他脸上流着血。姆科拉把他扛着的捻头放下后，大笑着指着老头儿的脸并摇了摇头。我冲老头儿打量过去。他的脸被严重划破了，满脸泥浆还流着血,他是完全累得虚脱了,可他却高兴地笑着。

"回来时老板摔倒了。"姆科拉说完就学我摔得嘴啃泥的样子。他们两个都大笑着。

我做出要扬手打他的样子说:"真没分寸!"

他又模仿我摔倒的样子,卡马乌随后非常绅士和尊敬地跟我握手,并说:"好啊,老板!太棒了,老板!"然后他走到那两个捻头前,眼睛闪闪发光,并跪下来抚摸着捻角,还摸了摸它们的大耳朵,发出"噢——噢!咿——咿"的赞叹声,跟姆科拉曾发出的声音一样。

我们把提灯都留给了带回捻肉的人们。我进了黑漆漆的帐篷,脱掉湿透的衣服,洗漱一下,从我的帆布背包中摸着黑拿出了一套睡衣和一件浴袍。穿上这些衣服和防蚊靴,我又拿上刚刚换下来的湿衣服和靴子出了帐篷来到篝火前。卡马乌将我拿到篝火旁的湿衣服摊开铺在树枝上,把湿靴子靴底朝上,分开插在两根树枝上,为免烤焦它们,远离火堆烤着。

火光中,我背靠着一棵树坐在汽油桶上,卡马乌拿来威士忌长颈酒瓶,倒了一些酒在杯里,我往酒杯里倒了一点儿水壶里的水,坐着喝了起来,注视着篝火,什么都不去想,感到十分快乐。威士忌让我暖和起来,心情平静下来,就像你把起褶的床单铺平了一样。这时卡马乌拿来储存的一些罐头，有三听特制圣诞碎肉、三听蛙鱼和三听什锦水果，还有几大块巧克力和一听特制的圣诞梅肉布丁，看我晚餐想吃什么。我心想不知凯狄把碎肉当成什么了，就让他把这些都拿回去。我们想吃这梅肉布丁都想了两个月了。

"有肉吗？"我问道。

卡马乌拿来了一些面包，还拿来了一条又厚又长的烤格兰特瞪羚里脊肉，这是老爹在平原上射到的一只格兰特瞪羚身上的肉，当时我们还在二十五英里外的盐碱地上追踪呢。

"有啤酒吗？"

他又拿来一大瓶一公升装的德国啤酒并打开了它。

坐在汽油桶上好像有些别扭，我就在火堆前被火烤干的地面上铺上雨衣，背靠木箱两腿一叉就坐下了。老头儿把他裹在自己的托加袍里带来的精选的肉都串在一根树枝上烤。不一会儿，其他人都开始陆续带着肉和捻皮回来了。随后我摊开四肢，看着篝火喝着啤酒。大家都在篝火四周围坐着，聊着天，在树枝上烤肉。天气渐渐变冷，夜空清明，烤肉味、火堆烟味、我那双被烤得冒水汽的靴子的气味，还有蹲在我身旁的善良的老万德罗博-马萨伊人身上的味儿交织着。但是我仍能回味起那头躺在树林里的捻散发出的气味。

每个人都负责烧烤自己那些串在树枝上、插在篝火旁的肉块，他们一边翻动、照管着这些肉，一边起劲地聊着天。两个我从没见过的人带着我们下午见过的那个男孩从小茅屋走了过来。我正品尝着一块从万德罗博-马萨伊人的一根树枝上拔下的烤得很烫、味道很好的肝，心里不禁疑惑怎么没看见那些腰子。我正考虑爬起来去拿词典以便问问腰子的去向是不是值得时，就听姆科拉问："还要啤酒吗？"

"要。"

他拿来酒瓶并打开，我举起来一口气喝掉半瓶，之后把那块肝送进嘴里。"这样的生活真是棒极了。"我用英语对他说。他咧着嘴乐，用斯瓦希里语说："再来点儿啤酒？"我跟他用英语聊天被视为一种比较适当的玩笑。"看好了。"我说完就把酒瓶扬起来，一口气把酒全都灌进肚子。这样没显出吞咽的动作把酒一饮而尽是我们在西班牙学到的一种老花样。这一招特别让罗马长老感兴趣。他走过来蹲在雨衣旁，跟我聊起来，一说就是好半天。

"那是绝对的，"我用英语对他说，"此外他还会驾雪橇呢。"

"再来点儿啤酒？"姆科拉问。

"我看你是想把老头儿灌醉吧？"

"是的。"他好像听得懂英语似的,用斯瓦希里语回答。

"看好了,罗马长老。"我开始往肚子里灌啤酒,当看到罗马长老学着我动着喉咙时,我被酒呛了,半天才恢复过来,然后放下了酒瓶。

"好了。一个晚上没法做两次,都快把你弄得生气了。"

罗马长老用他们的语言继续讲着话。我听他两次提到Simba(狮子)这个词儿。

"这儿有Simba吗?"

"这里没有,"他说,"那边有。"冲黑暗中挥了一下手。我搞不明白他的意思,但是听起来很不错。

"有能捕杀Simba的人很了不起。"我说,"我就打了许多Simba,不信你问姆科拉。"我发觉自己得了晚间吹牛症了,可惜老爹和P.O.M.没在这里听我吹牛。如果你吹了半天牛别人却听不懂,那实在算不上令人满意,但总比没机会吹牛强多了。我肯定也在喝啤酒这事儿上得了吹牛症。

"太惊人了。"我对罗马长老说。他继续说他自己那些事。瓶底还剩些啤酒。

"老头儿。"我说,"Mzee."

"是,老板。"老头儿说。

"这里还剩些啤酒,你喝了它吧。你年纪虽然太大,但只喝这点儿酒对你没啥害处。"

刚才喝酒时我发现老头的眼睛一直看着我，我就知道他肯定也是一个爱喝酒的人。他接过酒瓶，一饮而尽，连一点儿泡沫都没剩下，然后不忍释手地擦着酒瓶，蹲在他那些烤着肉的树枝旁。

"再来点儿啤酒？"姆科拉问。

"好，"我说，"还要我的弹壳。"

罗马长老继续稳稳当当地聊着。他肯定能讲一个特别长的故事，比卡洛斯在古巴时讲的那个更长。

"这会很有趣的，"我对他说，"你也是个很棒的伙伴。咱俩都是好样的。听好了。"姆科拉拿来了啤酒和我的口袋装着弹壳的卡其上装。我注意到老头儿正看着，就喝了口啤酒，把那六颗弹壳一字排开。"我得了吹牛症了，"我说，"请允许我向你介绍这个，看！"我轮流指着每一个弹壳说："Simba, Simba, Faro, Nyati, Tendalla, Tendalla. 你怎么想的？你不需要全信。看，姆科拉！"我把这六个弹壳代表什么又讲了一遍："狮子、狮子、犀牛、水牛、捻、捻。"

"天啊！"罗马长老兴奋地说。

"对！"姆科拉严肃地说，"对，是真的。"

"哇哦！"罗马长老一把攥住我的大拇指说。

"我向上帝保证，"我说，"非常不可思议，是不是？"

"是，"姆科拉说，他又挨个点着弹壳："Simba, Simba, Faro, Nyati, Tendalla, Tendalla！"

"这些事儿你可以告诉其他人的，"我用英语说，"这回吹牛可吹得没边儿啦。今晚我可以心满意足了。"

罗马长老又继续跟我说话，我一边认真听着，一边又往嘴里塞了一块烤肝。

姆科拉此时正在将那两只捻头中的一只的头皮剥下来，还在指点卡马乌怎么剥另一只易剥的部分。对他俩来说，这是一项大任务，他们在火光下非常精巧细致地在眼睛、口鼻和耳朵软骨四周认真地剥弄着，然后把头皮上的肉全都刮掉，以防头皮烂掉。我不记得什么时候才睡的觉，也不记得我们到底睡没睡觉。

我还记得拿出了词典，让姆科拉去问那个小男孩有没有姐姐，姆科拉非常确信而郑重地对我说："没有，没有。"

"别这么固执，你知道。我只是好奇而已。"

姆科拉还是很肯定地摇着头说："没有。"又用当地语言说，"没有。"那口气就跟那次我们跟踪狮子进虎尾兰丛时如出一辙。

没机会过社交生活了，我只能找些腰子吃了，罗马长老的弟弟就把他那份给我分出了几个，我用两片肝夹着一片腰子，串在树枝上烤了起来。

"做一顿值得称赞的早餐，"我大声说了出来，"比吃麋鹿碎肉强多了。"

之后我们聊了很久貂羚。罗马长老听不懂"Tara-halla"是什么意思，他们不这么称呼貂羚。看来他把貂羚跟水牛搞混了，因为他一直说"Nyati"[1]，但是他的本意其实是貂羚跟水牛一样黑。然后我们在篝火旁的沙地上画起貂羚来，它们的角向往后弯着，就像两把短弯刀，一直弯到它们的肩膀上，原来他说的真就是貂羚。

"公的？"我问。

"公的母的都有。"

经过老头儿和加利克的翻译，我相信我明白了那边有两群貂羚。

"明天就去。"

"好，"罗马长老说，"就明天。"

"姆科拉，"我说，"今天，捻。明天，貂羚、水牛、狮子。"

"没有水牛！"他摇着头说，"没有狮子！"

"我和万德罗博-马萨伊人，打水牛。"我说。

"对，"兴奋的万德罗博-马萨伊人也说，"对。"

---

[1] 斯瓦希里语中非洲水牛的意思。

"附近还有些硕大的大象呢。"加利克说。

"明天，大象也打。"我有意戏弄姆科拉。

"没有大象的！"他知道我在戏弄他，但他甚至都不想听。

"大象，"我说，"水牛、狮子、豹子。"

兴奋的万德罗博-马萨伊人点着头插了一句："犀牛。"

"没有！"姆科拉开始显得有些痛苦，摇着头说。

"那些山里有好多水牛。"老头儿为已经特别兴奋的罗马长老做着翻译，罗马长老站着，冲那些小茅屋再往后的方向指去。

"没有！没有！没有！"姆科拉肯定地、决定性地说，"再来点儿啤酒？"他放下了刀。

"好了，"我说，"我只是逗你玩儿呢。"

姆科拉在我身边蹲着，说着解释的话。我听到他说老爹的军衔，我就猜测他说的是老爹不会喜欢的。老爹肯定不想这么做。

"刚刚我只是在跟你开玩笑。"我用英语说。然后用斯瓦希里语说，"明天去打貂羚啊？"

"好的，"他发自内心地说，"好。"

在这之后说土著语的罗马长老和说西班牙语的我长谈了一次，我相信对明天的整个行动我们都计划好了。

第十三章

　　不知道什么时候睡着的，也不知道什么时候起床的，只记得天亮前灰暗的光亮中我端着一杯热茶坐在火堆旁，树枝上插着我的早餐，沾满了灰尘，看上去不那么美味了。罗马长老正朝着曙光初露的方向站着，还在用手比画着大发宏论，我曾怀疑这浑蛋难道讲了整整一夜。

　　罗马长老说过，午饭前我们最好赶回来。两张头皮都被铺开并用盐熟练地腌好了，姆科拉正在叠头皮。木条树枝搭建的屋旁靠着两只带角的头骨。我让拿来罐头食品的卡马乌给我打开了一听水果罐头。昨夜的冷空气把这听什锦水果罐头冻得很凉，我连同滑溜溜的冷糖汁都吸进了肚子。我又喝了杯热茶，走进帐篷，穿好衣服，套上已经烘干的靴子，我们就准备好出发了。

　　这次，罗马长老的弟弟做我们的向导。据我能做出的最接近实情的推断，罗马长老是要去侦察一群貂羚的情况，而我们则要去查清另一群的位置。我们出发了，罗马长老的弟弟穿着托加袍，手持一支长矛开路，我背着斯普林菲尔德步枪，口袋里装着小蔡斯望远镜跟在后面，身后是肩扛长枪的姆科拉，他斜挂着老爹的大望远镜，水壶在另一侧斜挂着，口袋里装着剥皮刀、磨刀石、备用弹夹和几块巧克力糖，再往后是拎着格莱弗莱克斯相机的老头儿、拿着电影摄影机的加利克，还有手持长矛身背弓箭的万德罗博-马萨伊人。

此时群山相交的低处正好有阳光透进来，照在玉米地、小茅屋和远处的青山上。这种迹象表明今天会是个晴空万里的好日子。我们和罗马长老告别后，走出荆棘栅栏，在罗马长老弟弟的带领下穿过一些浓密的灌木和空旷的林地，爬上陡峭的山坡，一直爬到我们扎营的那块玉米地边缘耸立着的斜坡上。然后我们走上一条非常平整的小路，小路往回能延伸到升起的太阳还没照到的那些小山中。我略带倦意地欣赏着这清晨的风景，有点儿呆板地往前走着，我也开始觉得虽然每个人的行动都悄无声息，但要想悄悄追猎的话，我们的队伍显得太大了。这时，只见有两个人向我们走过来。

其中一个是高大英俊的男子，穿一件托加袍，背着弓和箭囊，他长得很像那个罗马长老，但是少了些高贵气质。他的妻子跟在身后，非常漂亮，非常端庄，就像一个贤妻的样子，穿着一件深棕色皮革外衣，脖子上戴着用铜丝绕成一圈圈线圈的项链，手臂上和脚踝上也戴着类似的饰物。我们停下来打招呼，"你们好"，跟罗马长老弟弟交谈的哥们看上去像个部落男子，就像一个生意人正在朝他城里的写字楼赶去一样。我在他们快速地一问一答时，观察着那位十分清新的像新娘一样的妻子。她身子稍侧着站在那里，因此我看到了她那对美丽的梨形的乳房以及那两条修长干净的黑人美腿，并且津津有味地研究她令人愉悦的侧身，直到她丈夫突然用非常严厉的口吻对她说起话来，然后是解释和温和地命令的口吻，她就低下双眼绕到我们身后，在我们的注视下，孤身一人朝我们来时的小路走去。看来这个丈夫要加入我们了。那个早上他看到了貂羚，还带着一些怀疑，显然还因离开了那位我们都目送着走出视线的妻子而不高兴，但他还是带着我们往右拐上另一条已被踩踏很久而平坦光滑的小路，穿过看上去很像是美国秋天里的树林，在那里你可能会惊飞一只松鸡，使它呼呼地飞向另一座小山或冲进山谷。

不出所料，我们惊起了一群鹧鸪，看着它们飞时，我心想世界上所有的狩猎区都是一样的，所有的猎人都是同样的人。随后我们发现小路旁有道很新的捻的脚印。当我们穿过没有林下植被的树林时，第一缕阳光透过树梢穿到地上，我们发现了甚至可以称为奇迹的大象脚印，每一个都有双手环抱那么大，往下踩进森林地面的土壤足有一英尺深，说明在雨后有些公象从这里经过。看着这优美如画的森林中留下一路往下走过的大象脚印，我想到在我们美国很久以前也曾有过毛象[1]，当它们穿行于伊利诺伊州南部山区时，也会留下同样的脚印。只是我们美国是美洲的一个古老的狩猎区，而这种最大的猎物早已灭绝。

我们继续走在一片突起的令人愉悦的高原上，沿着这座小山的正面往前走，然后我们走出了山边，到了一座山谷，还有一长条远端有一片树林的开阔草地。草地的北部有一群环形小山，那里还有一个往左延伸过去的山谷。我们站在山正面的树林边缘遥望那有草坡的山谷，它往前绵延至一片旷野，在北面是一个长满草的、陡峭的盆地，盆地后面隐约能看到一些小山。我们的左侧有些陡峭、圆顶、覆盖着林木和露出地表

---

[1] mammoth，又译作猛犸，一种远古哺乳动物，与现代的象类似。

的石灰岩的小山，石灰岩从我们站的位置往上分布到山谷顶端，在那里又变成另一道山脉的一部分。我们脚下的右边，有一些小山丘和连绵不绝的草地，是一片崎岖坑洼的地区，再往前是一片长在山坡上的树林，朝下往青翠的群山延伸，那是罗马长老跟他一家居住的小茅屋两面的地区，我们也曾见过。我推测我们的营地就在我们脚下那片树林西北面大概五英里的位置。

那个丈夫站在那儿和罗马长老的弟弟打着手势说着话，表明他曾在有草坡的山谷对面的山坡上看到过貂羚吃草，还肯定地说它们不是在山谷下就是在山谷上吃草。我们在树荫里坐着，并派万德罗博-马萨伊人下到山谷去搜寻脚印。他回来说在我们所在的山谷下方和西面都没有发现脚印，所以我们明白它们一般是在草地山谷的高处吃草。

现在的问题就是怎样有效利用地形搜到貂羚，然后接近，最后纳入射程而不被它们发现。太阳已经掠过山谷另一侧的那些小山，在我们头顶上照着，而浓重的阴影还笼罩着山谷另一侧的其余地区。我只带着姆科拉和那丈夫跟我走，叮嘱其余人在树林里原地待命。我们就在山谷靠我们这一侧的森林中往上爬，直到能够用望远镜观察到山谷较高的弯曲处那一小块凹地,在那里搜寻着貂羚。

可能有人会好奇我们之间语言不通,那行动是怎么商讨、计划并取得理解的呢?这很简单,我们都是猎手,所以不需要任何语言,都是自由直率地商讨并清晰地达成共识的,我们就像一支说同一种语言的骑兵巡逻队。可能只有加利克除外,我们只需食指发信号,用一只手表示警告,所有事就都能解决、理解和达成一致了。我们离开大家后,小心谨慎地朝前面走到了森林的后面,开始往上攀登。等我们爬得够高够远时就脱离了森林,到了一个多岩石的地区。我靠在岩石后面,为防太阳光照在镜头上而反光,我用帽子挡在望远镜上,姆科拉认为这么做很实用,就点了点头,低低地发出咕哝声。我们用望远镜观察草地对面的森林边缘地区,还一直冲上观察山谷另一端的那一小块地区,果然在那里发现了貂羚。姆科拉比我早一瞬发现了,拉了我的袖子一下。

"看,就是它们。"我压低声音说,然后屏住气息盯着它们。那些貂羚在很远的地方,看上去都是黑乎乎的,脖子粗大,身体壮实,都长着往后弯的角。有的正躺着,还有一头正站着。我们能看到七头。

"公的是哪头?"我悄声问。

姆科拉伸出立起四根手指的左手表示有四头。躺在高高草丛里的貂羚中有一头看上去确实要大得多，两只角弯曲的幅度也更大。现在我们面向着早上的太阳，很难看清。它们的后面有一条山沟，一直延伸到封住山谷尽头的那座山中。

现在我们知道该怎么做了。为了不被貂羚发现，我们必须往回走，从远处往下穿过草地，再从另一侧进入森林，经过森林最后爬到貂羚的上方。我们先得查清那个要穿越的森林或草地里确实没有其他貂羚才能开始绕行。

我将手指打湿，举起来感觉风向。微风好像是往山谷南面吹的。姆科拉捡起一些枯叶，把它们揉烂，往空中一抛。它们落在了我们面前一点。风向没错，现在我们必须用望远镜对这森林边缘好好检查搜索一番。

我的眼睛被八倍望远镜磨得生疼，但什么都没发现。姆科拉最后也说："没有。"我想我们必须去森林里试一下。也许我们会惊动什么动物，把貂羚吓跑，但是我们必须得试着绕个圈子爬到貂羚上方去。

我们按原路下山返回，告诉了其他人实际情况。为了我们能够在不被山谷较上端正待着的貂羚发现的情况下穿过山谷，我们使劲儿弯着腰。我手拿着帽子，一直走进高高的草丛，跨过陷得很深的往下流经草地中央的水道，然后再穿过水道旁的岩石架，爬上另一侧长满草的岸边，始终在山谷的一个起伏处的边缘下面走着，进到了树林深处。最后我们排成一行，在树林里猫着腰向北穿行，试图爬到貂羚的上方。

我们尽量悄悄地、快速地向前推进。我自认为自己实在是追踪过太多次的大角羚羊了，想着在绕过山肩时这些貂羚仍会待在原地时，结果却发现它们吃过草后就离开了，而且它们一旦进入森林就再也看不到了。我总认为我们在避免气喘吁吁、手抖得厉害而无法开枪的前提下，尽快赶到它们上方是非常重要的。

途中姆科拉的水壶跟口袋里的子弹撞出了一次声响，我停下来，让他把水壶递给万德罗博-马萨伊人。看来我们是过分自信了，参与这次猎杀行动的人太多了，虽然他们都像蛇一样悄悄移动，而我也确信貂羚看不见在森林里面的我们，也闻不到我们的气味。

最终，我确定我们已经爬到了貂羚上方，它们一定经过太阳照射下的森林里一个树木不多的地方，到了我们所在的小山的山脚下，就在我们下面。我检查瞄准器，看到很干净的孔径，然后擦干净眼镜，抹掉额头上的汗，牢记着把用过的手帕放进左边的口袋里，这样就不会因再用它擦眼镜，把镜片弄脏了。我和姆科拉以及那个丈夫开始向森林边缘走去，最后差不多爬到了山脊边。到了那里，我们躲在一小丛灌木和一棵倒着的树后面，一抬头就能看到貂羚站在三百码外长满草的空地上，它们在树荫中显得又大又黑，但仍有一些树隔在我们和下面空旷的草地之间。我们之间隔着被阳光直晒着的很零散的林木和开放的峡谷。我们正在观察时，两头貂羚站起来，似乎正在那里朝我们看。这时可以开枪，但是我趴着的地方距离它们太远了，没有命中的把握。我正趴在那里观察时，突然感到有人碰了一下我的胳膊，我一看，原来是加利克爬上来了，他嘶哑地小声说："Piga！Piga，B'wana！Doumi！Doumi！"他是在说让我开枪，那是头公貂羚。我回头一瞧，只见所有人都在后面趴着，有的肚子贴地，有的手脚贴地，而那万德罗博－马萨伊人像只猎鸟犬一样全身发抖。我十分生气，做手势让他们全都退回去。

嗯，原来那真是一头公貂羚，它比姆科拉和我早前看到躺在那里的那头大得多。那两头貂羚正朝我们望过来，我低下头，心想没准它们是发觉了我眼镜上反的光。当我再次非常缓慢地抬起头，并把手遮挡在眼镜上时，那两头貂羚不再望向我们，低头吃起草来。但是其中一头又焦虑地抬起头来，我看到这头深色、壮实、冲后弯着的角像两把短弯刀的羚羊正凝视着我们。

我从未见过貂羚，对它们毫不了解，既不知它们的眼力是否像无论你在多远的距离看见它，它都能看见你的公羊一样敏锐，也不知是否像即使你离它两百码，但只要你不动它就看不到你的公驼鹿一样。我也不知它们究竟多大，但是我推测它们与我们之间相距足有三百码。我知道如果我用坐姿或者卧姿开枪的话，我肯定能打中一头，但是能打中它什么部位我可就说不准了。

然后加利克又催："打，老板，打呀！"我转身对着他，真想扇他的大嘴巴。如果能扇他那真是大快人心。现在加利克硬是把我搞得紧张起来了，其实我刚发现貂羚时一点儿也不紧张。

"太远了。"我悄声对姆科拉说，他也爬到我身边趴着。

"是的。"

"打吗？"

"不，再用望远镜看看。"

那里刚才有七头貂羚，我们都慎重地拿望远镜再次观察，现在我只能看到四头。如果那头大的真像加利克所说是头公的，那这四头就全是公的。在阴暗处看上去它们都一个颜色。它们的角都挺大的。我知道美国的山羊总是公的聚在一起，直到冬季快结束时，他们才去找母羊；而在夏末，你会看到发情期前的公驼鹿也聚在一起，等到繁殖结束后它们又会聚到一起。在塞雷尼亚，我们曾看到多达二十头的公黑斑羚聚在一起。我在心里猜测，不出意外的话它们没准都是公的，但我要的是一头好的，一头最好的。我尝试回忆曾读过的有关貂羚的文章，但我能想起的只是一个愚蠢的故事。它讲的是有个人每天早上都在同一个地方看到同一头公貂羚，却从不接近它。我能回忆起来的只有我们在阿鲁沙[1]一个猎场看守人的办公室里见过的那对漂亮的角。而现在貂羚就在前面，我必须照规矩行事，打到最好的一头。加利克从没见过貂羚，这令我很诧异，姆科拉和我对它们的了解并不比他少。

"太远了。"我对姆科拉说。

"对。"

"来吧。"我说，然后挥手示意其他人都下去，我们和姆科拉开始往上爬，打算爬到小山边上。

我们慢慢地爬到一棵树后停了下来，我打量了一下树的周围。在这里我们能用望远镜清楚地看到最大的那头貂羚的角，还能看到另外三头。其中一头显然

---

[1] 当时位于坦噶尼喀（现坦桑尼亚）东北部的一个欧洲人聚居地。

是最大的，正躺着，从侧面看上去，那两只角往后弯得比另外三头的更高，伸得更远。我打量着它们，激动得竟然忘了高兴。这时，就听到姆科拉悄声叫我"老板"。

我放下望远镜一看，只见加利克正毫不遮掩地匍匐爬向我们。我伸出手，掌心冲着他，挥着手让他下去，但是他根本视而不见，继续往前爬，就像一个人在大街上手脚并用地爬着那样扎眼。我看到一头貂羚冲我们看，那根本就是被他吸引过来的，然后另外三头都站了起来。那头大貂羚站起来侧身而立，把脑袋转向我们，这时加利克爬上来悄悄说："打呀，老板！公的！公的！大的公貂羚。"

它们绝对受到了惊吓，现在没有其他选择了。我立刻肚皮贴地平卧着，将胳膊穿过枪带，双肘支在地上，右脚趾抵着地，冲那头公貂羚的肩膀中间扣动扳机。但子弹的呼啸声告诉我，这枪打坏了，打得太高了。貂羚们都蹦了起来，然后站住四下张望，也不知响声是从哪儿来的。我又打了那公貂羚一枪，溅了它一身泥土，它们随后都跑了起来。我站了起来，瞄着它，在它奔跑时一枪击中了它，它应声而倒。然后它挣扎起来，不甘心，我又开一枪击中它，虽然被打中，但它还是跟着其他三头一起跑着。它们慢慢超过了它，我又开一枪,不过打在了它后面。然后我又打,击中了它,它跑得越来越慢,落在后面,我知道它是我的了。姆科拉把子弹递给我,我接过来把它装进斯普林菲尔德步枪那该死的、差劲的、有些错位的弹膛,同时看到那头貂羚正在拼命地跨过水道。最终,它是我们的了。我看得出来它伤得很重。其他的貂羚正向树林里冲去。在另一侧阳光的照射下,逃跑的几只和我打中的那只颜色看上去都比较浅。逃跑的几头看上去是深栗色的,但我打中的那头几乎是黑色的。我感到什么地方出了问题,它也不是全黑的啊。加利克正要抓住我的手表示庆贺,我没搭理他,把最后一颗子弹压进了弹膛。此时,我们脚下的一片开阔地上,那几只受惊吓的貂羚开始飞速向远处逃窜着,而这开阔地正是我们看不到的那条冲沟通往山谷顶端的起点。

"我要全力捕获一个最大的,上帝啊。"我在心里叫道,可它们看上去跟我打中的那头一个样。它们长得都差不多,正挤成一团往前冲,随后,那头公貂羚闪现出来。即使在阴暗中,它都黑得无与伦比,阳光一照就闪闪发亮,它翘得很高的角往后弯着,几乎碰到背脊的中央,看上去又大又黑,呈两个巨大的弧形。它绝对是一头公貂羚。上帝啊,多么完美的公貂羚啊。

"公的，"姆科拉在我耳边说，"是公的！"

我朝它开了一枪，它应声而倒。它又慢慢爬了起来，其他的貂羚从它身旁跑过，先是四散跑开，而后又聚拢在一起。我没打中它。我看到它后来几乎径直地跑上了山谷的斜坡，我又向它开了一枪，它钻进高高的草丛中消失了。此刻那群貂羚呈散开队形飞快地跑着，正爬上山谷顶部的那座小山，爬向我们右侧的山上，往山谷对面森林里的那座山上爬。现在我已经看到了一头公貂羚，就知道其他的，包括我第一次打中的那头都是母的。那头公的再没出现过，而我绝对相信只要顺着它往下跑进高高的草丛的地方追，我们肯定能找到它。

大伙一下子围了上来，并与我一一握手，拉大拇指，之后我们一起穿过树林，翻过冲沟边缘，一路狂奔着跑向草地。我的眼睛、我的脑子和我的全身心都是那头黑色公貂羚和它那两只雄伟的弯角，我要感谢上帝，能让我在它出现之前把步枪重新装弹。但是我为我在兴奋状态下进行的射击而感到羞愧，因为当时太兴奋，我没有朝着正确部位射击，而是冲着整个身子射击，但这时大家都兴奋得像喝醉了一样涌向前去。我情愿慢慢走过去，但是你没法阻止住他们，在我们奔跑时，他们就像一群猎犬那样狂奔着。我们穿过第一次发现那七头貂羚的那片草地，冲过那头公貂羚消失的地方时，突然那里的草高过了我们的脑袋，此时我们不得不放慢脚步。草里面有两条被冲蚀的隐蔽的冲沟，有十到十二英尺深，往下通往水道，而原来从远处看到的像是一个平整的、长满草的盆地，现在竟然变成了一片坑坑洼洼、非常棘手的地区，盆地上还有从齐腰高一直到没过我们头顶的草丛。不过很快我们就发现了一道血迹，这只受伤的貂羚是穿过水道往左去的，它登上了左面通往山谷顶部的山坡。看上去它的步幅要比我们原先在山上森林里看着它行走时要大，起初我还以为是第一头貂羚留下的血迹呢。我转了一大圈很想搜到那头大的公貂羚的踪迹，但是没法从大量的脚印中辨别出它的脚印，也很难在高高的草丛中和崎岖坑洼的地区中推测它是跑到哪里去了。

他们都在搜寻血迹，这就好像试着让一群训练得很差的猎鸟犬去搜寻一只死鸟，而它们还正疯狂地追踪着其他鸟。

"公的！公的！"我用斯瓦希里语说，"大的公貂羚！公貂羚，最大的公貂羚。"

"对，"大家都赞同，"这里！这里！"那道血迹穿过了水道。

最终，我认为我们应该一次只对付一头，尤其是在知道这一头还受了重伤的情况下,而另一头过后再说,于是就沿着这条路追了下去。但没准我可能弄错了,我记得以前我也弄错过,没准这一头正是那头大的公貂羚,也许它在高高的草丛里转过身来跑过了这里,而我们却在往下奔跑。

我们上山坡,钻树林,迅速地追踪着,到处都是留下的血迹。我们转弯往右爬上了陡坡,惊动了山谷顶部几块大岩石间的一头貂羚。它在岩石阵里连爬带跳地逃窜。一瞬间我看出它没有枪伤,还看清尽管它长着深色的弯角,但它深栗色的皮毛说明它是头母的。于是我把刚要拉枪栓的枪放了下来。幸亏我及时在开枪前发现了这一点。

"母的,"我说,"那是头母的。"

姆科拉和那两个罗马向导都表示同意。我刚刚差点儿就射它了。我们朝前继续走了五码左右,又惊动了一头貂羚。但是这头貂羚只是拼命地摇晃着头,就是出不了岩石堆。它受了重伤,我不紧不慢、小心谨慎地开枪打断了它的脖子。

我们走到了它的身旁,它躺在岩石堆中,是一头几乎是黑色的深栗色的大动物,有一片白肚皮,漂亮地向后弯曲的角是黑色的,在口鼻处和眼睛旁都有一片白斑,但它偏偏不是公的。

姆科拉仍然不太相信，他摸了摸那些短小的、刚刚发育的乳头，证实说："确实是母的。"然后就伤心地摇摇头。

这就是加利克第一次给我们指的那头"大公貂羚"。

"在那下面的才是公的。"我用手一指说。

"对。"姆科拉说。

我想如果它受伤不重，我们应该给它点时间，等它变得虚弱时再往下搜寻它。于是我让姆科拉和老头儿留下来剥这头母貂羚的头皮。姆科拉为方便剥皮，先拿刀在这头母貂羚的头皮上划了几道口子，我们则下山追那头公貂羚去了。

这会儿太阳已经爬上山，天气开始变热。跑了半天，攀爬半天后，我口渴极了，拿出水壶喝了些水。随后我们从山谷对面的山坡下山，刚刚我们搜索那头受伤的母貂羚时就是从那里爬上来的。我们在高高的草丛里分成几队，开始寻找这头公貂羚的下落，但我们一无所获。

我们寻找着，在我第一次打中它的地方的草茎上找到了一些血迹，后来血迹跟丢了，再后来又找到了，那里还有冲着别的方向的另一道血迹。跑出草丛时那几只貂羚是结队行动的，每一只貂羚的脚印都和其他的脚印混在一起或被覆盖了。而后,貂羚逃跑时成扇形散开了,脚印也就分散了,它们爬上山坡和小山后,我们就再也找不到它们的踪迹了。最后,我在山谷上方大概五十码的一片草叶上发现了血迹,我把草叶拔起来,并举了起来。我这样做犯了一个错误。此时除了姆科拉,所有人已经都对追猎那头公貂羚失去了信心,我应该把大家都叫过来,把这枚草叶展示给大家看看的。

它不在那儿。它不复存在了。它消失了。可能它从没存在过。谁能保证它真的是头公貂羚呢?如果我没有把那片带有血迹的草叶拔起来,没准我还能保持他们的信心。证据就是长在地上的带着血迹的草叶。除了对我和姆科拉有意义之外,对别人说明不了什么。可我再也找不到其他血迹了,现在大家都在将信将疑地追踪了。把每一英尺的高高的草丛都搜遍,把每一英尺的冲沟都勘察完是现在唯一可行的办法。顶着酷热的天气,大家只是装作在追踪而已。

加利克追了上来。"都是母的,"他说,"没有公的。你杀死的是最大的母貂羚。我们搜到了它,那儿只有最大的母貂羚。逃走的都是小一些的母貂羚。"

"你这浑蛋,"我说,然后扳着手指算起来,"听好了。有七头母的,还有十五头母的和一头公的。被击中的公的就在这附近。"

"都是母的。"加利克说。

"打中一头大的母貂羚,还打中一头公的。"为让大家都表示赞同,我用斩钉截铁的口气说。于是大家又搜了一会儿,但是他们很明显已经对抓到那头公貂羚丧失了信心。

"如果我有一条好猎犬,就一条好猎犬就行。"我心想。

然后加利克凑过来。"都是母的,"他说,"很大的母的。"

"你才是母的,"我说,"很大的母的。"

这句话一说完,立即逗得本来要露出一副愁眉不展的样子的万德罗博-马萨伊人大笑起来。我看得出来,罗马长老的弟弟对能找到公貂羚将信将疑。而到这会儿,那个丈夫对我们所有人都已经不再信任了。我觉得他甚至连昨晚发现的捻都不相信。算了,经过这一次射猎,我也不能怪他。

姆科拉走过来郁闷地说:"没有。"然后又说:"老板,你打中那头公的了吗?"

"打中了啊。"我说。一时间我还开始怀疑那头公的是不是真的存在了。我之后似乎又看到它那壮实雄伟、肩部高起的黑色身体,还有那两只翘得特高还往后弯曲着的大角,看见通体乌黑的它,肩膀远高出与它一起奔跑的其他貂羚。姆科拉作为一个不相信没看到的东西的野蛮人,却居然在我这样臆想着看到它时也通过这团升起的疑团看见了它似的。

"是的,我看见它了,"姆科拉表示同意,"你开枪击中了它。"

我又重复一遍。"打中了七头母的中最大的。在十五头母的、一头公的之中打中了那头公的。"

他们现在又都暂时相信了这一说法,于是转着圈子继续搜索,但是他们的信心很快就被酷热的阳光和被风吹乱的草丛搞没了。

"都是母的。"加利克说。张着嘴巴的万德罗博-马萨伊人点了点头。我能感到自己的信心也丧失了,但又觉得有几分舒心。一想到不用在这空旷暴露的小盆地里,还有那陡峭的山坡上顶着大太阳追猎,真是觉得轻松多了。我对姆科拉说,我们可以从山谷两侧往上搜索,等把母貂羚的头皮剥完,我跟他可以下山单独去寻找那头公貂羚。我没有权利去严格命令他们,因为他们一直没机会得到我的训练,我更不能因为他们不信我就朝他们开枪。加利克简直是个捣乱鬼,他并不讨人喜欢。要是这里没有法律,我早就开枪打死加利克了,这样其余人要么去追猎,要么就给我滚蛋。

我相信他们会愿意选择追猎的。

姆科拉和我返回到山谷底部,转着圈子在那里四处探寻,跟踪并检查一道又一道脚印,就像两只猎鸟犬。我又热又渴。这会儿阳光真成大问题了。

"没有啊。"姆科拉说。无论它是公还是母,我们弄丢了它。我们再也找不到它了。

"没准它就是头母的。没准这都是愚蠢的想法。"我为了宽慰自己而这样怀疑着。我们计划爬上右边的山坡搜寻,然后把所有地方检查一遍,再带着那只母貂羚的头回营地,看看罗马长老有什么收获。

我已经喝光了水壶里的水,渴得要命。我们要回营地去补水。

我们开始爬山,在一片灌木丛里我惊动了一头貂羚。在发现是头母的之前,我几乎要朝它开枪了。我想这正好说明一头猎物可以隐藏得多么好。我们不得不集中所有人,再把这个地区全部搜一遍。就在此时,只听那老头儿狂喊一声。

"公的!公的!"一阵高亢的尖叫声。

"在哪儿,哪儿?"我急速回应着,并跑向山另一边的老头儿。

"在那边!那边!"他喊道,并指向了山谷顶部另一侧的森林。"那边!那边!它往那边跑了!就那边!"我们拼命狂奔,但是到那之后那头跑进山坡上的森林的公貂羚还是消失了。老头儿说它是黑色的,块头很大,长着两只大角,从距离他十码远的地方经过,它的腹部和屁股两处被打中了,伤势很重,但跑得仍然很快,穿过山谷和那些大石头,跑上了山坡。

  我想它是等我们都走了,又跳了起来的。我记得我是先打中了它的腹部。然后在它逃跑时,它的屁股被我的另一颗子弹击中了。它栽倒后昏死了过去,我们没搜到它。

  现在每一个人都兴奋起来,跃跃欲试。老头儿一边唠叨着公貂羚,一边叠好母貂羚的头皮,头上顶起了它的头骨。"出发。"我说。我们就一路向上,穿过岩石堆,沿着倾斜的道路往山坡上爬。在老头儿指示的地方,我们发现了一道很大的貂羚脚印,蹄印与蹄印之间距离很宽,一直往上进入森林,一路上留下了血迹,大量的血迹。

  跟踪血迹在树林里追猎是件很容易的事。我们迅速追踪着它,希望能把它吓得蹦起来,好冲它开枪。但是它一直绕着小山往上爬坡,速度还很快。我们全力追着鲜亮润湿的血迹跑,可就是追不到它。我心想没准能在它回头张望时或在它穿过树林翻过小山往下跑时发现它,所以我一直注视着前面,并没有盯着血迹跑。姆科拉和加利克在内的所有人都在一起追踪，除了那步履蹒跚的老头儿，姆科拉把空水壶挂在他身上，加利克把电影摄影机也让他背着。他还用自己那花白的脑袋瓜顶着母貂羚的头骨和头皮，摇摇晃晃地在后面跟着。

有一次，我们追踪到了那头公貂羚曾经休息过的位置，并检查它是否折返了。只见有个灌木丛后面的一块岩石上有它曾驻足时留下的一小片血迹，我不禁咒骂起在我们赶到前就把我们的气味送到这里的该死的风。此时微风变大，足以让任何能动弹的动物在我们赶到之前闻到我们的气息而吓跑，我确信我们没机会吓唬到它了。我本想让其他人继续跟踪，我和姆科拉赶到前面包抄，但我们跑得都很快，石头、落叶和草上的血迹都还是鲜亮的，而我们也难以从那些特别陡的山那里包抄过去。我搞不懂我们怎么能跟丢了它。

之后，它的足迹把我们往上引入了一片岩石堆积、沟壑遍布的地区，在那里爬行艰难，我们放慢了追踪的速度。在那里我们还是一无所获。我想，也许我们能在这里的一条冲沟里让它惊吓起来，可是那些现在已经干了的血迹绕过了那些石块，翻过岩石一路往上而去，而再往上就到了一个突兀的岩石架上，对它来说那座山太陡峭了，没法爬到顶部翻过去。那里已经没有其他出路了，除了下山。但是它是从哪里走的，又选的哪条峡谷呢？我派他们沿着三条它可能逃走的路去搜查，并试着走到岩石架边寻找它的踪迹。他们没发现任何血迹。随后，在右下方的万德罗博-马萨伊人大叫一声，说他找到了血迹。我们就爬下去，看到一块岩石上有血迹，然后沿着一条向下陡直地通向草地的路追踪了下去，不时能发现几摊已经干了的血迹。知道它开始下山，我又增加了信心，感觉在长满齐膝深的茂盛草丛里追踪又变得容易多了，因为茅草刮擦着它的肚子，所以从草茎上可以清晰地看到血迹，但你不弯腰九十度，并拨开草丛，你就无法发现脚印。不过现在血迹已变干，不再鲜亮，我这才知道它为了浪费我们的时间，把我们诱入了山上的岩石堆中。

现在天上没有一片云，酷热的阳光让我口渴难耐，头上好像有一种压着要人命的重量。天气很热，但真正令人心烦的是阳光的重量，而不是酷热。最终，在那天早上我们第一次看见的那片草地附近，它的足迹穿过干涸的河床，转入了对面斜坡上的林木稀疏的地区。

除了我之外，大家都已经灰心了。我们慢慢地追踪着，阳光已经把晒硬了的地面、貂羚的血迹变成了矮草丛上的一些黑色斑点。罗马长老的弟弟、加利克和万德罗博-马萨伊人一个又一个地坐在稀疏林木的树荫下,放弃了追踪。加利克已经放弃认真地追踪了,他只是在姆科拉和我因为失掉线索无计可施时,才做戏似的帮下忙,找到血迹。他不愿再像平常那样追踪了,而是令人恼怒地先休息一会儿,然后再猛追一下。万德罗博-马萨伊人此刻毫无用处,就像只蓝色松鸟,为了让他派上些用场,我让他扛着姆科拉拿着的长枪。罗马长老的弟弟显然不是个猎手,那个丈夫看上去也不像是猎手,对此不大感兴趣。

炎炎烈日下,尽管我把一块手帕挡在脖子上,但因为必须得弯腰弓背追踪,所以仍感到头疼得很厉害。

姆科拉缓慢平稳地追踪着,注意力全集中在这上面。阳光照得他汗水满布的秃脑袋亮堂堂的,汗水流进他眼睛里时,他就拔起一根草茎,两只手分别拿着它把前额和乌黑的秃脑袋瓜上的汗水擦掉。

现在顶着个毒辣的太阳,置身酷热中,你就会感觉到它怎样折磨你的脑袋,简直像要晒熟了它。我们只能慢慢前行。我经常跟老爹打赌说我比姆科拉追踪的本领要大,但现在我意识到,我之前当血迹不见了,后来又被发现时的两次表现就跟加利克一样。而在硬地上的矮草丛中追踪时,在那儿发现的血迹就像一个已干掉的黑斑粘在草叶上,难以分辨;你必须寻找下一个也许在二十码之外的小黑斑点，一个人看着最后找到的小黑斑，另一个人寻找下一个然后继续前进；每个人靠着小径的一侧走，用草茎指出血迹，避免说话，直到血迹又找不到了。你的眼睛盯着最后找到的那个血迹，两个人为重新找到血迹四下探寻，举着一只手发着信号。我嘴巴干得说不出话，此刻地面刮起一股热浪，为了让脖子不再那么疼，我直起腰来朝前望，这时我才明白姆科拉不知比我强多少倍，而且还是个更棒的追猎手。我心想以后得告诉老爹这些。

正在我渴得说不出话的时候，姆科拉还跟我开了个玩笑。

"老板，"姆科拉看着已经直起腰来的我说。我正后仰着脖子，减轻肌肉痉挛带来的疼痛。

"什么事？"

"来杯威士忌吗？"他将长颈酒瓶拿给我。

"你这浑蛋。"我用英语说，他摇着头咯咯地笑着。

"真的不喝威士忌？"

"你这野蛮人。"我用斯瓦希里语说。姆科拉摇着头乐着，觉得很搞笑。

休息之后，我们又开始了追踪，不久后草比原来的高了，搜索又变得容易起来。我们穿过一大片覆盖稀疏林木的旷野，就是早晨在山腰上见过的，走下一个山坡，那些脚印又往回走进了高高的草丛。在这片更高的草丛中，我发现即使半闭着眼睛都能看到它穿过草丛时肩部遗留的痕迹，于是我都不去注意血迹，快速地向前追去。这令姆科拉十分惊愕，但是等我们再次追踪到矮草丛和岩石堆时，又遇到了最棘手的情况。

太阳和酷热肯定已经烤干了它的伤口，它已不再大量出血了，我们只能偶尔发现溅到岩石地面上的一些斑斑点点的血迹。

加利克追了上来，有两次非常有本领地发现了血迹，然后就坐在一棵树下。可以看到另一棵树下那可怜的老万德罗博-马萨伊人在第一次也是最后一次当扛枪者。那老头儿坐在另一棵树下，他把各种装备挂在双肩，身边摆着的母貂羚的头颅就像一些黑暗弥撒的某种标志。只有姆科拉和我缓慢吃力地在继续追踪着，翻过长长的石山坡，再折回来往上走，进入另一片林木稀疏的草地，然后穿过这片草地，进入了一块在尽头有一堆大石头的狭长的空地。在空地中间我们又把它的踪迹弄丢了，于是搜索了近两个小时，绕了半天圈子才又发现了血迹。

那老头儿发现血迹就在那堆大石头下向右半英里的位置。老头儿对于那头公貂羚将要做什么有他自己的推断，他就靠着这推断率先向那下面走去。这老头儿是个真正的猎人。

随后我们非常缓慢地追踪它，直到一块一英里外的坚硬的石头地面上。但是地面太坚硬，不可能留下痕迹，我们再也没找到血迹，没法追踪下去了。这个地区太大了，而我们也缺乏运气，我们只能靠对这公貂羚会往哪里去的种种猜想去追踪。

"没有用。"姆科拉说。

我直起腰走到了一棵大树的树荫下。那里微风吹拂我的湿衬衫，皮肤感到很凉快，就像在冷水里一样。现在我对这头公貂羚感到懊悔之极。再说，我想得到它，我想得到它都想疯了，我想得到它的心情难以表达。此时我在向上帝祈祷我想着的那头公貂羚，还不如根本就不开枪打它。现在我打伤了它，还失去了它。它一点儿要转个圈儿再返回来的迹象都没显露出来，我相信它一直坚持着逃离了这个地区。今晚它就会死掉，那些鬣狗会吃了它，或者更糟的是在它死之前它们就发现了它，并咬断它的脚筋弄倒它，活活把它的内脏扯出来。发现血迹的第一只鬣狗会盯住它不放，直到找到这头公貂羚。然后它会叫来其他鬣狗。我感到自己很愚蠢，明明打中了它却没有打死它。只要杀得果断干脆，杀死任何东西、任何动物我都没什么负疚感，反正它们总会死的。而我很少参与那些一直在持续的夜间狩猎和季节性狩猎，因此我没有一丝的负罪感。我们吃动物的肉，收集动物的皮毛和角。算了，我们已经对它使出全部本领了。我们错过了它一开始下山时的机会。一旦我们失去了一次机会。不，我们最好的一次机会，也是一个步枪手能得到的唯一的机会，却被我朝它整个身子开枪而不是指哪儿打哪儿地开枪浪费掉了。我真是个浑蛋，这是我自己犯下的令人恶心的错误，居然朝它肚子开枪。这都是因为做某事时过于自信，而后在具体怎么做时疏忽了某个步骤。算了，我们已经失去它了。我怀疑在这酷热之时世界上有没有一只猎犬能追踪到它。但这也是唯一的机会。我掏出词典，问那老头儿罗马长老那个地区有没有狗。

"没有。"老头说。

我们绕了个大圈子，我还派罗马长老的弟弟和那个丈夫到另一个地方去绕圈搜索。没有踪迹，没有脚印，没有血迹，我们一无所获，我就跟姆科拉说我们开始返回营地吧。罗马长老的弟弟和那丈夫去山谷另一侧拿我们打到的那头母貂羚的肉。我们还是失败了。

我和姆科拉带头，其余人在后面跟随，大家穿过这片很长的热浪滚滚的开阔地，向下翻过干涸的河床，再向上进入那条穿过树林的舒服的树荫小路。为了避免沿着小路绕远赶路，我们在星星点点的阳光和树荫下，在森林中平坦而有弹性的地面上穿行。不到一百码处，我们发现森林里有一群貂羚站着望着我们。我把枪栓往后一拉，搜寻有一对最好的角的目标。

"公的，"加利克悄声说，"公的大貂羚！"

我顺着他手指的方向望去。那是一头很大的深栗色的母貂羚，脸上有白色斑点，肚子是白色的，身体壮实，一对角曲线优美。它侧向我们站着，扭过头观察着。我仔细搜索着整群貂羚。它们全是母的，显然那头被我打伤又没捕获的公貂羚就是这群里的，它们翻过小山后重又在这里聚集。

"我们回营地。"我对姆科拉说。

我们朝前走时，那群貂羚都跳了起来，从我们身边跑过，穿过了前面的小路。每次加利克看到一对漂亮的角都会说："公的，老板。大的，大的公貂羚。开枪吧，老板。开枪，哦，开枪啊！"

"都是母的。"我一边看着它们恐慌地穿过阳光斑驳的森林跑过去，一边对姆科拉说。

"是的。"他赞同。

"老头儿。"我说。老头儿走了过来。"让向导顶着这个头。"我说。

老头儿取下了自己头顶上母貂羚的头颅。

"不。"加利克拒绝说。

"要，"我命令说，"就是要你顶着它。"

我们穿过树林继续走回营地。我感觉好些了，更好了。我这整整一天都没想过捻。现在大伙都在营地等着我们，我们要回去了。

这次回家的路感觉尤其长。通常来说，沿着一条新的小路走回家，路会显得短一些，但我骨子里都觉得累，头像开了锅一样，有生以来从没像现在这么渴过。但是在穿过树林时，天气突然变得凉快多了，原来是太阳被一片乌云遮住了。

我们走出森林，走到了下面的平地上，看到了那道荆棘栅栏。一大片乌云遮住了太阳，过了没多久，天空就被云全遮住了。乌云密布，随时可能下大雨。这反常的酷热是雨季来临的前兆，我想今天可能是最后一个晴朗酷热的日子了。开始，我想，只要一下雨地上就会留下脚印，我们就能守株待兔等到那头公貂羚；后来，看着那羊毛一样的乌云迅速布满天空，我想我们最好马上启程，才能与全队人马聚齐，而后开着车沿着十英里的黑色松软道路一路赶到汉德尼。我指了指天空。

"很糟。"姆科拉也赞同。

"要去姆库瓦老板的营地吗？"

"那最好了。"然后他毅然接受了这个决定，"好的。好的。"

"我们走。"我说。

我决定离开了,因为如果这里下暴雨,我们甚至连走到大路上都困难。如果大路上下着很大的雨,在这个季节我们也没法离开这里去海岸边。到了那道荆棘栅栏和小茅屋后,我们赶快拆除营地。那里有个信使,他带来了P.O.M.和老爹在我们上个营地动身前写的一张便条,还带来了我的蚊帐。便条上只是写了些祝我们好运的话,他们也要出发了。我拿起一只帆布袋喝了点水,坐在一只汽油桶上仰望天空。我不敢心存侥幸地留下来。那个奥地利人和老爹都说过这些。我必须走了。

这件事就这么定了,今天的疲惫促使我们轻易就这么决定了。所有的东西都要往卡车上装,大家都在收集熄灭的篝火旁的树枝上插的肉。

"你不想吃饭吗,老板?"卡马乌问我。

"不吃,"我说。然后用英语说,"太累了。"

"吃些吧。你肯定很饿了。"

"一会儿到了车上再吃吧。"

姆科拉的脸只有在谈射猎或开玩笑时才会有生气,此时他正面无表情地扛着一包东西走过去。我在篝火旁找到一个锡杯,就叫他把威士忌拿来,随后他从口袋里掏出长颈酒瓶时，那张空白的脸挤眉弄眼，挤出了一点儿笑容。

"最好兑些水。"他说。

"你这黑佬。"

其他人都在麻利地干着活，罗马人的两个妻子走了过来，站在不远处，看着大家把东西装上卡车。她们相貌漂亮，身材很好，虽然羞涩，但也很好奇。罗马长老还没回来。我挺喜欢这个罗马长老，很敬重他，如果不跟他解释一下就不辞而别感觉很不好。

我喝了口兑水的威士忌，向靠在鸡笼子似的小屋墙边的那两对捻角望去。它们矗立在白色的、整理得很干净的脑壳上，略微往上盘旋着并叉向两边，旋转了一圈又一圈，然后转到两个光滑的、象牙一样的角尖，精致地朝里弯曲。其中一对靠在小茅屋旁的角比另一对窄些，也高些。另一对跟它高度相仿，但叉得角度更大，主干看上去更结实。它们都是看上去很漂亮的黑核桃肉色。我走过去，把斯普林菲尔德步枪竖着靠墙放在两对角之间，枪口都没有这两对角的角尖高。卡马乌把一包东西装到车上后往回走时，我叫他拿来相机，然后让他在捻头旁边站好，我给他拍了张照片。然后他拎起很有分量的捻头，把它们拿到了卡车上。

加利克正在狂妄自负地同罗马长老的两个妻子大声说话，好像他正打算用空汽油箱和她们交换一个东西。

"你过来，"我叫他。他仍带着显得自己很机灵的样子走了过来。

"听好，"我用英语对他说，"如果会有个很不得了的奇迹的话，那就是这次游猎结束之前我竟然没有揍你。而如果我揍你的话，我就把你那该死的牙床骨打碎。我要说的就是这些。"

他虽然没听懂我的话，但我的口气已经把我的意思表达得淋漓尽致，这可比从词典里挑些相应的词儿来告诉他更有效。我站起来冲那两个女人示意，可以随意拿走那些汽油桶和汽油箱。我绝不能听任加利克勾引她们而一点儿忙都不帮她们。

"快上车，"我对他说。当他开始递过去一个汽油桶时，我又说："上车。"他才朝车子走去。

我们收拾完毕，现在准备启程了。捻角和一捆捆的东西被一起绑在汽车后部，弯弯地伸了出来。我给罗马人留下一些钱，还留给那个男孩一张捻皮。随后我们上了汽车。我和万德罗博－马萨伊人坐前排。姆科拉、加利克和那送信的人坐后面，送信的是老头儿所在的那个村里的人。老头儿则头紧贴着车顶篷蹲在后车厢那一捆捆的东西上。

上路时,我还是没有见到罗马长老,不能跟他解释为什么我们要急急忙忙地离开,心里仍然很不舒服。我们挥手跟他们告别,路上经过了更多罗马人的家庭,那些年老的、更丑的人站在从河边往上横穿玉米地的那条小路边,正拿着一堆堆的肉在原木生的火旁烤着。我们顺利地过了浅浅的小溪,溪岸很干燥。我回头望向那些玉米地、那些罗马人的小茅屋、我们曾在里面扎营的围栏,还有在布满乌云的天空下显得黑漆漆的青翠的群山……

之后我们顺着熟悉的那条小路穿过树林,希望天黑之前能抓紧时间开出树林。在沼泽地段我们遇到了两次麻烦。当我们劈灌木、铲泥土时,加利克似乎处于一种极度亢奋的状态,对我们下着命令,我这次非得揍他一顿不可。有一次,我们被阻挡后,我正铲路时,他却津津有味地弯着腰出着主意,下着命令,我就装作并没看到,攥住铁锹柄狠狠地往他的肚子上顶了一下,他朝后一下子坐在了地上。我根本不往他那儿看,为了避免笑出声来,我和姆科拉、卡马乌都不敢对视。

他就像那些喜欢出风头的孩子,需要打屁股,而他则刚刚受到肉体上的惩罚。他在扮演一个得胜凯旋回家的向导。卡马乌和姆科拉都在笑他。我想他没能戴着他的鸵鸟羽饰表演真是太遗憾了。

"我受伤了。"他惊愕地爬起来说,按着肚子一遍又一遍地说。

"绝不要靠近挥铁锹的人,"我用英语说,"会很危险的。"

"揉一揉肚子吧。"我对他说,并做了个揉揉自己肚子的动作给他看。我们又钻进了车。我开始觉得有些对不起这个可怜、讨厌、一无是处、爱演戏的浑蛋,于是跟姆科拉说,我想喝瓶啤酒。此刻我们正穿过那片鹿苑般的地区,姆科拉从后车厢那一捆捆的东西里找出一瓶来给我,我打开它,慢慢地喝起来。我回头一看,看到已经没什么事儿的加利克的那张嘴巴又开始满嘴跑火车了。他揉着肚子,好像在向别人说他根本没觉得疼,自己是个多么棒的人。我喝啤酒时感觉到车篷下面的老头儿正在注视着我。

"老头儿。"我说。

"是,老板。"

"送你一个礼物。"我把只剩下些泡沫和很少啤酒的酒瓶向后递过去。

"再来一瓶啤酒?"姆科拉问。

"上帝作证,当然要了。"我说。我的脑中在想着啤酒时,也回到了那年春天我们行走在通往贝恩斯德阿利兹的山路上,还有我们在喝啤酒大赛中没能赢到一头小牛。那晚回家还绕着山路走,当时月光洒在牧场的一大片水仙上,喝多了的我们还讨论怎么描述洒在那片淡青色花上的那种光亮。还回想起我们从斯托克奥尔普湖垂钓完穿越罗讷河谷[1],钦克[2]和我坐在埃戈尔[3]的紫藤树下,木桌上放着黑啤,七叶树正盛开着花,我们又讨论起写作,讨论是否能把它们称为蜡制的大枝形烛台。天哪,我们的讨论太有文学意味了。当时大战刚刚结束,我们爱文学爱得如痴如醉,后来看了巴黎马戏场中马斯卡对勒杜或罗蒂斯对勒杜的拳击赛,或欣赏完任何一场精彩的拳击赛后回来,而且喊哑了嗓子却依旧兴奋得不想回家,在半夜里去利普酒吧喝杯上好的啤酒;但和钦克参加大战之后,去山区的那几年,喝得最多的是啤酒。火枪手喜欢旗帜,登山家喜欢悬崖峭壁,英国诗人喜欢啤酒,我则喜欢烈性啤酒。这是当时钦克说的话,引用了罗伯

---

[1] 罗讷河的发源地是瑞士南部,向西汇入日内瓦湖,流入法国后往西南流去,在马赛港汇入地中海,此处指的是瑞士南部的河谷。
[2] 钦克是英国人多尔曼-史密斯上尉的绰号,1917年7月海明威在米兰医院养伤时与他结识并成为好友。
[3] 埃戈尔在日内瓦湖东南方向,距法国边境不远。

特·格雷夫斯[1]的诗句。我们厌烦了一些国家就去另外一些国家,但啤酒一直是伴随我们的绝妙奇物。老头儿第一次看我喝酒时我就从他的眼中看出来他也体会到了这一点。

"啤酒。"姆科拉说。他已经打开了一瓶酒,我朝鹿苑似的地区望去,靴子下的汽车发动机很热,坐在我身边的万德罗博-马萨伊人像以前一样强壮,卡马乌观察着绿色草坪上的凹陷下去的车辙痕迹。我为了让双脚凉快点儿,把穿着靴子的腿都伸在车门外耷拉着,喝着啤酒,心想要是老钦克这时在身边就好了。如果现在国王陛下第五步兵团的军功十字勋章获得者埃利克·爱德华·多尔曼-史密斯上尉在这儿,我们俩就能探讨怎么来描述这片鹿苑似的地方,鹿苑这个称呼是否能够显示出它的特点。老爹与钦克很像。他俩都是好伙伴,老爹比他大,因此更宽容些。我和钦克曾一同探索了世界上很多地方,后来我们就各忙各的了,我现在正跟老爹学习。

我又回想起当时猎杀貂羚的情景,真应该杀了那头该死的公貂羚,但是得移动射击。我需要把它整个

---

[1] 格雷夫斯(Robert Graves,1895—1985),英国诗人、小说家、评论家,代表作有一战回忆录《向一切告别》、历史小说《克劳狄乌斯一世》和爱情诗等。

身体作为靶子才能击中它。就是如此,这头浑蛋。但是那头射失了两次的母貂羚又怎么解释呢?它一次是卧着,一次是侧面站着。那也称得上是移动目标吗?不。假如昨晚我早点儿上床睡觉,就不会那样做了。又或者,我要是清理过枪管,把里面的油渍擦掉,在我第一次射击时那头母貂羚就不会跳那么高,也就没有我扑倒在地,第二枪打中它肚子下面的事了。如果心里头确实明白,就该知道那所有不走运的事儿都是自找的。我还认为我射猎的技术比我实际表现出的更好,还因证明它而输掉了很多钱,现在我冷静而客观地明白了我用步枪射击猎物的技术同世界上任何狗娘养的都一样好。我绝对能和他们干得一样棒。那又如何呢?我还是击中了一头公貂羚的肚子并失去了它。可我自以为很好的射击技术是不是真有那么强呢?肯定是这样。那我怎么会射失那头母貂羚呢?见鬼,人人都会有失手的时候。你以为你是谁啊?我的良心感觉如何?听好了,我的良心很安稳。我知道自己是哪种浑蛋,我还知道我对什么拿手。要不是我被迫离开并撤走,我肯定会打到一头公貂羚。要知道罗马人是好猎手。那里还有一群貂羚。我为什么只能留一晚就离开呢?那还有什么办法射猎呢?见鬼,不。我要再找点儿机会赚些钱,等我们回来时要开着卡车去老头儿的村子，拉上一些脚夫，就不必担心那该死的车子会受困了，之后再送他们回去。在那些罗马人茅屋上方的小溪上游的树林中扎营，在那地区从容地狩猎并住下，每天都外出打猎。有时休息一下，用一个星期或半天时间写东西，也可以隔天写，最终就像我熟悉我们从小成长起来的那个湖[1]附近的地区一样，熟悉起那里来。我会看见在自己生活的地方吃草的水牛；看到从山里走出来的大象，不用开枪，就看着它们踩断树枝；我会躺在落叶中看着出来吃草的捻，除非我发现一头比车厢里的这头更好的捻，否则我绝不向它们开枪；我可以躺在一块岩石后面观察山腰上的它们，有很长时间看着它们，让它们永远印在我的脑海里，也不必整天追踪那头肚子已经受重伤的公貂羚。只要那个开车的辛巴老板没有被加利克带去，并把那个地区的猎物打光就没问题。但是如果他真打光了，我只能往那些山的另一侧扎营，会有另一片地区在那儿等着我，只要有时间能在那里住着，在那里打猎。只要车能开到，他们都会去搜寻。但那里肯定处处都有类似的没人知道的小盆地，那里不时有车驶过。他

---

[1] 指密歇根州西北部的瓦伦湖，海明威小的时候，父亲常带子女们去那里度假，体验户外生活。

们都去同样的地方打猎了。

　　这里你几乎不能生活，原因有很多。你的庄稼会被漫天的蚂蚱飞来吞噬，还有虱蝇和苍蝇也会破坏庄稼，蚊子会把热病传染给你，没准你还会得黑尿病。你的牲畜将会成批死亡，你种的咖啡会赔光。如果没有季风，就不会有降雨，一切都将干枯、死亡。也许只有那些印度人能从剑麻中赚钱，而每一个坐落在沿海地区的椰子种植园都是某个人想从干椰子仁中赚钱的打算或行为遭到摧毁的标志。一个白人猎手每年喝酒都能喝十二个月，工作顶多干三个月。政府为了保护那些印度人和当地人的利益正在摧毁这个地区。他们当然会这么告诉你。但是我只想在那里住下来，有空就打打猎，并没想着赚钱。当地的一种疾病我已经领教过了，每天都得经历好多次用肥皂和水清洗三英寸长的大肠，然后再把它卷起来挤回去。这种病有药可医，对于我所经历的事和去过的地方来说，曾经有这种体验还是挺值得的。再说，我是在从马赛始航的脏兮兮的船上感染这种病的。P.O.M.一天病都没得过。卡尔也没病过。在这个地方我有种在家里的感觉，我热爱这里，要是某个人对他出生地之外的一个地方有这种感觉，那就是他冥冥中应该去的地方。而且在我爷爷那个年代，密歇根州的人还在饱受疟疾残害。他们把它称为发热病和打摆子。我曾在托尔图加斯群岛住过几个月，那里死于黄热病的曾经高达上千人。那些新大陆和岛屿上，听到蛇的嘶嘶叫声，探索者们都害怕得上什么病。那些蛇可能真的也有毒，你得把它们全都杀光。真见鬼，我要是出生在人们发明特效药之前的话，那一个月前我得的那个病肯定会杀了我。它可能会杀了我，但我也可能会痊愈。

相比一个已经完蛋的地区还要掩饰得仍旧完好如初，在一个好的地区实施一些简易的预防办法要容易得多。

一旦某片大陆被标榜文明的我们涉足，那它就会迅速衰退。外国人摧毁环境，砍伐林木，耗尽水源，所以供水平衡被打破了，地表很快就会失去保护，接着裸露出来的土壤就像每个古老的地区一样，开始被风吹走，就跟在加拿大我所看到的土壤流失一样。土著才能在这些大陆上和谐地生活。不停地开发使土地疲惫不堪。除非人们把所有的残渣和牲畜都还回去，否则一个地区会因此迅速荒漠化。当人们用机械代替牲畜劳作时，土地会迅速惩罚他们。机械不能再生，也不能增肥土壤，它吃的是地里长不出来的东西。一个地区应该保持着我们发现它时的状态。我们是入侵者，没准我们在死之前就会把它毁掉了，但它依旧会在那里，我们也不会预知未来会有怎样的改变。我推测它们都会落得像蒙古那样的下场。

我能靠两支铅笔和几百张最便宜的纸谋生。但我会再回非洲的，我会回到令我愉快的地方生活，去过真正的生活，而不只是浪费生命。我们的先辈去美国是因为那时它值得去。现在我们却把曾经很好的它弄得混乱不堪。现在我要去别的地方，因为我们永远有权选择去哪个地方，并且我们也总是在去别处。而且你随时都可以回来。让那些不明白为时已晚的人去美国吧。我们的先辈在值得为其奋斗时为它拼搏过，并经历过它最辉煌的时期。以前我们经常去别的地方，现在我也要到别的地方去了，而且有很多好地方仍然是值得一去的。

这里有猎物，包括很多鸟，我可以在这里打猎、捕鱼，而且这里的土人我也很喜欢。除此之外，我喜欢做的事都能做，还能写作、阅读、看电影，还能回忆所有我看过的电影。别的东西我也喜欢看，但我喜欢做的只有这些。此外还有滑雪。我能分辨出这是到了一个好地方。但现在我的腿不听使唤了，现在你也看到滑雪的人太多了，已经不值得再浪费时间去寻找合适的雪场了。

穿过一片绿色的、杂草丛生的旷野后，汽车驶入了那个马萨伊人的村庄。那些马萨伊人发现我们后就都跑了出来，我们把车子停在栅栏旁边，马上就被他们团团围住了。那些曾跟着我们跑的年轻武士也在人群中，此刻他们的妻子和孩子也都跑出来看我们。孩子们都很小，那些男人和女人看上去都是一个年龄。人群中没有老人。他们都跟我们的老朋友似的，我们把面包拿出来当点心，成功地举办了一场联欢会，先是男人后是女人，他们全都哈哈大笑地吃着。然后我让姆科拉打开两个碎肉和梅肉布丁罐头，我将它们切成许多份分给大家。我曾听说并读到过，拌有牛奶的牲畜血是马萨伊人生存的唯一食物，他们靠近牲畜时朝它们脖子上射箭，之后从静脉的伤口抽出血来。不管怎样，这些马萨伊人正一边有滋有味地吃着面包、碎冷肉和梅肉布丁，一边讲着笑话，笑得越来越开心。一个很高很帅气的人不断地用我听不懂的语言问我什么事情，然后又有五六个人加了进来。无论是什么东西，反正他们非常想得到它。最终，一个个子最高的人做了个特别奇怪的鬼脸，发出类似一头濒死的猪的惨叫声。我终于弄懂了，原来他是在问我们有没有打到一头野猪。我按了按车喇叭，孩子们尖叫着跑起来，武士们不停地笑着。随后，为满足大伙的要求，卡马乌把喇叭按了好几次。我看着全神贯注听得陶醉的妇女们,知道他凭着那个喇叭就能得到部落里的任何一个女人。

最后,我们在离开前把空酒瓶、瓶上的标签,还有姆科拉捡起来的瓶盖,都分发给了他们。我们离开时不停地按着喇叭,妇女们变得很着迷,孩子们显得很惊慌,武士们则非常高兴。很长一段距离里,武士们都奔跑着尾随我们,但是我们必须抓紧时间赶路。此刻大路穿过了一片像公园的地区,路况变好了。不久之后,他们中的最后一批送行者也面带微笑站着,穿着棕色的兽皮衣,粗大的辫子在一侧垂着,脸蛋涂成了红棕色,倚靠着长矛目送着我们,我们就挥手同他们告别。

太阳就要落山了,因为我不认得路,我就和姆科拉、加利克一起坐到后排,让那个送信人去前排在万德罗博-马萨伊人旁边坐下,给卡马乌指路。我们在太阳落山之前驶出了这片类似公园的地区,开上一片干旱的、稀疏地分布着灌木的平原。我看着这片地区,又喝了一瓶德国啤酒,突然发现所有的树上都有白色的鹳。我不清楚它们是正在迁徙中,还是正在追着蚂蚱,可它们在暮色下看上去实在是太可爱了,深深地吸引着我。我递给老头儿那还余下足有两指高啤酒的酒瓶。

我直到喝完另一瓶酒时才想起那老头儿。（鹳还在树上栖息着,我们还看到几头格兰特瞪羚在右侧吃着草。一只很像灰狐狸的豺狼小跑着穿过了大路。）稍后我又让姆科拉开了一瓶酒,我们穿过了平原,爬上了通向大路和村庄的长斜坡。此时天快黑了,变得非常冷,有两座大山进入了我们的视线。我递给老头儿一瓶酒,他接过酒来,在车篷顶下蹲着,恋恋不舍地慢慢喝着。

天已经黑了,我们把车停在了村边的路上,这时依照送信人带来的便条上表述的数额,我把酬劳付给了他。这时我按老爹说的数额付给了老头儿应得的酬劳,还额外奖给他一些钱。但是一场激烈的争执在他们中间爆发了。阿布杜拉和可怜的万德罗博-马萨伊人坚持要跟着加利克一起到主营地去拿酬劳,他们不相信加利克,确信自己要是不去的话其他人肯定会在他那份酬劳上欺骗他,而我也非常肯定他们会这样干。这里还留有一些之前我们留下的汽油,为以防万一我们必须带上它们。我们的车超载了,前面的路况如何我也不知道。但我想我们可以捎上阿布杜拉和加利克,还可以让万德罗博-马萨伊人挤上来。我原以为老头儿已经得到了令他满意的酬劳,让他走是没问题的。但现在他还牢牢地抓着绳子,蹲在那一捆捆东西的顶上说要跟我走。

但我并没有同意,虽然他一直在坚持,并且想了各种办法加入我们。我们还是狠心地丢下了他。

我们继续沿大路行驶,与我们之前经历的路途相比,车灯照得现在的路就像一条林荫大道。在一片漆黑中我们没遇到任何阻碍,顺着这条大路行驶了五十五英里。我始终睡不着觉,一直到很长一段路面上有很深车辙的黑色松软的平地,在那段小路上车头灯都是穿过灌木丛才照出些道路。路况好些了,我才睡着了,偶尔还醒来,看到被车头灯照亮的一面高树墙,或是一个裸露的溪岸,或者在我们挂着低挡往陡峭的地区爬行时,看到朝上斜照着前路的灯光。

模糊中我感觉我们停下了车,看了一眼里程表显示的是五十英里。姆科拉进到一个小茅屋里把屋内的土人叫醒,问着营地的位置。后来我又睡着了,当我们正拐下大路,直到行进在一条穿越树林的小道上时我才醒来,前方已经出现了营地的篝火。我很兴奋,开始大叫着,其余人也都开始大叫,使劲按着喇叭,车灯随着我们开进的方向射在绿帐篷上。我还放了一枪,枪声巨大,火焰划破夜空。然后我们的车停下了,我看到了身穿晨衣、健壮结实的老爹钻出他的帐篷向我走来。他张开双臂把我的双肩搂住说:"你真是个猎公捻的斗士。"我轻轻地在他背上拍了拍。

"老爹,看看这些捻角。"我炫耀似的说。

"我早看到了,"他说,"它们把卡车车厢都占满了。"

然后我紧紧抱着P.O.M.,我们互相小声地倾诉衷肠,她穿着很大的晨衣,显得身子非常娇小。

紧接着走出来的是卡尔,我说:"嗨,卡尔。"

"我都高兴坏了,"他说,"它们真是不可思议啊。"

此时捻角已经被姆科拉卸下了车,他和卡马乌正举着它们,以便借着火光让大家都能看到。

"你都打到些什么?"我问卡尔。

"也是一头这种动物。你怎么叫它来着?捻。"

"太好了。"我说。我知道没人可以打败我捕获的那头,我希望他也能打到一头很棒的。"你那头有多大?"

"哦,有五十七英寸吧。"卡尔说。

"让我们瞧瞧。"我说,从内心深处感到一丝凉意。

"它就在那边。"老爹说,我们就走了过去。那对捻角是世界上最大、最宽、最黑、弧度最大、最壮硕、最不可思议的。突然间,受嫉妒心的毒害,我再也不想看到我的那两对可怜的捻角了。永远,永远都不想了。

"太棒了。"我说。从我嘴里蹦出来的这句喝彩的话就像蛙叫一样。我又尝试了一次,"棒极了。你是怎么捕获它的?"

"一共发现了三头,"卡尔说,"我看不出哪头最大,它们都跟它一样大。当时我们打得特痛快。我打中它四五枪。"

"它真是令人震惊的一头。"我说。我正调整心情让自己表现得更好些,但这骗不了别人。

"你也有收获我真的很高兴,"卡尔说,"多么优美的两对角啊。我希望明早你就能给我讲讲捕捻的整个过程。看得出来今晚你很累了。晚安。"

他还是跟以前一样体贴,走开了,所以如果我们想谈的话是能好好地聊聊它的。

"过来喝杯酒吧。"我冲他喊道。

卡尔和我们互道晚安之后就走开了,我们则坐在篝火旁聊着天,我一边喝着兑了苏打水的威士忌,一边把之前追猎的整个经过讲给大家听。

"没准那头受伤的公捻最后会被他们找到的,"老爹说,"我们要对获得角的人提供奖励,把它们送去猎务部。你捕获的最大的角有多大?"

"五十二英寸。"

"弯曲部分也包括了?"

"是的。可能还会更大些。"

"尺寸并不能说明什么问题，"老爹说，"那两头捻简直太棒了。"

"话虽如此，但为什么他非得这么残忍地击败我呢？"

"那是他走运，"老爹说，"上帝啊，这捻太棒了。我活这么大只在卡拉尔山上见过那么一回有人捕获了一头双角超过五十英寸的捻。"

"我们离开另一个营地时，卡车正好来了，并告诉我们他已经有收获了，"P.O.M.说，"之后的所有时间里我们都在为你祈祷。你可以问问杰克逊·菲利普先生。"

"你不可能知道，当你们的卡车驶进火光范围内时，看到在外头翘着的那两对特棒的角我们有什么感受，"老爹说，"你这老浑蛋。"

"真是太美妙了，"P.O.M.说，"我们再去欣赏欣赏它们。"

"你捕获它们的经历会让你永生难忘。这才是你真正从中收获的东西，"老爹说，"这两头捻真是棒得没得说。"

虽然老爹和P.O.M.一直在鼓励我，可我还是感到不好受，难受了整整一晚。但到了第二天早上我的那股难受劲儿就过去了，全部消失了，我也不再因它而难过了。

早上很冷，天灰蒙蒙的，布满乌云，雨季就要来临。我和老爹起床后用早饭前的一点儿工夫又去两只捻头那儿看。"这三头捻真是不可思议啊。"他说。

"今早把它们放在这头大的旁边看上去还挺好的。"我说，"它们确实看着都挺不错，这感觉太奇怪了。我现在已经能接受卡尔那头大的了，也很高兴地看着他打到的这头。你把它们一个一个排起来看，它们确实很搭配，真的很搭配。它们都大得很。"

"你现在感觉好多了，我很欣慰啊，"老爹说，"我自己也感觉好多了。"

"他能捕获它我真的很高兴，"我真诚地说，"我自己捕获的已经令我很满意了。"

"我们有十分淳朴的感情啊，"他说，"不可能没有竞争和较劲的心理。但它也可能毁掉一切。"

"对此我全都看开了，"我说，"我又好了。你知道，我经历了一次非常有价值的旅行。"

"就是嘛。"老爹说。

"老爹，你知道他们在握手时攥住你的大拇指拉了拉表示什么意思啊？"

"哦，这虽然有点儿不太规范，但也是表达亲兄弟般友情的方法。谁跟你这么握过手？"

"都跟我握过啊,除了卡马乌。"

"哇哇,你就要变成一个大名人了,"老爹说,"可以肯定,你已经是这里的老前辈了。跟我说,你是个了不起的追猎手和射鸟专家吗?""见鬼去吧你。"

"姆科拉也拉过你的大拇指?"

"是啊。"

"好吧,好吧,"老爹说,"虽然我不是很饿,我们还是去找小夫人,吃些早饭吧。"

"我可饿了,"我说,"我从前天开始就什么都没吃。"

"但喝了啤酒,不是吗?"

"哦,是啊。"

"啤酒也算粮食嘛。"老爹说。

找到小夫人和老卡尔后,我们几个高高兴兴地吃了早饭。

一个月后,P.O.M.、卡尔,还有来到海法[1]加入我们的卡尔的妻子,正背靠加利利海[2]旁的一堵石墙坐着,沐浴在阳光里,吃着午饭,喝着一瓶红酒,远眺着湖面上的水鸟。湖面如镜,看着就像静止不动一

---

[1] 海法是当时巴勒斯坦北部的一个主要港口城市,濒临地中海。
[2] 也叫太巴列湖,在巴勒斯坦东北部。

样,倒映出群山的影像。远方有很多水鸟,它们展翅落在水上游动时,身下展开了一圈圈渐渐扩大的圆形水纹,我一只只数着,心中不解为什么《圣经》中从未描写过它们。我敢肯定那些人不是自然学家。

"我可不想走在水面上,"眺望着这沉闷枯燥的湖面的卡尔说。"已经有人这么干了啊[1]。"

"你得知道,我记不起来了。"P.O.M. 说,"连英俊的杰克逊·菲利普先生的相貌我都记不清了。我努力想了又想,可就是记不清他的面貌了。太讨厌了。他跟照片中的模样不一样了。过不了多久我就完全忘了他的模样了。我已经记不清他了。"

"你必须记住他。"卡尔对她说。

"我能记住他,"我说,"稍后有机会我会写点儿东西给你,我会把他写进去。"

---

[1]《圣经·马太福音》第14章中记述耶稣带领信徒坐船出海(加利利海)时,忽遇大风,于是耶稣弃船行走在海上,安然无事,此举令信徒们大为折服。